MW01171635

EL COMA DE SOFÍA

Victoria Nauda

A las mujeres…..

A las millones de Sofías,

se llamen como se llamen y vivan donde vivan.

Y a los hombres que saben amarlas.

PRIMERA PARTE

La vigilia

Aquel sería un gran día, lo presentía.

No dejaba de ser una entrevista pero, a su vez, era una oportunidad y ello de por sí, valía como un reconocimiento que llegaba a sus 42 años, pensaba Sofía, con las manos sumergidas en el agua, lavando las tazas y platos del desayuno mientras miraba por la ventana situada sobre el fregadero cómo sus hijos y su marido subían al coche que, desde muy pronto, los dispersa por sus actividades diarias.

La mesa, aún a medio levantar, daba buena cuenta del paso previo de sus miembros, cada cual con un sitio asignado que dejará las huellas de cada uno recién comenzado el día: la taza de chocolate apenas tocada por Daniela, el vaso de leche fría vacío de Juan y la cabecera de la mesa repleta de migas, manchas y cubiertos desperdigados de Michel, su marido, que parecía arrasar con todo lo desechado por sus hijos.

Del horno comenzaba a desprenderse el olor del pastel de carne que Sofía había preparado para el almuerzo casi de madrugada, de forma que su ausencia no dejará el hogar vacío como el estómago de los que irían regresando a casa en el transcurso del día. Pero debía apurarse, aún tenía el ordenador abierto a la espera de terminar los últimos ajustes del proyecto que presentaría aquella mañana.

En un desnivel de la amplia cocina, Sofía había previsto una mesa pequeña donde trabajar en sus cosas sin dejar abandonado el centro neurálgico del hogar, de ese modo podía controlar el horno y las ollas y ver llegar con antelación cualquier visita que traspasara su jardín siguiendo el zigzagueante camino de piedras que conducía al timbre pegado junto a la puerta de entrada. Era la forma que había diseñado al construir la casa, a sabiendas de que, tarde o temprano, se vería obligada a compaginar sus estudios y proyectos con las labores domésticas.

Aún le quedaban cuatro horas por delante que, en vez de parecerle un mundo, después de tanto esfuerzo ahora le resultaban angustiosamente escasas. Debía prepararse y así luchar contra la ansiedad que le generaba tener tareas pendientes.

Sonó el teléfono a pesar de que era temprano. Sofía sabía de quién se trataba. «Se habrá puesto el despertador», pensó, porque, conociendo a su madre, bien claro tenía que antes de las diez de la mañana no despegaba ojo.

—Hola, mamá, ¿te has caído de la cama?

—No, llamo a mi hija para desearle suerte. ¿Cómo te encuentras? ¿Qué vas a ponerte? No pensarás ir con esas camisitas cerradas hasta el cuello que...

La voz de Carmen se fue perdiendo en la mente de Sofía, que comenzó a transportarla a los tiempos en que su madre, tras la muerte de su padre, se juntaba con sus amigas en la cafetería del Washington Golf & Country Club unas tres veces por semana.

Charles había muerto demasiado pronto, aunque su enfermedad se prolongara por años a tal punto que a Sofía le costaba recordarlo sano y lleno de vitalidad. De los años de su adolescencia, Sofía guardaría para sí la imagen decrépita de un padre postrado en una silla de ruedas como consecuencia de un infarto cerebral que le produjo una parálisis física y facial cuyas secuelas le dificultaban el habla y hacían casi imposible entenderlo. Con el tiempo, impotente, se fueron reduciendo sus esfuerzos por comunicarse. Su madre, siempre tan esnob, se afanaba en dar las directivas para que Charles fuese bien atendido por dos enfermeras que se turnaban para cubrir sus necesidades médicas y de higiene y para tenerlo impecablemente vestido en las cenas, tés y reuniones sociales que Carmen preparaba casi semanalmente. Aparentando completa normalidad, colocaba a Charles presidiendo aquellos eventos en la cabecera de la mesa como el elemento decorativo que era, muy lejos del carisma que desprendiera antes del accidente cerebral.

Charles había sido abogado de prestigio forjado en el bufete fundado por su padre, Charles Walker, con quien trabajara desde joven y que heredaría tras su muerte.

Pertenecía a una familia muy acomodada de la alta sociedad Americana, lo que provocó que Carmen no dudara en mostrarse como la mujer ideal en sus años casaderos, bajo los cortejos que le hiciera Charles a una graciosa muchacha, de exquisitos modales y venida de España con más aire de grandeza de la que en realidad tenía.

Cuando se casaron, parecieron ser una familia feliz que se acomodaba perfectamente a la sociedad clásica y en la que el origen español de Carmen no solo no desentonaba, sino que le daba un punto exótico al matrimonio.

Los hijos llegarían pronto, como mandaba la costumbre. El primogénito sería varón, lo que Carmen celebró como un triunfo culmen, más para sus adentros que de cara a la galería. Un año y medio después, nacería Sofía. Su primer hijo llevaría por nombre Francisco, rompiendo la usanza de repetir el nombre paterno, en un claro guiño al dictador español, al que su propia familia tenía en alta estima.

El matrimonio de los padres de Carmen se fraguó bajo el consentimiento y respectivos acuerdos de dos familias muy adineradas: Aurora Ariza, hija de un terrateniente andaluz dedicado a la explotación ganadera, y Antonio Canals, también terrateniente, de familia barcelonesa dedicada a la explotación agraria. De aquella unión nacerían dos mujeres, Carmen y María, y debido a un complicado aborto del que hubiese nacido un varón, Aurora se vio impedida para poder engendrar más hijos.

La familia de Carmen se había visto obligada a emigrar a Estados Unidos en plena guerra civil española a finales de 1938, después de verse aterrada ante las reivindicaciones del ejército republicano.

Para cuando el general Francisco Franco declaró en abril de 1939 el fin de la guerra civil, la familia de Carmen había perdido prácticamente todo, pero, desde la distancia, Carmen celebró junto a los suyos el triunfo del golpe de Estado y por eso, años más tarde, bautizó a su primogénito con el nombre del salvador que vino a hacer justicia, aunque de forma tardía en su caso.

La postura política de Carmen estaba impregnada más por su propia experiencia que por un conocimiento real del proceso que significó aquella guerra, una visión muy parcial de los hechos en los tiempos en que su vida se reducía a la acomodada realidad de una niña hija de un terrateniente católico y amante de las tradiciones. Su padre, Antonio, amaba el orden en cualquiera de sus facetas, de ahí justificaba los abusos y castigos que impartiese a los trabajadores que tenía a su cargo.

Aurora, su madre y abuela de Sofía, encajaba muy bien en el papel que se esperaba de ella, y así se dedicó afanosamente a dar a sus dos hijas una educación propia de las familias burguesas de la época que incluía lecciones de piano, ballet, profesoras de inglés y talleres de arte y bordados, además de las clases ecuestres, actividades todas ellas a las que Carmen asistía encantada y María refunfuñando, a excepción de la equitación.

Desde esa idílica realidad, bien lejos estaba Carmen de comprender el sentido de la rebelión de las clases oprimidas y a lo largo de su vida, se vería inmersa en discusiones y ofensas con cualquiera que osara defender, así fuera comedidamente, las razones de aquella clase obrera, que terminaría incendiando su casa tras desmantelarla por completo y obligaría a su familia a salir del país con la ayuda de un par de hombres influyentes con los que su padre mantenía una relación estrecha.

Al llegar a Estados Unidos, la familia estaba casi en la ruina, pero el mayor tesoro que poseía eran algunas cartas de recomendación de altas personalidades que, junto con las vinculaciones comerciales preexistentes, hicieron que la selecta clase alta americana viera a la familia como caídos en desgracia a los que había que ayudar.

Antonio tardó poco en encontrar una posición digna. Se benefició con las ventas de las tierras en España, sobrevaloradas, a modo de resarcimiento por parte del Generalísimo ya a finales de 1939. Y todo ello gracias a que Antonio había contribuido a la causa de forma económica e ideológica, lo que fue, en su momento, la base de la victoria de aquel golpe de Estado.

Pero esta historia familiar, vivida desde la óptica de una adolescente de catorce años y de familia acaudalada, supuso una realidad muy subjetiva que nunca fue superada por Carmen, quien la hizo estar presente y viva en la cabeza de toda la familia, provocando, con los años, un cierto alejamiento de Sofía con su madre. Ella se sentía más cercana a su tía María, con la que compartía una misma concepción de la vida, lo que propició entre ambas una relación estrecha y cómplice basada en el cariño y la admiración.

La tía María siempre había resultado, para su abuela Aurora y para su madre, una oveja descarriada que renegaba sistemáticamente de cualquier convencionalismo, una rebeldía un poco moderada mientras viviera Antonio, pero que, muerto su padre, resultó irrefrenable. María nunca se casaría, pasó su vida entre amoríos y viajes inconcebibles para una mujer que avergonzaron a la familia, según Carmen, y que distanció a las hermanas durante años. Ni la muerte de la abuela Aurora logró doblegar el juicio crítico que Carmen tenía de su hermana.

Pero Sofía la admiraba. La tía María solía aparecer en las fiestas navideñas, con una vestimenta juvenil e inapropiada que rompía la rigurosa etiqueta que la familia exigía a todos los presentes.

—¡Qué vergüenza! —protestaba Carmen por lo bajo, buscando la complicidad en los oídos de Sofía que, sin embargo deseaba estar a solas con su tía, porque le contaba historias de los lugares visitados en sus viajes. Sofía, embobada, podía escucharla durante horas. Y recreaba en su mente infantil las imágenes narradas.

Su tía la llenaba de vida y de esperanzas de no terminar como su madre, con un delantal en la cintura, simulando faenas domésticas en las que en realidad poco intervenía y mandando a todo el mundo, incluido su padre. Charles, era siempre paciente y complaciente ante las inagotables y descabelladas ideas de su mujer, que podían incluir cualquier banalidad a la orden del día, ya fuera cambiar cortinas y sofás por colores de moda, como de coche o lugar de veraneo, incluyendo la incorporación de Jack, un caniche insoportable de pelo blanco que vivía siendo peinado y perfumado para los eventos sociales después de que Carmen viera a no se sabe qué celebridad con uno idéntico en una de las revistas de la alta sociedad americana que habitualmente leía.

Tras la muerte de Charles, Carmen se sintió liberada. No era que no lo quisiera, pero los años de penurias tras el infarto cerebral se hicieron ciertamente eternos y ya nada compartía el matrimonio. Carmen se hizo acondicionar un dormitorio, que era el de invitados, con todo el glamour que tuvo a mano y se trasladó allí, abandonando el lecho marital en aras de una mayor comodidad para su marido.

Cada uno se secó a su manera: Charles, desde la consciencia y la impotencia de saberse una carga para la familia, y Carmen organizando festividades y pretendiendo organizar la vida de sus hijos, que iban creciendo y moldeando su propia personalidad. Francisco decidió con dieciocho años irse a vivir a Nueva York con unos amigos y estudiar allí administración de empresas, cosa que su madre no entendería. El despacho de su padre era una apuesta segura y si bien ella, como viuda, recibía pingües beneficios de la sociedad en la que se había convertido el bufete, esperaba que su hijo ocupara el lugar de Charles, entrando por la puerta grande y sentándose en la mesa de la junta directiva con solo la primer asignatura aprobada en la carrera de derecho.

El día que Francisco se fue, Carmen no se levantó de la cama y por primera y única vez en su vida, Sofía la escuchó llorar.

Dos años más tarde, sería la propia Sofía quien echara por tierra las últimas esperanzas de su madre al anunciarle su deseo de ser bióloga, bien lejos de los acarosos libros de derecho conservados en la biblioteca como parte de una prestigiosa herencia familiar para quien hubiese seguido los pasos de su difunto marido.

Los lamentos de Carmen, mucho más teatrales que los

ofrecidos a Francisco, iban encaminados a hacer cambiar a Sofía de opinión, y el imponente carácter de su madre casi lo consigue si no hubiera sido por la casual y repentina aparición de la tía María, que, desde la muerte de Charles, hacía más frecuentes sus visitas a casa de su hermana y que, aunque nunca lo reconociera abiertamente, alegraban enormemente a Carmen.

En el preciso momento en que María estaba entrando al recibidor de la casa, escuchó los coletazos de una discusión zanjada de un portazo por Sofía, que fue a refugiarse a su cuarto. Carmen, aún de pie mirando la puerta, roja de ira, giró su cabeza y ni tan siquiera demostró sorpresa por la presencia de su hermana.

—¿Qué ha pasado, Carmina?

Hacía mucho tiempo que nadie la llamaba por su apelativo de la infancia. Carmen se sentó en el sofá más cercano y cubriéndose el rostro con ambas manos, respondió a María:

—Pasa que no puedo más, hermana mía. He parido dos ingratos como hijos, dos egoístas que solo piensan en ellos.

—¿Por qué dices esas cosas, Carmen?

—Porque es la verdad. Primero Francisco, que bien sabes las esperanzas que tenía en que él continuará llevando la sociedad. Ahora Sofía, que pretende estudiar biología en vez de derecho. Tantos años de sacrificio de mi pobre Charles por dejarles forjado un futuro, y ya ves... Como lo han tenido todo, ahora les sobra todo también.

—Bueno —la tranquilizó María—, se trata de eso.

—Qué, ¿te parece poco? —se sobresaltó Carmen.

María sabía perfectamente que debía ser prudente frente a los arrebatos de su hermana.

—No estoy diciendo que sea poco ni mucho, creo que es bueno que ambos hayan elegido hacer algo, aunque no sea lo esperado por ti, pero entiendo lo que planteas y si quieres...

Carmen no le dejó terminar la frase.

—Sí, habla con ella, intenta que entre en razón. A ti te hace más caso que a mí, quizás puedas quitarle de la cabeza la absurda idea de pasarse la vida desculando bichos.

María tuvo que hacer un gran esfuerzo por contener la risa, no era momento de contrariar más a su ya fatigada hermana.

—Hablaré con ella, no te preocupes. Al menos lo intentaré, ya sabes cómo es Sofía, puede resultar terca como una mula, a pesar de su carácter aparentemente dócil e introvertido.

—Te lo agradezco. No podrías haber venido en mejor momento, porque ya no sé qué hacer.

—Esperaré a estar a solas con ella —aclaró María.

—Sí, será lo mejor. Esta tarde me reúno con mis amigas en el golf, tal vez sea un buen momento.

María sabía que la elección de su sobrina y parte de su espíritu aventurero eran, en gran medida, culpa suya, ella había acuñado en la mente de Sofía la noción de un mundo que podía descubrir en los eternos relatos y anécdotas de su vida que, desde bien niña y hasta ese día, Sofía le suplicaba que le relatara, siempre atenta a que no se le escapara ningún detalle. La escuchaba durante horas y horas mientras, con sus profundos ojos, viajaba junto a sus recuerdos. María, a su vez, revivía los viajes, sintiéndose de pronto acompañada por su sobrina. Desde niña, Sofía siempre se las ingeniaba para poder escabullirse con ella unas cuantas horas, haciendo caso omiso de los comentarios ocultos que la familia hiciera de ella en el primer rincón que encontraran y que, por supuesto, no escapaban a la agudeza de María, por más discretos que fueran. Ello la enternecía y le alegraba. El vínculo entre ambas se fue solidificando con los años, lo que contribuyó a que la tía pudiera entender a Sofía mejor que nadie en el mundo.

Aquel día, el tiempo que ganaba María en dilatar la conversación en realidad iba más dirigido a su hermana que a su sobrina, aunque por nada del mundo llegaría a confesarlo. No pretendía volver a distanciarse de Carmen después de tantos años.

Una vez que confirmara su más que probable fracaso en hacer cambiar de idea a su sobrina, María sabía que se quedaría horas al lado de su hermana, tomando té o algún licor que Carmen siempre sacaba a relucir en los momentos trágicos.

En realidad, Carmen sentía un poco de envidia de su hermana, no con malicia, sino con cierta admiración por su valentía en la elección de vida que había defendido y que en nada respetaba los modelos y las convenciones recibidos en su educación en lo que se esperaba de ella. Envidiaba sanamente los lugares que María había conocido, lo asombroso o desconcertante de alguna anécdota sobre alguna tribu, la insólita naturaleza que describía, e incluso las pícaras aventuras con algún afanado amante que hiciera peripecias inauditas e infructuosas por conquistarla más allá de la temporada que durará el viaje en cuestión.

La concordia y complicidad que hoy las unía era a su vez lo que María, a sus años, necesitaba conservar. Los distanciamientos familiares siempre le habían resultado dolorosos, la lejanía y falta de aceptación de sus seres queridos suponían una sombra de tristeza que empañaba su alma.

—Voy a saludar a Sofía —anunció María. Carmen asintió moviendo afirmativamente la cabeza.

Cuando María dio unos pequeños golpecitos a la puerta de su habitación y asomó su cabeza, Sofía saltó de la cama y fue derecha a abrazarla.

—Tía, ¡qué suerte que estés aquí!

Sus profundos ojos negros estaban llenos de lágrimas. Se quedó abrazada a María sin decir nada, pero ese silencio suplía cualquier palabra.

María la comprendía, ella misma se había visto envuelta más de una vez, a lo largo de los años, en esa dicotomía entre lo que quería para su vida y lo que se esperaba de ella, por ello la situación de su sobrina sacudió, en parte, su propia historia. María respetó el silencio y simplemente correspondió al abrazo, que se extendió por un espacio indefinido de tiempo y solo al diluirse este, habló.

—No pasa nada, tesoro, serás todo lo que tú elijas. Sécate esas lágrimas, que ya arreglaremos esto.

Sofía la miró con una mezcla de incredulidad y a la vez de confianza.

—¿Tú crees?

—Ya hablaremos de ello más tarde, cuando tu madre se vaya a su reunión en el golf.

—¿Qué haría yo sin ti?

María, disimulando su emoción, asumió una actitud más

contundente.

—Lo que te pediría, Sofía, es que adoptaras una actitud más fuerte y segura de ti misma. Si no aprendes eso, te costará mucho en la vida afrontar reveses y si bien la vida es hermosa, el camino es duro y debes aprender a sortearlo para alcanzar aquello que deseas. Puede que no consigas todo lo que te propongas, pero que nunca quede algo pendiente por tu parte, ¿me entiendes? Ahora te quiero entera, firme, segura. Tómate tu tiempo y baja a comer, ya hablaremos más tranquilas esta tarde.

—Gracias, tía.

No hizo falta más. Sofía bajó al comedor, bella como siempre, serena y dócil, en perfecta concordancia con su carácter y con esa proyección de sí misma que encandilaba a quien la conociera.

*****

Aquella tarde, a la hora prevista, Carmen se fue al golf a reunirse con sus amigas.

Cuando finalmente se encontraron a solas, María y Sofía se sentaron en el salón, al abrigo de la chimenea, con un té y los pastelillos de coco, chocolate y nata que tanto gustaban a su tía y que Sofía había pedido a Lourdes, la asistenta, que fuera a comprar inmediatamente después de saber que tendría ocasión de pasar un buen rato a solas con ella.

La tarde era plomiza, desde la ventana del elegante salón podían vislumbrarse las ramas de los árboles agitadas por el viento que hacía saltar desordenadamente las gotitas de la fina lluvia que salpicaban el ventanal de vidrio repartido en rectángulos que sobresalía del límite de la pared de la fachada de la casa. Ese acompañamiento exterior daba aún más calidez al encuentro, envuelto en el suave aroma del té y la chimenea mezclados con el inconfundible perfume de

María.

Sofía estaba preparada para escuchar los consejos de su tía. Sabía que podía confiar en ella y que sus palabras encerrarían la luz de su experiencia sumado a la sabiduría que innatamente la acompañaba. María, por su parte, era consciente de lo complejo del dilema. No permitiría que los caprichos de Carmen truncaran los sueños de su sobrina, pero tampoco podía expresarlo de ese modo. No, debía encontrar un equilibrio entre los intereses de madre e hija sin que se notase su inclinación, en favorecer el cumplimiento de los sueños de su sobrina como una suerte de extensión de los propios.

—Bueno —comenzó María—, veo que tenemos un tema delicado entre manos.

—Pues sí —afirmó sombríamente Sofía—. Mi madre no es capaz de respetar mi decisión. Quiero ser bióloga, tía, quiero recorrer el mundo y descubrir ecosistemas, aprender de la vida, y a mi madre lo único que le importa es su estatus y mantener sus eternas frivolidades y apariencias a mi costa y...

—No, Sofía, no —la cortó en seco María—. Tu madre es mi hermana. Si quieres ser bióloga, deberías comenzar por aprender a respetar este primer ecosistema.

Sofía se quedó callada, nunca había escuchado a su tía hablarle de ese modo.

—Pero, tía —intentó defenderse Sofía.

Un leve gesto de la mano de María la invitó a guardar silencio.

—Debes comprender, querida mía —prosiguió María—, que en la vida hay que entender a las personas y las circunstancias que les afectaron o influyeron para ser quienes son.

»Tu madre ha sufrido más de lo que crees, y esa frivolidad

de la que hablas solo es la coraza de sus propias carencias y renuncias. Te admito tu derecho de percepción, pero, para juzgar a las personas, deberías ser más suspicaz, si aspiras a ser bióloga, porque ningún ser vivo que encuentres en la naturaleza podrá darte una información verbal, un análisis como el que pueda darte yo esta tarde. Debes analizar por ti misma porque incluso lo que te cuente, no será una verdad absoluta. Yo te daré mi opinión, te contaré la niñez o la vida de tu madre desde mi propia óptica y por tanto, será siempre subjetiva, ¿me entiendes? Es mi visión, en función de lo que he vivido y tengo en común con mi hermana. Pero será solo una aproximación, no una verdad irrefutable, sino, simplemente, una perspectiva.

»La ciencia no es exacta, la agudeza que cada persona tenga en la interpretación de los hechos, de cualquier cosa que se trate, marcará la diferencia.

»Pero hoy se trata de tu futuro, de tu elección, y yo solo intentaré defender el derecho que tienes a elegir libremente ese futuro. No estamos aquí para cuestionar las razones de tu madre por pensar distinto.

Así fue como, de pronto, la tía hablaba con dureza y cariño, algo que a priori resultaba contradictorio en el corazón de Sofía.

—Pero, entonces, ¿crees que me equivoco al elegir ser bióloga?

—Yo no he dicho eso. Serás lo quieras ser, y tendrás derecho incluso a equivocarte y rectificar. Eso es la vida. Te estoy diciendo que luches siempre por lo que crees, porque ese es tu derecho y debes defenderlo.

»Cada quién tiene sus propias experiencias y por suerte o por desgracia, no se debe pretender que nuestros seres queridos las hereden como losas.

»Vive tu vida, Sofía, elige tu camino, rectifica si es necesario, pero, hagas lo que hagas, decidas lo que decidas, asúmelo con la libertad y la felicidad de, al menos, ser consciente de que lo has elegido tú.

Sofía se emocionó con aquellas palabras.

—Pero mi madre no lo acepta —protestó con cierta resignación Sofía.

—Yo no estaría tan segura. Tu madre es tu madre y tú eres su hija, lo aceptará. Si algo ha enseñado la biología es que la naturaleza siempre manda. Ahora solo se trata de encontrar el método para que a ella le duela menos tu decisión, y eso, querida mía, requiere inteligencia, no portazos.

Una sonrisa cómplice se dibujó en sus rostros.

—Estos pastelitos están de muerte —dijo María, medio ahogada en el primer bocado.

La sintonía que existía entre ambas hizo comprender a Sofía que María la apoyaría con la misma sutileza con la que ella había previsto para su cita los pastelillos preferidos por su tía.

*****

Cuando Carmen llegó al golf, su rostro delataba la angustia que la embargaba y que poco a poco iría comentando con sus amigas, planteando la situación como parte de su desafortunada suerte.

—Mi hija quiere ser bióloga —anunció con amargura—. Todo el imperio que ha mantenido a esta familia se irá perdiendo si no existe un miembro activo en la empresa. Primero Francisco y ahora Sofía —se lamentó Carmen, escenificando la tragedia y hablando de una grandeza que se alejaba bastante de la realidad.

En aquel grupo de cinco amigas había un elemento común: todas aparentaban más solvencia de la que en verdad tenían, a excepción de Margaret, que sí gozaba de una muy buena posición económica y social, y que, sin embargo, siempre se mostraba humilde como le habían enseñado en su familia, muy adinerada pero con los pies en la tierra. «A nadie le importará quién eres de verdad si caes en la grosería de hacer alarde de lo que tienes», le había explicado a Margaret su madre infinidad de veces. La humildad de Margaret y de su familia los hacían personas muy cercanas en todos los estratos sociales.

Sin embargo, la aceptación de Margaret en el selecto grupo de amigas se debía a esa cuna, que, por más discreta que se presentara esta, resultaba una verdad tan conocida como incuestionable y su presencia aportaba a las demás un punto mayor de distinción.

Con Carmen, Margaret compartía la estética: ambas de baja estatura, con cuerpos un tanto cuadrados, de poca gracia y con pechos prominentes, lo que las diferenciaba, entre otras cosas, era la sencillez de Margaret y su carácter alegre, que distaba mucho de las formas rígidas de Carmen, por no hablar de sus diferentes formas a la hora de elegir la indumentaria, en especial, los abrigos de pieles que vestía Carmen y que la hacían parecer más un mamut que un referente de estilismo.

Carmen, además, utilizaba un forzado lenguaje repleto de corrección y carente de picardía o humor.

—¡No digas eso! —le reprochaba en más de una ocasión Carmen.

—¿Por qué no? —le respondía risueña Margaret—. El sentido del humor denota inteligencia —se defendía—, y como verás, es lo único que tengo.

Las otras tres amigas, Piruka, Constanza y Elizabeth, tenían como factor común su aspecto físico, lánguidas y rígidas como palos de escoba y casi como norma no escrita, solían sintonizar más con las frivolidades de Carmen que con el carácter afable de Margaret.

No obstante, a pesar de estas cuestiones, entre todas ellas había un sincero cariño y un par de verdades que todas guardaban para sí como cuestiones inconfesables.

Aquella tarde, el desconsuelo de Carmen era auténtico, todas lo percibieron más allá de la teatralización a la que su amiga las tenía acostumbradas. Ninguna sabía muy bien qué decir para animarla.

Sería Margaret la que volatizaría el tinte de tragedia con su habitual naturalidad.

—Ser bióloga me resulta de lo más innovador, más cuando se trata de una mujer. En mi familia tenemos dos casos: mi primo Samuel, que se trasladó a Australia justamente por una increíble oferta de trabajo en una investigación de la que no suelta prenda, pero que cada vez cobra más prestigio y dinero, y Rosalía, la mujer de mi hermano, a la que conoció estudiando ingeniería. Cosa curiosa, pero en una fiesta de estudiantes universitarios de Oxford se produjo un flechazo que acabó en boda al año. Rosalía es una cuñada magnífica, adora la investigación y ha escrito varios ensayos que le han merecido el reconocimiento de la comunidad científica.

Mientras Margaret hablaba, los músculos de la cara de

Carmen se fueron relajando y el rictus de su frente fue cediendo, llegando incluso a suavizar su mirada, que parecía ahora más interesada en escuchar esas tentadoras anécdotas a la vez que imaginaba a Sofía en situaciones semejantes.

—No deberías amargarte por su elección, Carmen. El futuro está en la ciencia, en la investigación, y no en los despachos de abogados. No quiero decir que esto no te afecte o que ser abogado esté mal. Sé que las madres solemos proyectar una vida en nuestros hijos que luego no suele cumplirse.

—Sí, eso es verdad —apuntó Constanza con cierto pesar, pero sin dar más detalles sobre las razones de su afirmación.

—Además —continuó Margaret—, ¿no has pensado en ponerte tú en la junta directiva del bufete? No te robaría mucho tiempo, te reunirías una vez por mes con los socios y podrías hacer un seguimiento de la marcha de la sociedad. Yo lo hago en dos de las empresas familiares con ayuda de Emili, mi asesor empresarial, y no tengo ninguna dificultad. Si quieres, puedo presentártelo, él accedería encantado a que seas su clienta.

Carmen y las demás habían quedado estupefactas ante la última aseveración de Margaret. Ella nunca hablaba de sus empresas, y mucho menos de que se dedicara personalmente a su seguimiento, aunque, por otro lado, siendo mucho más joven que las demás, Margaret poseía una visión cultural y generacional más moderna, lo que, al escucharla, dio al grupo una perspectiva jamás pensada por sus integrantes, incluyendo a Carmen que, ahora, se imaginaba sentada espléndidamente en la dirección ejecutiva de la sociedad. Sin embargo, con la misma rapidez, desechó de su mente tal posibilidad por temor al ridículo por su desconocimiento del bufete de su marido.

—Yo no sé nada de cómo desempeñar un cargo así — dijo

suavemente.

—Yo tampoco lo sabía —le respondió dulcemente Margaret—, pero se aprende, y es agradable tomar las riendas de tu vida, no puedes imaginarte cuánto.

Piruka, la más mayor de todas las presentes, le guiñó disimuladamente uno de sus acuosos ojos a Margaret.

—Margaret tiene razón —sentenció finalmente—. Nos hemos pasado la vida entre algodones que, a estas alturas, amigas mías, reconozcámoslo, ya están bastante apolillados. Hemos llevado adelante a nuestras familias, nuestras casas, con todo lo que ello implica. Nos hemos estrechado cuando había menos sin que se notara y hemos sabido dar más brillo al esplendor cuando el viento ha soplado a favor. No puede ser más difícil en una empresa.

La aprobación final de Piruka tuvo un efecto aún mayor en el ánimo de todas, en especial en el de Carmen. De repente, la más veterana había abordado un tema tabú con total naturalidad y altura y dando por sentadas cuestiones económicas como si de un hecho constatado se tratase.

Por otro lado, el modo en el que Piruka daba su aprobación inspiraba la confianza necesaria en las demás para poner en valor lo que había sido, en definitiva, la vida de todas, llevando adelante dignamente los diversos avatares que cada una había debido afrontar en sus hogares y finalmente, el equiparar la organización doméstica al sistema de organización de una empresa.

Margaret quedó encantada con la deriva que había tomado un encuentro, por lo general, mucho más monótono y formal.

—¡Esto hay que celebrarlo! —dijo con efusividad, levantando una mano para llamar al camarero.

—¿Les traigo más té, señoras? —se atrevió a ofrecer el pobre iluso.

—¿Qué té? A partir de ahora, coñac para todas, y del mejor que tengas, que somos empresarias.

Las risas estallaron simultáneamente, interfiriendo en la apacible música que solía acompañar el ambiente del distinguido salón.

Y así prosiguió el encuentro, brindando con coñac por la nueva determinación grupal, infundiéndose entre unas y otras la confianza y la fortaleza que ninguna había reclamado antes para sí en sus largas vidas.

*****

Al llegar a casa, Carmen parecía una mujer nueva. Se encontró a su hermana y a Sofía un tanto desconcertadas por el horario de su regreso. Sofía se acercó para ayudarla a colgar el bolso y el pesado abrigo y le dijo:

—Mamá, nos tenías preocupadas.

—Sí, hoy nos hemos extendido un poco más —respondió su madre, disimulando una chispeante mirada.

—¿Quieres algo? ¿Te preparo un té? —preguntó Sofía.

—No, hija, no, estoy bien. —Carmen miró los pastelillos que habían sobrevivido a la voraz gula de su hermana—. Bueno, pensándolo mejor, me sumaré con vosotras a un té y a esos supervivientes —añadió señalando con los ojos la bandeja que contenía los dulces.

Mientras que Sofía se había retirado a preparar más té, Carmen fue en busca del licor de los momentos importantes. María la miraba sin decir palabra, totalmente desconcertada, al tiempo que Carmen servía tres pequeñas copas sin preguntar si les apetecía.

Cuando Sofía regresó con la bandeja, se encontró a las dos hermanas copa en mano y el desconcierto también se apoderó de ella.

—Ven, hija, que se te va a enfriar el té —dijo su madre con voz cordial e indicándole con la mano que se sentara a su lado.

Sofía accedió y dijo:

—¿Pero vais a querer té?

—Claro, hija, ¿por qué no?

Sofía también sabía que el licor era el equivalente a una situación difícil para su madre, pero en esa ocasión se la veía tan tranquila que la imagen se le presentó, además de desconcertante, aterradora.

El ambiente, con la luz tenue de una lámpara de pie situada cerca del juego de sofás, la chimenea encendida, la alfombra, la mesa bajita con las copas de licor, la calidez de su madre y el amor de su tía y la incógnita disipada en el aire convirtieron ese momento en algo único, eterno y nuevo que haría mella en el recuerdo de las tres, quizás hasta el final de sus días.

—Mamá —comenzó a hablar Sofía pasado un rato de conversación distendida recordando anécdotas de la infancia española de las dos hermanas.

Aún sonriendo con el último recuerdo rememorado por María de la gallina que ambas habían decidido salvar del caldo navideño poniéndola debajo de su cama, Carmen se encontró con los enormes ojos negros de Sofía envueltos de una angustia contenida, sumada a la tristeza de romper ese momento idílico.

—¿Qué pasa, cariño? —le preguntó una irreconocible Carmen.

—Quiero decirte que lamento haberte decepcionado, mamá, que yo...

—No, Sofía. La que debe disculparse soy yo, hija, por querer imponerte mis deseos a costa de tus sueños. Nunca me he enfrentado a nada, Sofía, es una realidad, y ahora que la vida me ha puesto en un papel más alto de responsabilidad, pretendo haceros cargo a tu hermano o a ti con tal de evadirme yo. Lo siento mucho, no he sabido hacerlo mejor, pero, elijas lo que elijas, tendrás mi apoyo y mi admiración, como siempre la ha tenido tu tía por la valentía de afrontar su vida y defender su felicidad contra todo.

Sofía, entonces, se enterró en los brazos de su madre con una emoción que era incapaz de controlar.

María se quedó de piedra, con su mirada perdida en las palabras de su hermana. Cuando reaccionó, se acercó a ambas y se unió al abrazo de aquel día que marcaría un nuevo comienzo en la vida de todas.

El tiempo que María pensaba compartir consolando a su hermana, se convirtió en un agradable momento.

Una vez que Sofía se retiró a su cuarto, las dos hermanas permanecieron largo rato hablando como nunca.

—¿Cómo es que has cambiado de opinión tan rápido Carmina? —preguntó María con cierto temor de que, el repentino ablandamiento de su hermana se debiera más al licor que a un convencimiento real.

—¿Qué voy a hacer? No es justo que intente imponer un futuro que mis hijos no eligen, siempre lo he sabido aunque me cueste reconocerlo. Tengo que aprender a asumir que los tiempos cambian, si no lo hago, cambiarán de todos modos pero sin mí.

—Me alegra que lo veas de esa forma, aunque dudo que tus hijos te abandonaran, pero desde luego se vive más feliz respetando lo que cada uno elija.

—Sí, tú de eso sabes más que yo.

—Pero yo no he sido del todo feliz en mi vida justamente porque no sentí el apoyo de mi familia.

—Sí, María, lo sé, no lo decía con sarcasmo, me refería exactamente a ello, a ese encerrarse en costumbres que al fin de cuentas.... a nadie importan o no deberían importar.

—He decidido presentarme en la junta directiva del bufete. —le anunció Carmen, cambiando de tema —Ha sido Margaret quien me ha alentado y me ha ofrecido ayuda hasta que aprenda lo que deba aprender.

—¡Eso es excelente Carmen!

—No estoy tan segura pero lo intentaré.

—No te subestimes Carmen, eres mucho más hábil de lo que crees y lo harás muy bien, no me cabe duda.

Así, las dos hermanas se quedaron conversando hasta bien entrada la noche, cuando el cansancio hizo que se despidieran.

Por más esfuerzo que hacía, María no recordaba haber compartido un momento igual a aquel junto a Carmen.

El corazón se le encogió de felicidad, acurrucada en la cama del cuarto de invitados en casa de su hermana que cada vez, sentía más suyo.

*****

El primer día en que Sofía atravesó la puerta de la universidad, sintió que el mundo se abría a sus pies.

Desorientada en la nueva geografía del imponente edificio cargado por el bullicio del reencuentro de los que se veía claramente que ya se conocían, y compartió el silencio con los nuevos alumnos que, como ella, se acomodaban contra las paredes como estatuas invisibles, mimetizadas entre los cuadros y demás ornamentos decorativos del enorme vestíbulo de entrada.

Fue allí donde, sin darse cuenta, rozó su codo con el de Rebeca. Aferradas como estaban a sus carpetas como si de escudos se tratasen, no se habían percatado de la cercanía de sus brazos y sus nervios.

—¡Uy perdona! —se sobresaltó Sofía ante ese mínimo roce que la devolvió a la realidad.

—No es nada —respondió Rebeca—. Eres nueva, ¿verdad?

—Sí.

—Yo también, y no sé ni dónde buscar mi aula.

—Pues estamos igual —dijo Sofía con una risita nerviosa.

—Bueno —repuso Rebeca—, será mejor que nos calmemos y hagamos algo, porque será peor entrar a un aula llena e interrumpir a un profesor cuando esté presentándose.

La imagen de lo que acababa de escuchar se le representó casi terrorífica a Sofía, que se despegó de la pared como expulsada por un resorte, seguida por Rebeca, en busca del tablón lleno de nombres e indicaciones de aulas.

—Tu apellido, ¿por qué letra empieza? —preguntó Sofía, y se dio cuenta de que ni siquiera se había presentado—. ¡Uy discúlpame! Con los nervios, no me he presentado. Soy Sofía, Sofía Walker, ¿y tú?

—Me llamo Rebeca Wilson.

—¡Pues mira qué suerte!

Rebeca no entendía a qué venía esa exclamación y viendo su cara de desconcierto, Sofía le aclaró:

—Nuestros apellidos comienzan por la misma letra, seguramente tengamos asignada la misma clase.

—¡Es cierto! —exclamó Rebeca, encantada y un tanto avergonzada por no haber entendido a la primera lo que Sofía tuvo que explicarle.

Las dos comenzaron a buscar sus nombres en esos interminables listados.

—Mira, aquí estoy. Y..., sí, también estás tú. Aula 104, primer piso, a la derecha —informó Sofía.

Ahí se encaminaron juntas, recorriendo por vez primera el enorme edificio que terminarían conociendo como su propia casa. Lejos estaban aún de saber que, además, nunca se separarían, que su amistad se forjaría con los años y sería eterna.

Rebeca era un poco más baja que Sofía, su cabello rubio de rizos indefinidos y sus ojos claros resaltaban en un rostro armonioso y bien perfilado en rasgos que la hacían atractiva, pero lo que más destacaba en Rebeca era su carácter, su andar firme en consonancia con la determinación que tenía para todas las cuestiones de su vida. Ella nunca dudaba, siempre parecía tener previamente decidido lo que quería, ya se tratara de temas de estudios, de elegir la ropa que se compraría o de lo que pediría en algún restaurante para comer. Era extrovertida, divertida, inteligente y provocadora. Podría decirse que era opuesta en todo a Sofía, a excepción de en la inteligencia.

Sofía era alta, elegante, un tanto tímida, de cabello negro y fino y de piel muy blanca. Se vestía de una forma sobria, bastante recatada, que prácticamente hacía imposible adivinar su armonioso cuerpo. Había heredado casi todo de su padre, a excepción de los mágicos ojos negros andaluces, herencia de la rama materna.

La carrera de las dos amigas se desarrollaba de forma brillante y solían ser el centro de miradas de todo tipo, algunas envidiosas, en el caso de muchas mujeres, otras de deseo, en el caso de muchos hombres, incluyendo en este punto a más de un profesor, sobre todo embobado ante torbellino que era Rebeca, su determinación y su más que osada picardía. Pero también tenían un nutrido grupo de amigas y amigos y su escasa vida social resultaba bastante amena cuando decidían salir a tomar el aire, cosa poco frecuente, porque la mayor parte del tiempo la pasaban estudiando de forma incansable. Si algo tenían en común las dos amigas era justamente el empeño y la constancia en el estudio, además del amor a la biología en general. Aunque Rebeca se inclinaba más hacia áreas de investigación en laboratorios y Sofía a temas relacionados sobre el terreno. En todo caso, estudiar en sí les apasionaba a ambas y poco tiempo dedicaban a otros entretenimientos.

Los años pasaban rápidos y Carmen se sentía realmente orgullosa por la madurez y seriedad con la que su hija había encarado sus estudios, aunque le preocupaba el hecho de que Sofía no mostrara el más mínimo interés en tener novio.

En más de una ocasión le había pedido que la acompañara a las reuniones con sus amigas en el golf con la excusa de que saliera y se distrajera un poco, pero en aquellas ocasiones siempre aparecía algún hijo, sobrino o amigo de sus amigas que, casualmente, coincidía con su presencia. «Lo has hecho a propósito, mamá», le recriminaba Sofía, cosa que Carmen nunca se atrevía a reconocer y que quería presentar como una mera casualidad del destino.

En las pocas ocasiones que Sofía asistía a esas reuniones, se quedaba al margen de la conversación, sentada en un discreto segundo plano como si de una acompañante se tratara, aunque más de una vez Carmen hacía comentarios un tanto mordaces respecto de ella que le provocaban incomodidad o vergüenza.

—Sofía no sabe sacar partido a su belleza, anda con esas camisas abotonadas hasta el cuello que le hacen parecer una institutriz —dijo Carmen en una ocasión.

—Mamá —le reprochó Sofía.

—Es cierto, hija, tu forma de vestir no te favorece. Yo a tu edad ya estaba construyendo una familia sin abandonar nunca el saber estar. Cuando tu padre llegaba a casa, se encontraba a su mujer arreglada y preparada para atenderlo. Pero esta hija mía, entre lo poco que sale y esa falta de presunción, quedará para vestir santos —sentenció Carmen, buscando aprobación en la mirada escrutadora de sus amigas.

Margaret siempre salía disimuladamente en defensa de Sofía, bien remarcando que se trataba de otros tiempos, bien desviando la conversación hacia algún cotilleo que parecía tener en la recámara para utilizarlo en el momento oportuno.

Sofía quedaba aislada en su propia incomodidad, sin participar en el encuentro.

Alguna vez era interpelada por Piruka, quien, con sus ojos llenos de experiencia, le hacía alguna pregunta relacionada con sus estudios y se interesaba por la evolución de estos. Esos pequeños momentos de consideración ayudaban a mitigar el estado de ánimo en que se encontraba Sofía, que intentaba disimular su malestar.

Poco a poco, dejaría de acceder a las propuestas e invitaciones que le hiciera su madre para que la acompañase al golf. Las diferentes excusas, casi siempre relacionadas con sus estudios, hacían que Carmen se viera obligada a disimular su enfado y con el tiempo, cesó en el empeño de tales invitaciones. Además, Carmen había comenzado a participar en la junta directiva de la sociedad de su difunto esposo, y esa circunstancia ayudó a que enfocara sus caprichos hacia otra parte. El hecho de que se involucrara en el mundo empresarial y el consiguiente aprendizaje que ello suponía generó incluso un cambio en algunas conversaciones de Carmen que sorprendieron gratamente a mucha gente que la conocía. Hablaba de temas financieros, de algún proyecto o de situaciones más mundanas que daban cuenta de ese aprendizaje innovador asesorada por Emili, quien, efectivamente, había accedido a colaborar con ella.

De vez en cuando, Francisco aparecía por sorpresa o aprovechaba algunas vacaciones para regresar a casa y en esos días que contaban con su presencia, Carmen se afanaba en explicarle meticulosamente todos los pormenores de los socios y demás cuestiones que le permitían compartir sus avances, eran momentos y conversaciones entrañables, con su hijo que ya era un hombre hecho y derecho.

Todo parecía tomar un cauce de equilibrada normalidad y Sofía era feliz dedicándose a sus estudios que la llevaban a compartir su día a día con Rebeca, con la que ya tenía una amistad muy consolidada, y lejos de las presiones de su madre que, ocupada en sus nuevas obligaciones en la empresa, no tenía tanto tiempo para dedicarse a buscarle un novio o reprocharle su falta de vida social.

*****

El tiempo y la vida transcurría sin sobresaltos, cada una centrada en sus propias ocupaciones y responsabilidades.

No existían momentos agrios pero tampoco grandes alegrías. El ambiente cotidiano era marcado por el ritmo sereno de quienes convivían en la casa. Las frecuentes visitas de María animaban un poco las horas silenciosas que Sofía dedicaba al final de sus estudios y cuando los tés de Carmen con sus amigas se producían en la casa, podía escucharse alguna risa elevada o el murmullo de sus conversaciones que llegaban al cuatro de Sofía como el ruido de un enjambre de abejas a la distancia.

Pero, pasado un tiempo, Carmen comenzó a mostrarse algo contrariada, sin que su hermana y su hija pudieran acertar con el motivo de aquel cambio.

Un domingo, después del almuerzo, y aprovechando el café

servido en el salón y las copitas de licor de Carmen, Sofía se decidió a preguntarle a su madre qué le pasaba.

—¿Por qué lo preguntas, hija?

—Pues, porque últimamente estás algo extraña.- respondió Sofía con cautela. ¡¿Extraña?!

—Sí, Carmina —salió al rescate María—nosotras te conocemos y sabemos que algo te está preocupando.

—¿Tan transparente soy? —Respondió con una sonrisa.— Estoy preocupada por Francisco.

—¿Por Francisco? —Se sorprendió Sofía—¿Por qué? ¿Qué le ha pasado?

—Nada en especial Sofía, no te alarmes, es que lo encuentro como ausente cuando hablamos por teléfono y de hecho, de un tiempo a esta parte, no me está llamando muy seguido.

—Bueno Carmina, Ya es un hombre, puede que esté ocupado con su proyecto de fin de carrera o simplemente saliendo con amigos.

—No, yo noto algo más, está distante, distraído incluso, se mostró apurado por cortar cuando me llamó la semana pasada.

—Pues, llámale mamá y se lo preguntas sin darle más vueltas.

— Sí, eso haré, ya sabes que me cuestan un poco estos temas, no quisiera que sintiera una intromisión por mi parte.

—¿Por qué motivo no serás tan prudente conmigo? —Respondió Sofía entre risas.

Todas rieron y la conversación continuó por otro derroteros.

Aquella noche, Carmen llamó a Francisco.

—¿Te pasa algo, hijo? —le preguntó con una diplomacia que,

ciertamente, distaba mucho de la forma en que se manejaba con Sofía.

—No, mamá, estoy muy bien. ¿Por qué lo preguntas?

—Porque últimamente te noto raro hijo y con cierto apuro en cortar.

—Lo dices porque el otro día te corte rápido, tenía que irme pero no me pasa nada o si, en realidad es porque estoy saliendo con una chica, había quedado con ella y si me demoraba, hubiera llegado tarde.

—Ah, no quiero entrometerme, no es esa mi intención, sólo es que me preocupaba un poco el cambio que he notado en ti desde hace un tiempo.

—Sí, lo comprendo mamá, debí haberte comentado esto antes. Mañana te llamaré para hablar tranquilos, porque ahora también debo irme, nos iremos a cenar.

—Sí, sí, muy bien, no te preocupes, ya hablamos cuando puedas.

Te mando un beso hijo.

—Y yo, mamá.

Carmen colgó el teléfono por pura inercia. Francisco nunca había expresado tan abiertamente su vida personal y ciertamente, lo que ella esperaba para Sofía distaba mucho de lo que deseaba para Francisco. El choque de sensaciones dejaron a Carmen muda. Por una parte, se alegraba de que su hijo estuviera tan entusiasmado, por otra, le entristecía asumir la evidencia de que Francisco dejara de ser ese niño que, las madres, nunca ven preparado para volar por sí solos.

A partir de ahí, un sinfín de incertidumbres e incógnitas invadieron su espíritu: ¿quién sería? ¿Sería algo serio?

¿Habría boda? ¿Tendría nietos? Las múltiples posibilidades que podía imaginar surgían incesantemente por su cabeza, todas a excepción de una, la verdadera...

En poco tiempo Sofía terminó su carrera con título de honor, al igual que Rebeca, por lo que decidieron que la fiesta de graduación la celebrarían juntas. Sabían que el tiempo que habían compartido hasta ese momento, llegaba a su fin, que cada una continuaría su especialización por separado y ello motivó aún más, su voluntad de una grandiosa despedida. Sus respectivas familias se encargaron de organizar el evento, colaborando en cada detalle, embargadas en la felicidad y orgullo que despiertan tales acontecimientos.

La fiesta no defraudó, amigos y familiares de las graduadas, asistieron complacidos y luego de los aperitivos, cena y bebidas de lo más variadas, se dio comienzo al baile que se prolongó hasta rozar el amanecer.

Francisco viajó desde Nueva York para acompañar a su hermana en tal importante logro y Sofía visiblemente emocionada se lo agradeció fundida a su cuerpo con un fuerte abrazo.

Al día siguiente de la festividad que había motivado su visita, Francisco regresó a Nueva York. En un primer momento Carmen se entristeció por lo fugaz del viaje.

—Pero hijo, pensé que te quedarías unos días, hace mucho que no vienes. - le reprocho comedidamente.

—Lo sé, mamá, pero tengo que entregar un trabajo sin falta el lunes, de todas formas quiero comentarte que, si estás de acuerdo, me gustaría regresar por navidades con Alicia para que la conozcas.

Para ese entonces, Carmen ya sabía que Alicia estudiaba con él administración de empresas y que después de algunas especializaciones que habían emprendido, les quedaba muy poco a ambos para terminar los estudios.

—¡Por supuesto! —Contestó entusiasta Carmen ante tal proposición.

—Bueno, me alegro mucho de que te emocione la idea. Eso sí, conociéndote, mamá, te ahorraré incertidumbres logísticas: Alicia dormirá conmigo en mi habitación —le aclaró Francisco, sin mayor margen de discusión.

Carmen se quedó dubitativa.

—¿Pero Alicia no se sentirá incómoda?

—¿Por qué iba a sentirse incómoda? Duerme conmigo todas las noches —rio su hijo—. Alicia es muy natural, ya la conocerás, ella hace que todo fluya sin más vueltas.

«Cómo cambian los tiempos», pensó para sí Carmen, pero no dijo nada. La cara de Francisco delataba lo embobado que estaba con esa chica, se le veía feliz y más maduro, seguro, resuelto.

—Lo único que me importa, hijo, es que seas feliz — dijo una Carmen algo emocionada y nostálgica a la vez—. Lo que tú digas, así se hará —sentenció finalmente.

Francisco abrazó a su madre como nunca antes lo había hecho. Definitivamente, su hijo había cambiado, de pronto era cálido, y estaba claro que ese rasgo no había sido cultivado por ella.

Una vez que partió Francisco, la exaltación que Carmen

manifestaba en sus infaltables reuniones del golf provocó que casi no se hablara de otra cosa por semanas.

—Parece una chica perfecta —manifestó Piruka sin un ápice de sorna en una ocasión.

—Pues sí —afirmó Carmen—, nunca habría imaginado que mi hijo cambiara tanto.

*****

El día en que finalmente Carmen conoció a su nuera, la casa era un auténtico alboroto. Todo estaba preparado, hasta el caniche Jack estaba más lacio que nunca. La pobre Lourdes no daba más de sí y Carmen contrató a una jovencita para que la ayudara con la cocina y los preparativos domésticos: organizar la habitación de Francisco con una cama doble, adornar con flores y detalles navideños y no dejar ni una mota de polvo por más empeño que se pusiera en encontrarla.

La tía María era testigo presencial del despliegue y junto a Sofía, escapaban en cuanto podían para tomar aire y algún café con la excusa de buscar alguna cosa para el acontecimiento.

Cuando se escuchó llegar el coche, Carmen ya tenía a María y a Sofía de pie a su lado mientras Lourdes abría la puerta.

—Hola, Lourdes —se escuchó provenir del recibidor la voz risueña de Francisco—, te presento a Alicia.

—Mucho gusto, señorita —dijo Lourdes—. Permítame su abrigo y sea bienvenida. Su madre les espera en el salón, señor Francisco.

—Muchas gracias, Lourdes —resonó la voz dulce y casi musical de Alicia.

Al entrar al salón, Francisco vio a las tres mujeres alineadas y con miradas ansiosas y expectantes. Dos pasos por detrás apareció Alicia, una mujer negra, exótica, elegante, con cabello largo y muy rizado y de una belleza que bien podía compararse con la de una diosa.

—Bueno, aquí estamos, ¿cómo estáis? —dijo Francisco con una sonrisa.

Sofía fue la primera en reaccionar, se acercó a besar a su hermano y a Alicia, que desplegaba una sonrisa deslumbrante y franca, con una dentadura perfecta y blanquísima.

—Hola, Alicia, mucho gusto, al fin nos conocemos.

La tía estaba ya saludando a su sobrino y acto seguido, a su novia. Carmen, con una sonrisa congelada, se quedó en su sitio hasta que Francisco llegó a ella a besarla.

—Bueno, mamá, te presento a Alicia.

—Hola, querida, mucho gusto. Mi hijo omitió decirme que... —a todos los presentes se les cortó la respiración—, que eras tan guapa.

—Oh, muchas gracias, a mí tampoco me dijo que era tan encantadora —le respondió con unos ojos que irradiaban vida—. ¡Qué preciosa casa tiene!, es verdaderamente muy acogedora. Y tú debes de ser Jack —dijo acercándose al caniche, que observaba todo desde el sofá del que se había adueñado y que inexplicablemente no atinó a ladrarle o intentar morderla.

Alicia lo cogió naturalmente y lo acomodó en un brazo mientras le acariciaba suavemente la cabeza. Ninguno de los presentes daba crédito, Jack jamás había permitido a nadie ese acercamiento. Ese gesto rompió la tensión del impacto que en ese instante Carmen intentaba dominar para sus adentros.

—Pero, pasad, pongámonos cómodos —invitó María señalando los sofás.

—Eso —dijo Carmen mientras ya se iba encarando hacia el

mueble en busca de las copitas y su botella de crisis—.¿Qué queréis tomar? Té, café, licor...

—Yo tomaré un licor contigo —dijo María, consciente del estado disimulado por su hermana.

—Yo un té —dijo Sofía, abriendo así la opción a Alicia de elegir algo más acorde.

—Para mí, un licor, estupendo —dijo Alicia.

—Pues le pediré a Lourdes café, y té también —dijo Francisco, que sabía que Alicia en realidad lo prefería.

En poco tiempo se encontraron hablando, riendo y contando anécdotas como si conocieran a Alicia de toda la vida. La tía María y Sofía estaban encantadas y Carmen pareció olvidar por completo el color de piel de Alicia. Francisco se mostró atento con todas las mujeres, pendiente del fuego de la chimenea, de las luces, de las pastas y de la conversación.

—¡Uy! —exclamó Carmen pasado un buen rato—, si dentro de nada tenemos que cenar y aún no os habéis acomodado. Francisco, enséñale a Alicia la casa y la habitación, y tú, Alicia, espero que te sientas como en tu casa —le dijo cordialmente.

En cuanto la pareja salió del salón, Carmen se quedó mirando a un punto infinito que se perdía por la enorme ventana.

—Podría habérmelo dicho —fue lo primero que susurró. María y Sofía no necesitaron preguntar a qué se refería,

ya la conocían y podían saber con total precisión lo que pasaba por su cabeza.

—Pero es bellísima e inteligente —opinó María.

—Sí, y muy agradable —agregó Sofía—, si hasta Jack está embobado.

—Sí, sí —respondió Carmen, sin salir de su infinito—, pero

no era lo que yo me imaginaba.

No dijo más. Nadie dijo nada más, aquella era otra de las ocasiones en las que los tiempos de Carmen discurrían con ritmos y contradicciones que sólo ella debía gestionar.

Los días que se sucedieron al primer encuentro trajeron un aire renovado en el ánimo familiar. Risas, conversaciones de lo más variadas y el encanto de Alicia doblegaron en parte los prejuicios de Carmen. Sin lugar a dudas, la chica era encantadora y a Francisco se le veía como nunca hubiese esperado verlo nadie que lo conociera.

Una tarde, madre e hijo pudieron estar a solas y hablar con una intimidad inusual.

—¿Qué opinas, mamá? ¿Qué te parece?

Carmen sonrió con cierta resignación que ocultó en un suspiro, como quien va a dar un veredicto incómodo.

—Opino que te has convertido en un hombre y que mucho tiene que ver Alicia en ese cambio. Te veo plenamente feliz y enamorado, y eso es algo que una madre valora por sobre todas las cosas. Desde ahora, ya no me preocuparé en la distancia por si comes bien, o te falta algo. Ahora sé que lo tienes todo. —Francisco se esforzó por ocultar la emoción que le producían aquellas palabras, la cual, aun así, se revelaba en sus ojos enrojecidos que luchaban por contener las lágrimas—. Porque la amas, ¿verdad?

—Como nunca imaginé que fuera posible, pero tenía miedo de cómo reaccionarías tú de haber sabido que era negra sin antes haberla conocido, sin antes habernos conocido a los dos —se corrigió—. Pero tú también has cambiado, mamá, estás diferente.

—¿Diferente?

—Sí, más... humana. Bueno, quiero decir, más terrenal, no sé. Creo que no encuentro las palabras adecuadas, pero he visto en estos días la mejor versión de ti. —Carmen se emocionó también por ese reconocimiento, sabía perfectamente a qué se refería—. Que te involucraras en la empresa me resulta sorprendente y quería decirte que hemos hablado Alicia y yo que estaría bien que viniera a verte una vez por mes para echarte una mano en lo que necesites. Y por supuesto, si necesitas alguna cosa antes, puedo venir e incluso hacer un seguimiento desde la distancia, si lo deseas.

—Te agradezco mucho tu proposición, hijo. Si no es pesado para ti, no vendría mal que te enviara la información para un seguimiento, pero, por más que me encantaría verte más a menudo, no quiero que asumas el compromiso de viajar una vez al mes, podemos trabajar en la distancia. Ahora tienes una vida que seguir.

—Nos vamos a casar, mamá, y quisiera que vinieras a Nueva York y conocieras a la familia de Alicia. Ya hemos estado mirando casas y…

—¿Pero cuándo? —lo interrumpió Carmen con cierta brusquedad.

—Eso dependerá, en parte, de ti —respondió—. Primero tienes que conocer a la familia y en la medida que puedas, nos gustaría que nos acompañases en los cambios, a visitar casas y escuchar tu opinión. No sé, pensamos que en un año más o menos.

Carmen se quedó estupefacta, un choque de pensamientos pujaban en su cabeza por ver cuál llegaría primero a encumbrar su preocupación, si la noticia de la boda, la compra de la casa, la amabilidad en el ofrecimiento de contar con su opinión, conocer a la familia de origen cubano de Alicia, viajar a Nueva York con frecuencia, qué vestido utilizaría para el enlace o dónde se celebraría este, y así unos cuantos más.

—Está claro que quieres matarme —respondió al fin, pero lo dijo con gracia, sin enfado, más bien como resumiendo todo lo que le estaba largando su hijo sin darle tiempo de asimilar una cosa y luego otra—. Yo haré todo lo que pueda, Francisco, todo y más, pero ahora necesito un abrazo y un poco de licor.

El abrazo duró un tiempo largo, las lágrimas contenidas durante aquella charla afloraron en ambos con felicidad, con gratitud, con nostalgia y con cierto sabor a despedida, pero también a un nuevo reencuentro.

Aquella noche se celebró la noticia y la excitación hizo acto de presencia en todos.

Cuando finalmente se marchó la feliz pareja, la casa quedó impregnada de emociones y cierta pena por el repentino silencio después de días tan llenos de esa extraña magia que pocas veces se encuentra en la vida.

El habitual encuentro de Carmen y sus amigas tuvo lugar al día siguiente de la partida. Sus amigas la esperaban ocupando la mesa de siempre, solo que, en esa ocasión, se encontraban todas sentadas en fila y mirando hacia la puerta a la espera de verla llegar. Según su cara, ya tendrían una primera idea de lo que seguiría en un relato pormenorizado de todo lo acontecido. Daba la impresión de que las amigas hubieran quedado un rato antes como para acordar entre ellas cómo distribuirse las palabras de consuelo, acostumbradas a las exageradas quejas de su amiga.

La imagen de esas caras expectantes y la silla sola frente a las demás, como si de un teatro se tratara, divirtió a Carmen.

—Parecéis colegialas —fue lo primero que dijo Carmen mientras procedían a los besos y deseos de felicidades por el nuevo año—. ¿Qué tal estáis? ¿Cómo habéis pasado las fiestas? —les preguntó mientras tomaba asiento en la silla prevista para ella.

—Déjate de prólogos —la interrumpió Piruka—. ¿Cómo van a pasar? Igual que todos los años, aburridas e interminables, así que comienza tú con lo interesante y cuéntanos todo.

Carmen comenzó a hablar y las amigas la escuchaban atentamente, cambiando sus expresiones en cada parte del relato. Les contó la presentación de Alicia, lo de Jack, cómo estaban enamorados hasta tal punto que Francisco estaba irreconocible, lo de la boda, la solicitud de ayuda que le habían hecho y las presentaciones que querían hacer de las familias. Carmen notó la emoción de todas cuando contó su conversación con Francisco y después de casi dos horas de relato, las amigas estaban fascinadas con todo lo escuchado y ya comenzaban a hacer sus aportaciones cuando Carmen las silenció con una frase:

—Eso sí, hay un detalle...

—¿Cuál? —preguntaron a coro.

—Es negra.

El silencio se adueñó del grupo y las sonrisas dibujadas se fueron replegando hasta que las surcadas comisuras volvieron a su posición habitual. Sería Margaret, una vez más, quien riera a gusto ante la cara de las demás.

—Señoras, por favor —les reprochó más seria—, ¿qué importancia tiene el color de la chica? —Ninguna dijo nada y la expresión de todas pareció contraerse más—. No puedo creer que os quedéis así de pasmadas porque sea negra —protestó Margaret—. Carmen, me alegro de que estés feliz, y de que también lo estén Francisco y Alicia, y me enorgullece que lo hayas tomado con la naturalidad que en realidad tiene el tema.

—Por supuesto que nos alegramos, Carmen —agregó Piruka—. Somos unas viejas racistas que todavía nos hacemos cruces por estas cosas, es una pena. Me avergüenzo de mí misma, por favor, discúlpame. Al parecer, casi hemos vivido toda una vida y seguimos sin aprender lo verdaderamente importante.

Constanza y Elizabeth también se manifestaron en sentido similar, pero de forma más escueta, más por no desentonar respecto de la mayoría que por convicción, porque, en el fondo, no lo aceptaban.

En cualquier caso, Carmen, no se los tuvo en cuenta. Como madre, sabía lo que había visto en su hijo y en la mujer elegida por éste, y eso pasó a ser primordial para ella, ignorando los prejuicios que hasta ese momento hubiese compartido con sus amistades.

*****

La vida continuó y todos los acontecimientos previstos se fueron dando de forma natural, tal como Francisco le había adelantado a su madre.

Aquel año, Sofía respiró aliviada, Carmen estaba tan ensimismada con los preparativos que no tenía tiempo para inmiscuirse en sus cosas o buscarle pretendientes. Disfrutó mucho del tiempo que pasaba con su tía cuando Carmen viajaba a Nueva York y cuando la casa se llenaba de luz con las visitas de su hermano y su futura cuñada.

En cuanto a los estudios, Sofía seguía volcada en cuerpo y alma a ellos y el trabajo que presentó como fin de máster resultó todo un éxito, tanto que fue publicado y considerado una verdadera puerta para la innovación con el cual afrontar el desarrollo sostenible y la conservación necesarias para respetar la biodiversidad. Ello colocó a Sofía en una posición privilegiada, ya que comenzó a ser invitada para asistir a congresos y convenciones sobre especializaciones concretas que le aportaban nuevas perspectivas.

Todo lo que le sucedía en ese nuevo mundo, Sofía lo hablaba con María, que se mostraba tan entusiasmada como ella.

No tardó mucho en recibir una llamada que la invitaba para ser ponente en un congreso, que se llevaría a cabo en Florida. Por supuesto, la universidad que la invitaba se haría cargo de todos los gastos de traslados y alojamiento, según le habían informado. Sofía recibió ese ofrecimiento con gran emoción, pues suponía el comienzo de su carrera laboral y académica y un reconocimiento implícito de su trabajo.

Tenía cuatro meses por delante para poder preparar una buena presentación que le asegurara conservar ese puesto de firme promesa en su campo, como ya la habían catalogado entre los círculos académicos vinculados a la comunidad científica.

Rebeca, estalló de alegría al enterarse, cosa que sucedió un minuto después de que, Sofía colgara la llamada con la oferta.

—Te ayudaré en lo que necesites, ya lo sabes —le dijo con la sinceridad del cariño que se tenían.

En ese momento solo faltaba un mes para la boda de su hermano, así que posteriormente, tendría por delante el tiempo necesario para dedicarse a la preparación de la ponencia.

Carmen también compartió la felicidad de su hija, pero con cierta distancia debido a lo sumida que estaba en los preparativos del inminente enlace.

María era el soporte de la casa en ese tiempo en que Carmen estaba más con Francisco en Nueva York que en cualquier otro sitio. La tía María se ocupaba de que Sofía comiera, y compartiera con ella sus ratos de distracción: la invitaba a tomar un café o a cenar de vez en cuando para que Sofía recordara el mundo, pero siempre lo hacía con tal sutileza que no generaba ningún rechazo por parte de su sobrina.

La boda de Francisco se organizó por todo lo alto y resultó una fiesta única, seguramente más por el amor que irradiaba la pareja que por el lujo que ciertamente revistió, sin dejar de reconocer que la familia de Alicia, quizás por su origen cubano, resultó ser tan cálida y entrañable como divertida.

Cuando Carmen finalmente regresó a su casa después de un tiempo de tantos trajines, estaba agotada. Los preparativos de la boda, los viajes y los interminables detalles en los que se vio inmersa le ocasionaron un enorme cansancio y tardaría un tiempo en reponerse.

Sin embargo, pasado todo y repuesta ella, comenzó una vez más a posar sus pretensiones y expectativas en Sofía, que no hacía más que estudiar.

—Sofía, ponte más recta, te estás encorvando, terminarás como ese... —dijo echando un ojo al libro que tenía abierto su hija—, como ese escarabajo.

—No es un escarabajo, mamá, es una garrapata —la corrigió Sofía riendo.

—¡Dios mío! ¡Qué asco! —se espantó Carmen—. No quiero ni saberlo —dijo, y se marchó.

Esa tarde, el pobre viejo Jack pagó las consecuencias del espanto de su dueña siendo enviado a la peluquería con orden de que se le cortara el pelo, se revisara que no tuviese ningún tipo de intruso pegado y se le echara lo más efectivo que existiera para evitar que tal situación pudiera producirse.

A falta de una semana para la ponencia que Sofía presentaría, Carmen logró convencer a su hija de que debían ir de compras y conseguir una vestimenta adecuada, lejos de los trapos desgastados que, según su madre, constituían su único vestuario.

Un traje de chaqueta y falda tubo que llegaba a la altura de las rodillas, color celeste pastel, un bolso discreto y zapatos de tacón a juego de color crema y una blusa de gasa de fondo beis estampada con delicadas florecillas de tonalidades azul celeste, no muy cargada, resultaron ser la indumentaria elegida después de horas de discusiones que parecían no tener fin, ya que las sugerencias de Carmen apuntaban a lo más llamativo y provocador, cosa que Sofía rechazaba de plano, horrorizada al verse enfundada en aquellas propuestas.

Al llegar a casa, agotadas por las discusiones y las pruebas de modelos que tuvieron lugar en cuanta tienda de renombre visitaron, se encontraron a la tía María, que las vio entrar con menos paquetes de los que imaginaba pero con una mirada expectante.

—¡Al fin habéis regresado! Pensé que tenía que llamar a la policía para denunciar un secuestro. —La mirada que le lanzó Sofía dejó clara la odisea—. Bueno, ¿qué habéis comprado? —preguntó ansiosa.

A Sofía le despertó cierta ternura el interés y la espera de su tía y cuando Carmen comenzaba a dar cuenta de la elección, Sofía la interrumpió.

—No le cuentes nada, ahora me visto y así me lo verá puesto.

Los ojos de María se iluminaron, Sofía estaba dispuesta a

complacerla a pesar del cansancio y el hartazgo de tantas pruebas. Al rato apareció en el salón, vestida con una sofisticación que acentuaba más su elegancia natural. María quedó impactada, era verdaderamente hermosa.

—¡Por Dios, cariño, estás preciosa! —exclamó—.

Sofía, desinhibida, caminó delante de su madre y su tía.

—Tendremos que mejorar ese andar, hija, llevar tacones también tiene su arte.

Allí estuvo Carmen torturando a Sofía a la vieja usanza, colocándole un libro sobre la cabeza que forzara la rectitud y el equilibrio mientras la hacía caminar recorriendo el salón ida y vuelta.

La tercera tarde que intentó retomar las clases, Sofía la echó con cajas destempladas.

—Mamá, estoy ultimando los detalles de la presentación, con los nervios de punta, y tú me vienes con clases de posturas —le recriminó.

«Bueno, fue bonito mientras duró», pensó para sus adentros una resignada Carmen.

*****

En el aeropuerto, Sofía observaba cómo la gente iba y venía de aquí para allá en un ambiente nervioso que siempre le había resultado inexplicablemente frenético e innecesariamente estresante.

En ese ambiente, la altura de Sofía su andar sereno y elegante, sumado a su traje y sus tacones, proyectaban una imagen un tanto sobrenatural, y su actitud, carente de pretensión de llamar la atención, añadía a su aparición un halo casi etéreo,

Encontró la puerta de embarque que anunciaba el vuelo a Florida y se enfrascó en su ordenador para matar el tiempo de espera para subir al avión Se quedó abstraída del entorno que la rodeaba hasta que la megafonía del aeropuerto anunció el comienzo del embarque. El aviso hizo que cerrara su ordenador y se colocara en la hilera de personas que accederían al vuelo. Ella era la última de aquella fila. De repente, oyó una voz a su espalda.

—Disculpe, este es el vuelo a Florida, ¿no?

—Sí, sí, —contestó mientras se giraba y levantaba la mirada en una búsqueda mecánica de contacto visual hacia la persona que le hablaba. Una sensación de asombro hizo que algo recorriera su columna hasta morir en sus mejillas, que se ruborizaron.

Era un hombre apuesto, de cabello rubio y de su misma altura, que vestía un traje gris claro y llevaba un equipaje de mano, todo un tanto revuelto por la urgencia de quien visiblemente llegaba tarde. Él sonrió con un cierto alivio.

—Pensé que no llegaba —le dijo a Sofía, quien, sin darse cuenta, había dejado posada su mirada en él un tiempo más largo del necesario.

Ella esbozó una leve sonrisa ante su aclaración y siguió avanzando simultáneamente con el resto del pasaje hasta ubicarse en el asiento asignado. Detrás de ella iba él, que resultó ser su compañero de asiento. Miradas y sonrisas silenciosas acompañaron los movimientos al acomodarse.

—Bueno, casi viajo sola —dijo Sofía para distender la

incómoda situación.

—Pues sí, esta vez faltó poco. Me llamo Michel.

—Sofía —se presentó, y extendió su mano para aferrar la que él extendía a modo de presentación.

—¿Viajas por motivos de trabajo o vacaciones? — preguntó enseguida Michel.

—No, voy a intervenir en una ponencia en la universidad.

—Ah, ¡qué bien! ¿A qué te dedicas?

—Soy bióloga y es mi primera ponencia, estoy un poco nerviosa —le confesó.

—Pues todo me hace pensar que lo harás muy bien, solo sé tú misma. Los nervios no tienen razón de ser, nadie sabrá más que tú en ese encuentro, es la ventaja que siempre lleva el que domina un tema.

Sofía se sorprendió por la confianza que de pronto le insuflaba ese extraño.

—Y tú viajas por trabajo, ¿no?

—Pues sí. Yo soy abogado y tengo un asunto que tratar allí, pero mañana ya estaré de regreso.

Michel se mostraba desenvuelto y seguro de sí mismo, sin resultar en ningún caso petulante. Una persona fresca, extrovertida y divertida a la vez. Sofía lo encontró encantador y el vuelo se le hizo más corto de lo que de por sí era.

—Me gustaría poder volver a verte —le dijo sin ningún reparo Michel al aterrizar el vuelo—, sea aquí o en Washington, me ha gustado mucho hablar contigo.

Sofía se ruborizó nuevamente.

—No sé cómo lo tendré aquí, me ha invitado la universidad

e ignoro si hay algo previsto después de la conferencia. Me alojo en el hotel South Beach. Si quieres, puedes llamar allí y veremos qué posibilidades hay.

—Perfecto, pero no me has dicho tu apellido.

—Perdona, es cierto, soy Sofía Walker.

—¿Walker? Pues no se me olvidará, hay un bufete de abogados muy grande con ese nombre.

Sofía sonrió, sin decir más.

Al salir al vestíbulo de llegadas, Sofía vio a una mujer con un cartel donde figuraba su nombre.

—Creo que esa señora me está esperando. Ha sido un placer, ya hablamos —se despidió.

Michel la observó encaminarse hacia la mujer que la esperaba. Era elegante, distinguida y sin embargo, muy cercana. Su belleza resultaba una belleza tímida y ella en su conjunto atractiva.

La ponencia de Sofía resultó excelente tanto por su contenido como por el aplomo a la hora de exponerla, los nervios quedaron encerrados en las palabras que le dijera ese desconocido Michel. Sí, para que Sofía se sintiera conforme consigo misma es que debía de haber estado brillante, porque, en caso contrario, su autoexigencia jamás le hubiese permitido sentirse conforme. Los colegas, profesores, catedráticos y alumnos le manifestaron los más variados cumplidos, e incluso llegó a percibir un cambio de actitud entre los mayores, los eruditos, que la habían saludado correctamente distantes antes de su intervención pero que, al finalizar esta, la elogiaron con expresiones tales como: «Impresionante trabajo, doctora» o «Ha sido un privilegio haberla escuchado y tenerla con nosotros». Un punto de respeto que, al parecer, no mereció en un principio su juvenil presencia.

Sobre las ocho de la tarde, la habían dejado en el hotel después de una suculenta recepción provista de variados canapés y diferentes bebidas que se había dispuesto como cierre de la jornada con un nutrido grupo de los más destacados referentes en la materia. Sofía había sido cordial y solvente, sin abandonar la suavidad de su personalidad.

A la mañana siguiente saldría en la prensa local la noticia de la celebración del congreso. En el periódico se vería su foto en media página con un titular que se refería a ella como una joven promesa en el mundo de la ciencia.

Al llegar al magnífico hotel aquella noche, la gente de la recepción la recibió con excesivo servilismo y la acompañaron a su habitación, que resultó ser preciosa. Al entrar, un ramo de flores y una nota la esperaban sobre el escritorio que se encontraba frente a la puerta de entrada. Disimuló su sorpresa delante del botón del hotel, quien, tras recibir su propina y los cruces de agradecimientos, cerró la puerta.

Sofía saltó de sus tacones que la venían torturando desde hacía horas y se acercó a las flores para leer la nota: «Espero que todo haya ido bien. Si te apetece, te invito un cóctel en el bar del hotel, mi habitación es la 204, no estaré muy lejos. ¿Te parece?». La firmaba Michel.

Sofía estaba sorprendida, y enseguida llamó a la habitación 204.

—Hola, muchas gracias por las flores.

—De nada, ¿cómo te ha ido?

—Muy bien, la verdad, creo que me han ayudado mucho tus consejos.

—Pues vaya, me alegro, creo que es la primera vez que

alguien me lo dice. ¿Te apetece bajar a tomar algo?

—Sí, la verdad es que casi no he comido, así que necesito comer y beber algo. Pero también necesito un rato para cambiarme y hacer unas llamadas.

—Claro, tómate tu tiempo y si te parece, me llamas cuando vayas a bajar.

—No me habías dicho que te alojabas en el mismo hotel —dijo Sofía un tanto risueña.

—Creí más divertido el misterio —le respondió Michel con un tono de voz que ciertamente seducía—. Bueno, nos vemos en un rato.

Así quedaron. Sofía se estiró en la cama una vez que se había quitado el traje, quedando solo en ropa interior. Hacía calor y el cansancio comenzó a hacer acto de presencia. Llamó a su madre, María estaría junto a ella esperando sus noticias.

Al sonar el teléfono, Carmen se lanzó sobre él.

—Hola, hija, cómo te ha ido, estamos tan nerviosas.

—De maravilla, mamá, lo he hecho muy bien.

Carmen se sorprendió, no era propio de su hija esa confianza, siempre había que alentarla y reforzar su autoestima. Pero la escuchó convincente.

—¡Cuánto me alegro, hija! Lo sabíamos, sabíamos que lo harías de maravilla. Tu tía te manda saludos.

—Os mando un beso grande a las dos, ya os llamo mañana, ahora estoy muy cansada. Me voy a la cama, que mañana hay previstos más encuentros y actividades.

Al colgar el teléfono, Sofía llamó a Rebeca para ponerla al tanto de todo: de la presentación, de Michel, de las flores y de su inminente encuentro en el bar del hotel. Los gritos exaltados que Rebeca lanzaba por el auricular, parecían inundar el edificio entero, eso sentía Sofía que, se sonrojaba de solo pensarlo.

—Vete, prepárate, no pierdas tiempo. Y mañana me lo cuentas todo, o más tarde, si no se alarga mucho la cena — insinuó con picardía—. ¡Dios mío, qué nervios!

—Calla, que estás haciendo que me altere —le reprochó Sofía—. Sí, me voy a preparar, lo más seguro es que te llame mañana, hoy estoy agotada.

—¡¿Pero qué dices?! Hoy estás de estreno, que ya era hora... Ya descansarás cuando regreses —le dijo su amiga entre risas traviesas y cómplices.

Realizadas las llamadas, se dio una ducha y se cambió con una vestimenta más acorde a su estilo: un vestido simple, de base rosa y discretas flores, y unas bailarinas que dieran sosiego a ese eterno día de tacones. Apenas maquillada, su simpleza le aportaba un aire casi infantil, sin dejar de hacerla brillar.

Avisó a Michel de que se disponía a bajar y se encontraron en la recepción. Michel la saludó con dos besos, muy lejos del formalismo con el que se habían tratado aquella mañana en el avión. A Sofía no le incomodó. Él había reservado una mesa para cenar en la terraza decorada con velas y luces tenues, un lugar encantador y romántico en la noche calurosa de luna clara y brillante.

—Me dijiste que casi no habías comido nada, por lo que me permití reservar aquí, que ofrecen carta —le explicó.

Sofía se lo agradeció. Pidieron carne con una excelente guarnición de verduras, un postre helado de chocolate y fresas, vino, agua y café. Las horas pasaban con una fascinación que nunca había experimentado Sofía hasta entonces. De fondo podía escucharse una música sutil que acompañaba la velada sin interponerse en la conversación de los contados comensales que quedaban a esas horas.

Hablaron de todo un poco y ambos sintieron una cierta desilusión por el inminente fin de ese encuentro sentenciado por la hora tardía que marcaba el reloj.

—Creo que debemos marcharnos ya —sugirió Sofía con mucha suavidad, mirando de reojo el entorno ya vacío.

—Sí, es verdad, se me ha ido el santo al cielo. Lo siento, he estado tan a gusto que no me he dado cuenta de la hora — se excusó Michel, que alzó la mirada para llamar al camarero.

Ya en la recepción, en dirección al ascensor, Sofía le preguntó a qué hora tenía el vuelo de regreso.

—Sale muy pronto, a las ocho de la mañana, no creo que sea posible desayunar juntos —le explicó con una sonrisa tierna—, pero, si te apetece, podemos quedar para cenar el sábado. ¿Tú regresas el jueves, no?

Sofía dibujó una sonrisa plena y con mirada algo esquiva, más por vergüenza que por negación, pero Michel la interpretó como una evasiva.

—Bueno, si quieres, tampoco quiero agobiarte, yo..., no sé, lo he pasado muy bien y...

—Estaré encantada de cenar contigo el sábado —lo interrumpió Sofía—, solo que no estoy acostumbrada a tener citas, se me hace algo extraño —aclaró.

Se despidieron en el ascensor. El primero en bajar fue Michel, que se alojaba en el segundo piso, ella lo haría en el quinto.

—Te llamaré el viernes para concretar. —Fue lo último que escuchó que le decía Michel de forma apresurada mientras se cerraba la puerta del ascensor.

A la mañana siguiente, Sofía no lo vio. Se presentó en el comedor del desayuno con ciertas esperanzas de que la sorprendiera nuevamente, pero que se diluyeron en la constatación de su ausencia. Tomó asiento sola, combatiendo su pequeña decepción, mientras leía la nota de prensa que contenía su foto (en el periódico local) y que explicaba su intervención del día anterior. Pero, para su sorpresa, el artículo resaltaba en negrita a su padre, presentándola como la hija de Charles Walker, quien fuera el principal accionista de un bufete de abogados muy prestigioso en Washington. A Sofía esa innecesaria información la irritó enormemente, no encontraba la necesidad de tal mención. Por otro lado, pensó que había omitido comentarle a Michel ese nexo y no creía que fuera esa la forma de que él se enterara.

Por supuesto, Michel lo leyó en el vuelo y le sorprendió que ella, que tan sincera se había mostrado en la cena, hubiera omitido ese dato.

El día de Sofía transcurrió plagado de reuniones y visitas a diferentes sitios organizadas por la universidad que culminaron con una comida tardía que la haría regresar nuevamente al hotel a las siete y media de la tarde.

Desde aquella mañana se sentía contrariada y cansada. Pidió que le subieran una ensalada a la habitación y tras la llamada a su madre y su tía, llamó a Rebeca.

—¡Dios mío, Sofía! ¿Quieres matarme de ansiedad? —le reprochó su amiga—. Cuéntame cómo te ha ido con el abogado, no te guardes nada.

Sofía comenzó a relatarle minuciosamente todo lo acontecido, el lugar, la cena, la conversación, la invitación del sábado. Rebeca exclamaba eufórica a cada momento, pero notaba que algo tenía preocupada a su amiga, de cuya voz se desprendía, la conocía bien.

—¿Pero qué es lo que te ha nublado este momento? —preguntó Rebeca.

—La nota de prensa, la alusión a que soy la hija de mi padre, la heredera del gran bufete de prestigio.

—¿Y eso por qué?

—Porque no venía a cuento. Estoy aquí por mí, por mi esfuerzo, nada tiene que ver mi padre en esto, y además..., no le he comentado a Michel que yo era la hija Walker, a pesar del comentario que él hizo al preguntarme mi apellido, dijo que no lo olvidaría porque conocía un famoso bufete con ese nombre. ¿Cómo le explicaré haberle ocultado ese detalle?, si es que quiere volver a verme, porque siento que he quedado como una mentirosa.

—No lo veo así, Sofía, creo que entenderá perfectamente tu postura. Es un abogado joven haciendo carrera, relacionarse contigo podría verse como una posibilidad de interés más profesional que personal. Al fin de cuentas, solo le has visto un día. Ser cautelosa frente a alguien que te gusta es muy inteligente. Lo entenderá y le gustará la actitud. Además, la chispa entre vosotros nació antes de saber quién eras, ¿no?

—Sí, pero ya sabes cómo soy de insegura...

—Discreta —cortó por lo sano Rebeca, sin dar margen a que su amiga se minusvalorara—, y esa es una de tus mayores virtudes personales, no le des más vueltas. Ahora, dime, ¿te besó?

—¡Rebeca! —la riñó Sofía.

—¡Qué! Es lo más natural del mundo, después de tanto despliegue.

—Contigo no hay manera, de verdad.

—Pues yo pienso lo mismo de ti. Deja de ser tan mojigata y

lánzate a vivir de una vez por todas, mujer.

—Ya suenas a mi madre. Me voy a dormir, mañana estaré de regreso y hablamos. Te quiero.

—Y yo a ti.

Al día siguiente tomó el avión de regreso a su casa, donde indudablemente la estarían esperando su madre y su tía. Y así fue. Se las encontró sentadas y con el té preparado con el fin de no perder ni un minuto en preparativos.

Sofía les contó todos los detalles de la ponencia, los lugares visitados y el paisaje recorrido, y cuando parecía haber quedado todo dicho y contestadas las interminables preguntas que iban surgiendo, Sofía les aclaró que había otro asunto que comentar. Sus interlocutoras se miraron fugazmente con cierto nerviosismo expectante e inmediatamente preguntaron: «¿Qué?».

Sofía comenzó nuevamente a contar el mismo viaje pero incorporando en el relato el encuentro en el aeropuerto con Michel, los asientos compartidos, lo guapo que era y que, encima, era abogado, las flores que la esperaban en la habitación del hotel, la cena romántica y la cita pendiente.

Carmen exclamaba como pocas veces había visto Sofía mientras se dirigía al mueble del licor y rellenaba las tres copas sin consultar. Ninguna se opuso.

—¡Al fin! —exclamó su madre.

María, sin embargo, se mantenía más prudente, ella notaba algo en la forma en que su sobrina contaba la conquista. Su sola mirada hizo que Sofía explicara sus temores por la ocultación que había hecho en relación con el parentesco que la relacionaba con el bufete y la nota de prensa que la había delatado.

—¿Me estás diciendo que ahora reniegas de tu difunto padre? —esgrimió Carmen, incrédula.

—No, te estoy contando que no creí oportuno aclararlo en ese momento a un extraño y que ahora dudo que quiera saber algo más de mí.

A Carmen le cambió el semblante, mientras que a María le aparecía una discreta sonrisa que trataba de ocultar entre los cortitos sorbos de licor.

—Vendrá, tesoro, vendrá, ya lo verás. Ha sido un gesto misterioso y exquisito por tu parte, y a los hombres eso les encanta.

—¡María! —protestó Carmen, intentando frenar a su hermana y su amplia gama de recuerdos mundanos.

Por supuesto, al día siguiente llegó a la casa un precioso ramo de flores con una tarjeta que confirmaba la cita.

La tía María le compró a Sofía un vestido rojo de lana fina, elegantísimo, que ella se probó sin rechistar y que asumió que le quedaba perfecto.

—Más de cinco horas estuve acompañando a mi hija de tienda en tienda y nada, rechazó todas mis sugerencias, entre ellas, dos vestidos rojos, y ahora se pone uno que le has regalado sin que lo eligiera —protestó Carmen mientras esperaba a vérselo puesto.

Cuando Sofía apareció en el salón, el acierto era indiscutible. El vestido parecía hecho a medida para ella. Y así se presentó delante de Michel cuando puntualmente la recogió en su casa.

—Estás preciosa —le soltó nada más verla.

—Pensé que ya lo era —rio Sofía ante la cara de un Michel que no parecía reaccionar.

—Sí, lo eres, pero es que el marco te hace directamente una diosa.

La cena fue tan agradable como la compartida en Florida, pero en un paisaje diferente. Fueron a un restaurante muy elegante donde, en el transcurso de su conversación, Michel preguntó a Sofía muchas cosas de su carrera, de sus expectativas, de los sueños que quería alcanzar. En ese contexto, Sofía hablaba con soltura, a veces con la mirada perdida, acerca de aquellas metas que soñaba alcanzar algún día, del amor a su carrera y a sus proyectos. Sus ojos brillaban y él la escuchaba maravillado.

—Nunca permitiría que dejases de lado tu esencia y tus sueños —le dijo en un momento determinado, cogiéndole la mano.

Sofía lo miró rendida.

Michel no había hecho referencia a lo del bufete, así que Sofía decidió sacar el tema casi al final de la velada.

—Te debo una explicación, Michel —intervino de pronto, casi con cierta brusquedad—. Imagino que te has enterado por la prensa de quién soy y me sabe mal no haberte comentado nada al respecto.

—Así es, pero para mí no tiene importancia, la gente de bien no va diciendo a un desconocido quién es, a la primera. Eso entendí yo al leer el artículo, y me divirtió la forma de enterarme, confiado en que volvería a verte en tres días.

La respuesta de Michel hizo que se esfumaran los temores de Sofía, que internamente agradecía la comprensión y la naturalidad con la que él le restaba importancia.

No se habló más del tema. Al llevarla a casa, Michel bajó del coche, le abrió la puerta como había hecho al recogerla y de pie frente a ella, puso una mano en su mejilla e intentó con delicadeza besarla. Sofía bajó la cabeza y el beso quedó suavemente posado en su frente.

—Lo siento —se excusó Sofía—, yo nunca he tenido novio ni nada parecido y creo que necesito tiempo.

—Todo el tiempo del mundo está en tus manos, yo no tengo ninguna prisa.

—Gracias —logró expresar Sofía.

—Gracias a ti por permitirme conocerte. Que descanses.

Mañana, si te apetece, podemos ir al cine.

Los encuentros y salidas se prolongaron y Sofía se sentía levitar. Rebeca la azuzaba para que diera el paso, mientras que Carmen se alegraba de ver el correcto comportamiento que se esperaba de ella. La tía María solo la apoyaba en sus decisiones.

—Haz lo que sientas, Sofía, en el momento que a ti te nazca, sin presiones y ajena a lo que piensen los demás —le recomendó María.

Los días pasaron, intercalando sus investigaciones y estudios con salidas de lo más variadas. La relación y complicidad entre ambos fue creciendo y ciertamente, esa nueva realidad removió la estructurada vida de Sofía, enseñándole un mundo seductor y diferente que la atrapó y generó en su ánimo un sentimiento de felicidad y plenitud.

Una tarde de sol radiante, decidieron caminar por un parque tras un largo paseo en el que la gente pasaba a su lado como fantasmas. Se sentaron a la sombra de un frondoso árbol situado frente a un lago que reinaba en medio del entorno. En ese momento distendido y cómplice, Sofía decidió contar a Michel sus miedos y deseos: no quería una vida convencional, llena de hijos, ni abandonar su pasión por la biología. Le habló también de su madre y de su tía y de cómo esas figuras la habían marcado a tal punto de sentir que tenía rasgos de las dos.

Michel la escuchaba, los temores que le confesaba le despertaban un punto de ternura.

—Yo nunca dejaría que te apagases, Sofía, no podría soportarlo.

Lo había dicho por segunda vez, con su mirada clavada en sus ojos, con la convicción de quien te quiere bien.

Sofía se echó a sus brazos y lo besó, se besaron, experimentó ese impulso vital que manda el corazón. Fue un momento único, suave y tierno, y algo indescriptible recorrió el cuerpo de Sofía.

Se sentía feliz y decidió formalizar esa relación presentando a Michel a su familia. Como era de esperar, Carmen estaba pletórica y había que calmarla para que no se anticipara a la evolución de la relación.

—Ve despacio, Carmen —le había advertido su hermana—, no es el rey de Francia, no lo encandiles.

—No sé por qué me dices esas cosas, María —se defendió, incapaz como era de entender la sutileza que encerraba aquel mensaje.

—Deja que elija Sofía, y deja ya en paz a ese pobre Jack, con tanto baño y preparativos que Miguel viene a conocernos a nosotras no al perro .

Por supuesto, Carmen hizo oídos sordos a los consejos de su hermana, mientras Sofía se encontraba en ese punto de ceguera que da el deslumbramiento del amor, por lo que María tuvo que encerrarse en sí misma como una espectadora comedida, casi ausente.

La presentación formal tuvo lugar a los pocos días y la entrada de Michel a aquel salón y a sus vidas se hizo definitiva.

En exagerado poco tiempo, Carmen puso todo a los pies de aquel joven, incluido su ingreso en la dirección del bufete, donde fue presentado como su futuro yerno.

Francisco se sintió encantado ante esta nueva realidad que le generaba un cierto alivio a su cargo de conciencia de no estar presente en el día a día de su madre y su hermana, como tampoco de la empresa. Alicia estaba embarazada y saber que alguien velaría por los intereses familiares lo tranquilizaba. A Sofía la veía feliz y de repente todo cuadraba.

La fecha para la celebración de la boda no tardó en llegar y quedó fijada a un año vista.

Sofía comenzaba a despuntar en su profesión. Además de estudios y ponencias, le ofrecieron una plaza en la universidad para cubrir una suplencia de un colega que se había accidentado en las escaleras, lo que le provocó fractura de tibia y dos costillas lo que hacía presagiar que la suplencia sería larga.

Por su parte, Michel se empecinó en mandar construir la casa soñada, tarea en la que esperaba que su prometida se involucrara activamente, cosa que, sin embargo, apenas sucedió. Los planos preveían cuartos de matrimonio, de niños y de invitados, salones grandes con cristaleras correderas para poder unificarlos en ocasiones especiales, jardín y un despacho. Con cierto asombro, Sofía comprobó que, en aquel proyecto, no se contemplaba nada parecido a un laboratorio, cosa que no tardó en hacer notar a su futuro marido.

—Podemos sacrificar parte del patio y hacer un espacio independiente de la casa —sugirió Michel para enmendar su falta de previsión. A Sofía no le pareció una mala idea, le daría la posibilidad de aislarse en sus investigaciones.

Por otra parte, el planteamiento de la cocina previsto en los planos también fue modificado por ella. Tenía claro lo que quería, lo había pensado durante varios días, y la cocina debía ser luminosa, funcional y con un desnivel donde poder sentirse cómoda, conclusión a la que llegó cuando, con cierta resignación, asumió que en algún momento tendría hijos.

En cuanto al resto de los avances y decisiones del que sería el hogar familiar, Sofía casi no intervenía, a pesar de las peticiones que Michel le hiciese. «No tengo tiempo»,

«Debo preparar una ponencia», «Estoy en pleno ensayo» y excusas como esas dejaban claro que no pensaba renunciar a su profesión que, en aquel momento, estaba en auge.

Michel no tenía padres. Su padre había muerto hacía muchos años y su madre hacía apenas tres. Tenía una hermana mayor, Sara, que vivía en Canadá, casada y con un hijo, y un hermano, Toni, que era el del medio de los hermanos, tres años mayor que él, y con quien no tenía una relación estrecha. Toni también estaba casado y sin descendencia de momento. Por lo demás, los vínculos sociales de Michel eran sus amigos, casi todos abogados y algún comerciante que asumiera el negocio familiar, viéndose obligado a abandonar los estudios cuando la vida le había torcido los planes con la muerte del cabeza de familia, debiendo asumir su rol en el negocio familiar, cosa que, por lo general, ocurría con los primogénitos varones. En rigor, sus amigos tenían vidas comunes de gente común, con realidades acomodadas a las necesidades del deber más que del querer.

Michel era la sana envidia de casi todos: guapo, alegre, soltero, resuelto, sin ataduras y que, de repente, había encontrado a una mujer bellísima, inteligente, preparada y de un carácter y forma de ser que hasta costaba imaginarla como real.

La presentación de Sofía a sus amigos llevó a la pareja a relacionarse mucho con ellos en bares cerrados, mal ventilados y cargados de humo de cigarrillos. Las cenas románticas se fueron espaciando y se cambiaron por hamburguesas en esos bares y noches de risas y charlas carentes de interés para Sofía.

Los recelos que su presencia causó en las mujeres de los amigos fueron disipándose en poco tiempo. Sofía era una mujer dulce, cálida, correcta e incapaz de hacer notar lo aburridas que llegaban a resultarle las conversaciones, en especial las relacionadas con niños, médicos, partos y cuestiones domésticas. Aquellos encuentros que, en un principio, la divirtieron por algunos comentarios un tanto ácidos que se proferían los matrimonios, tirándose cuatro misiles entre sí bien camuflados en miradas cómplices, confundieron a Sofía, que creyó que se trataba de amor y confianza cuando, en realidad, eran lo contrario. Al cabo de un tiempo lo comprendió y entonces su gracia inicial se convirtió en una situación desagradable que la hacía permanecer tensa en esas ocasiones. Michel lo notó y trató de interrumpirlas sutilmente cuando se producían, recurriendo a algún chiste o comentario que acaparara su atención.

Así fue pasando el año, con una Carmen cada vez más nerviosa que asumía los preparativos de una boda cargada de detalles que su hija no veía necesarios o trascendentes.

A la tía María se la veía un tanto retraída, algo triste, taciturna.

—¿Pasa algo, tía? ¿Te encuentras bien? —le preguntó un día Sofía.

—Sí, cariño, ¿por qué lo preguntas? —respondió la tía, desplegando una sonrisa forzada mientras bajaba del limbo de sus pensamientos grises.

Sofía podía imaginar sus dudas, sus temores y el dolor que su ausencia le causaría.

—No dejarás de ser nunca mi amada tía, y no temas por mí, soy feliz. Michel es un buen hombre y me apoya en mi vida profesional. No puedo esperar más, creo tenerlo todo.

Con un fuerte abrazo y un sonoro beso, Sofía partió de la casa al escuchar la llegada de Michel, con quien había quedado para ir a elegir alianzas.

María la acompañó con la mirada y la sonrisa hasta que escuchó cerrar la puerta y un par de lágrimas recorrieron sus mejillas. «Ay mi niña. Ojalá sea cierto, ojalá seas feliz», pensó.

*****

El día de la boda llegó finalmente, una tranquila primavera en junio de 1972. Fue una emotiva ceremonia que tenía la peculiaridad de contar con dos madrinas debido a la inamovible determinación de Sofía de que su madre y su tía la acompañasen al altar.

Los invitados se entremezclaban entre los hermanos de Michel y su grupo de amigos, que ahora se había ampliado incorporando a muchos de los accionistas del bufete. La familia de Sofía asistió al completo, incluidos los suegros y cuñados de Francisco. Rebeca, por supuesto, acudió como dama de honor junto a sus padres y su último novio, quien, para sorpresa de Sofía, resultaba bastante sensato, cosa que la alegró mucho el día que lo conoció.

Algunas amistades más de diferentes ámbitos, como las amigas del golf de su madre, cerraban la lista de invitados, junto con los niños (de edades y sexos dispares) que cada cual aportó al evento y que resultaron ser unos veinte.

A Lourdes, Sofía tuvo que exigirle que ese día la quería a su lado y no preparando la casa, cosa que finalmente consiguió después de que la mujer viera aflorar las lágrimas de la niña, como ella la llamaba, ante su negativa.

Sofía estaba radiante y todo se desarrolló en un ambiente armonioso, distinguido y feliz.

El ágape fue de una categoría inmejorable, todo decorado con el gusto sofisticado que había que reconocer que tenía Carmen para esas cosas, o, al menos, para encargarlas a las mejores organizadoras de eventos.

A la hora prevista, los novios se retiraron, no sin antes acercarse un emocionado Michel a donde se encontraban Carmen y María.

—Estoy muy agradecido a la vida, Carmen, he encontrado una excelente mujer y una excelente suegra. No sé cómo agradecerte todo tu apoyo —dijo, y la abrazó.

—Hazla feliz, bienvenido a la familia.

—Gracias por todo a ambas —dijo ahora abrazando a María—, así lo haré.

—No me cabe duda —respondió Carmen.

—Más te vale —apostilló María tajante.

Pasaron su primera noche en uno de los mejores hoteles de Washington, dos días más tarde partirían por cinco días a

Hawái. Ya dejarían para un poco más adelante hacer realidad el sueño de Sofía de pasar su luna de miel conociendo Sudáfrica, cuando los compromisos laborales lo permitieran.

Al llegar al hotel, los nervios de Sofía se centraron en el momento de la intimidad que cabía esperar de los recién casados. Le venían a la cabeza las pícaras recomendaciones de Rebeca, pero también las palabras suaves y naturales de su tía y el hermetismo de su madre sobre el asunto: «Déjate llevar, vive con naturalidad el momento» y «El matrimonio se basa en construir una familia y cumplir con los deberes de una buena esposa», le habían dicho respectivamente esas mujeres tan distintas entre sí.

Sofía sonrió, inmersa en esos recuerdos, sin darse cuenta que Michel la estaba mirando.

—¿Qué pasa, cariño? ¿En qué piensas? Sofía se ruborizó.

—En nada... En todo... No sé, estoy nerviosa.

—No tienes por qué estarlo, soy yo, y no hay prisa, nadie nos marcará los tiempos, solo nosotros.

Le besó la frente y fue en busca de unas copas y del champán de cortesía previstas en la suite nupcial.

Bebieron, rieron, hablaron de los detalles de la ceremonia y de la fiesta. A medida que las burbujas soltaban las amarras de su estómago, Sofía, poco a poco, empezó a sentirse atraída y seducida. Comenzaron los besos y caricias hasta resultar irrefrenable el deseo de descubrir al otro. Algún temblor quizá al verse desnuda de su traje que Michel le fue quitando. Tampoco importaba, estaba feliz, excitada, llevaba tiempo pensando en ese momento y las caricias, las risas y los silencios de los besos abrieron paso a la necesidad de una entrega postergada por los formalismos culturales que, bien encorsetados, le había transmitido su madre. Los dedos de Michel recorrían su espalda, sus brazos acariciaron sus pechos firmes y una corriente recorrió también la espalda de Sofía que despertó aún más el deseo y se mostró abierta, cercana, cuando él penetró su cuerpo suavemente al tiempo que susurraba palabras de amor en sus oídos que le sonaban a música aunque Sofía no siempre entendiera la letra. El éxtasis llegó, la mancha de sangre que marcó las sábanas apenas avergonzó a Sofía, quería más, quería prolongar ese momento de liberación, de placer, de confianza. Y así pasaron las horas hasta caer rendidos.

Se despertaron a las dos de la tarde sin saber definir si tenían más hambre que deseo o a la inversa. Comenzaron una vez más los juegos tras pedir que subieran un desayuno almuerzo que contenía todo tipo de manjares. La llamada a la puerta de la habitación resultó oportuna, Sofía ya se había duchado y con una bata blanca, omitiendo la de encajes que su madre le había regalado, comieron y bebieron.

—Eres perfecta —le declaró Michel en el momento en que ella comía sin parar.

Sofía sonrió, un tanto avergonzada y feliz.

Al día siguiente pasaron a despedirse de Carmen y del resto de la familia que aún se encontraba en la casa. La vieron tan contenta que las preguntas resultaron innecesarias. Eso pensó María, Carmen jamás se atrevería a manifestarlas.

Los días en Hawái fueron magníficos aunque resultaron escasos, y el regreso situó al matrimonio en su nuevo hogar, adornado con flores y comidas que Carmen había previsto. «No sé quién es más perfecta, si la madre o la hija», bromeó Michel al encontrar todo lo que necesitaban.

A su regreso, cada uno retomó sus tareas, mirando el reloj para comprobar el tiempo que faltaba para poder volver a estar juntos. A los quince días, las comidas y cenas que preparaba Sofía comenzaron a tener algo más de apalancamiento, se sentaban a hablar antes de entregarse nuevamente al deseo, cosa que ocurría a todas horas. Las ojeras de ambos delataban la falta de sueño del estrenado matrimonio.

—Deberías contratar a alguien que te ayude con la casa, mi amor, no puedes estar en todo —le dijo Michel.

—De ninguna manera, yo puedo apañarme sola. Somos dos y no quiero que nadie se interponga en nuestra vida.

Sofía quería alejarse de la imagen de su madre, sin tener presente que su vida había cambiado.

La tía María también se lo sugeriría esa misma tarde, cuando fue de visita para despedirse.

—¿Pero a dónde te vas, tía? —preguntó algo desconsolada Sofía.

—Haré un viaje, no será largo. Ya sabes lo que me gusta viajar, iré a México.

—Pero ya no tienes edad para esos viajes —protestó con cariño.

—Mientras se está viva, una tiene edad para todo —le contestó su tía.

A María la casa de Carmen se le venía encima desde la boda y la ausencia de su sobrina, y algo parecido le sucedía en su casa. No había conseguido convencer a Carmen de que la acompañara, pero ella se sentía sola, triste, aunque un tanto complacida de ver feliz a Sofía.

María tardaría unos cuatro meses en regresar, y habría tardado más si no se hubiese enterado de que su sobrina estaba embarazada. «¡Tan pronto!», exclamó cuando su pletórica hermana se lo comunicaba.

Sí, Sofía que en aquel entonces tenía veinticuatro años, se había quedado embarazada a los dos meses de la boda y sus sueños deberían acomodarse a la nueva realidad.

Ya avanzado el embarazo, contrató a una chica recomendada por la mujer de un amigo de Michel para que la ayudara en las tareas domésticas.

La situación era un tanto agridulce para Sofía, pero no lo confesó. Michel estaba muy contento con la noticia, sentía que al fin tendría su familia propia, con una estabilidad diferente, un hijo. Casi no salía con sus amigos, solo alguna cena en alguna casa, evitando que su mujer se expusiera a bares y humos y respetando el cansancio que, si bien, Sofía nunca mostraba, resultaba visible en bostezos disimulados o a la hora de acostarse cuando estaban en casa.

Cuando regresó María, Sofía no la soltó.

—Te he echado tanto de menos, tía, sé que no es esto lo que esperabas para mí —le manifestó su sobrina, como disculpándose por haberle fallado.

—Pero qué dices, cariño —disimuló María—. ¿Eres feliz?

—Sí —afirmó Sofía.

—Entonces, yo también. La felicidad está en una misma, no en lo que esperen los demás de ti.

Pasaron la tarde juntas poniéndose al día de todo lo vivido por cada una. Las encontró Michel, que llegaba de la oficina, y hasta se sintió contento con el regreso de la tía, a la que impidió partir preparando una cena frugal y acomodándola en el cuarto de invitados.

Sabía lo feliz que era Sofía ella y eso lo reconfortaba y lo tranquilizaba. Sería una buena compañía para su esposa, que le notaba un poco apagada desde el embarazo.

Y así fue hasta el día del nacimiento de Daniela, nombre puesto en honor a la madre de Michel.

La vida cambiaría para Sofía con menos sutileza de lo que lo había venido haciendo. Ya hacía tiempo que no daba clases en la universidad, desde que acabó la suplencia. Las ponencias en congresos se espaciaron por su avanzado estado de gestación y las investigaciones se vieron interrumpidas por cuestiones caseras como los preparativos para el nuevo miembro que en breve llegaría al hogar.

Una vez nacida la niña, se sumaría a la lista la realidad de atenderla y las noches infinitas mal dormidas que prolongarían su cansancio durante todo el día.

Michel ya no era el centro de su atención y la intensidad de su relación se fue desdibujando en comprensivos silencios durante el tiempo en que madre e hija dormían.

Pasado medio año, la niña dejó de depender tanto de la alimentación materna. Ello atrajo a la pareja, ávida de recuperar sus encuentros amorosos, y todo pareció normalizarse a excepción de las expectativas profesionales de Sofía.

Al poco de cumplir el año Daniela, Sofía se quedó nuevamente embarazada. Michel comenzó a quedar de vez en cuando con sus amigos en los bares que frecuentaba, a los que Sofía no acudía por tener a una niña tan pequeña y estar embarazada. No obstante, le molestaban el olor a humo en la ropa de Michel, además de los horarios en que regresaba al hogar que eran cada vez más laxos y de una frecuencia más intensa de la apropiada, aunque ella no decía nada.

La postergación personal de Sofía se hizo más aguda con el nacimiento de Juan, que resultó ser un niño un tanto débil y que requería una atención diferente a la que en su día supuso

Daniela, que era más escandalosa reclamando comida, acusando sueño o cualquier otro síntoma relativo a un bebé. Juan apenas se quejaba, comía poco, enfermaba a menudo y provocaba que su madre prestara mucha atención a sus casi imperceptibles reclamaciones, como si de un bicho se tratara. Juan dormiría pegado a Sofía como parte del instinto maternal de proteger al vulnerable. Mientras Daniela, con apenas dos años, pateaba y mostraba berrinches ante el primer "no" que se interpusiera en sus propósitos.

Fueron tiempos difíciles de gestionar de forma distendida. Sofía tenía la sensación de que ese camino común que implicaba el matrimonio se iba bifurcando poco a poco. Michel rara vez se presentaba a comer y muchos días no regresaba a cenar, llegaba a altas horas de la noche con el sentido nublado por la bebida y sin otra intención que dormir un rato para ir puntual a la oficina. Sofía se pasaba los días atendiendo a los niños y la casa, y sus salidas consistían en compras para cubrir las necesidades diarias. Su vida social se reducía a las visitas de Rebeca, su madre o María, que le permitían tener conversaciones adultas y pasado un tiempo, al menos escuchar lo que ocurría en la vida de otras personas, ya que ella no tenía nada nuevo que contar. Sus intentos de refugiarse en alguna investigación también se fueron espaciando, resultaba imposible conseguir un tiempo para poder concentrarse sin ser interrumpida por alguna demanda de los niños u horarios de atención: Comidas, baños, cenas...

Los años pasaron y cada uno de sus hijos fue afianzando su carácter. Daniela era graciosa, bastante intensa y extrovertida, y su presencia se hacía notar en todo sitio, incluidas las comidas multitudinarias que Michel y sus amigos organizaban de casa en casa los fines de semana.

Juan, por su parte, era un niño introvertido, casi solitario.

Le bastaba un juguete y un amigo para que el resto le fuera indiferente. Su madre era su referente más seguro, cosa que a Sofía la satisfacía y la preocupaba a partes iguales.

Michel se consolidó en el bufete al cobijo de Carmen, quien había delegado en él toda la responsabilidad que pudo. En contrapartida, Sofía comenzó a notar cómo su espacio, el que sería su refugio de investigación en su casa, se fue convirtiendo, paulatinamente, en una suerte de trastero familiar. Lo primero en entrar al laboratorio fue la bolsa de golf de Michel llena de palos que ya no usaba. «No ocupa mucho espacio, y será por un tiempo, hasta que los regale o los venda, ya veré», le había dicho como excusa ante la mirada de incredulidad de Sofía.

Pero nunca salieron de allí y con el correr de los años, se fueron sumando bicicletas, patinetes, patines, casitas de plástico y toda clase de objetos sustituidos por otros de mayor tamaño acordes a las edades de los niños y a la falta de interés de su marido por practicar deportes que no fueran las reuniones en bares con amigos cada vez más panzones y abandonados como él.

Ocurrió un día cualquiera en el que la propia Sofía se vio trasladando a su hipotético laboratorio una caja de juguetes que se añadiría a los insistentes ruegos que frecuentemente le hacía a su marido para que se encargara de despejar el sitio y regalara todo lo que ya no usaban, peticiones a las que Michel respondía desganado: «Ya lo haré, ¿qué prisa tienes?».

Sí, se vio ella misma invadiendo su propio espacio: ¿una resignación? ¿Un asumir su realidad? Miró aquel espacio: microscopios, tubos, cristales y vitrinas tapadas meticulosamente con plásticos.

Había sido un hasta pronto con lágrimas en los ojos y vientre abultado, y ahora era ella quien transportaba más objetos inservibles a ese espacio que sintió sagrado en algún tiempo. ¿Cuánto tiempo, en realidad? No lo sabía, no lo recordaba. En el cristal de la puerta podía aún verse reflejado el laboratorio con los plásticos cubiertos de polvo y en medio de esa imagen repetida, se encontraba ella de pie, con su bata y sus cabellos algo revueltos.

Era la imagen de la depresión, del abandono que no era nueva, solo que ahora, repentinamente, le ponía rostro y contexto: el suyo y el laboratorio, respectivamente. Sueños tapados en el cúmulo de la cotidianidad.

«No dejaré que te apagues», le había prometido Michel. Ese había sido el sentido de todo, la gratitud de sentirse aceptada, considerada, amada. Pero su luz se apagó, dejando la bolsa de juguetes viejos y cerrando la puerta del laboratorio, o del trastero, qué más daba.

Sofía pidió a su madre que recogiera a los niños y se quedara con ellos hasta que fuera a buscarlos Michel con la excusa de sufrir una migraña. Luego llamó a Michel, que sorprendentemente no se encontraba en el despacho. Le dejó el recado, remarcando la importancia de que la llamara, y se acostó. Dejó todo por hacer, la empleada que había sido recomendada se había marchado hacía tiempo por haberse casado y trasladado muy lejos de donde vivía inicialmente. Desde entonces, Sofía se encargaba de la casa y de los niños, en especial, de ayudar a Juan en sus tareas, que requería mucha atención, a diferencia de Daniela, quien siempre se mostraba algo distante con ella, como si le reclamase algo que no era capaz de comprender.

Escuchó llegar a la familia sobre las siete de la tarde. Juan y Michel se acercaron a ver cómo se encontraba, Daniela no subió.

A la mañana siguiente, la tía María tocó el timbre.

—¿Qué te pasa, cariño? Tienes mala cara.

Sofía le dijo que no había dormido bien, que el dolor de cabeza casi no le había dado tregua, pero nada más, no quería preocuparla. Pasaron un buen rato juntas, María aprovechó para preparar una comida mientras hablaban y tomaban té.

—Deberías tener a alguien que te ayude, Sofía, no puedes seguir cargándote de cosas que no te aportan al espíritu, debes entenderlo —le dijo.

Sí, a la tía nunca se le escapaban los verdaderos motivos, aunque fuera sutil en destacarlos, sin necesidad de indagar en ellos.

—¿Me harás caso? —le preguntó María, mirándola a los ojos, antes de marcharse.

—Sí —le respondió Sofía, haciendo un gran esfuerzo por mantenerse convincente.

Un par de semanas después, recorría como una autómata la casa vacía y desordenada que había recogido el día anterior y que al día siguiente volvería a recoger sin que nadie prestara atención al cuidado y respeto debidos. Lo único que siempre permanecía en extraordinario orden era el despacho de Michel que tan convenientemente se había procurado en el diseño de la casa y el cual nunca utilizaba realmente. Sofía sonrió con cierto sarcasmo y amargura, cerró la puerta y continuó su recorrido.

A petición de Juan, había accedido a que sus hijos regresaran a casa en el transporte escolar. «Todos mis compañeros lo usan y me deja a dos calles de casa», le había explicado el niño. Daniela se había mostrado conforme con esa idea y Sofía entendió que ya tenían doce y diez años, la edad suficiente para poder asumir la responsabilidad de sus traslados en el autobús escolar, por lo que, debía respetar esa necesidad que le expresaba Juan. Aquella decisión, implicada que ella ya no debía correr a recogerlos y por consiguiente, sólo salía dos veces por semana de la casa para comprar lo que hiciera falta para las comidas que previamente organizaba en su mente, contando con que Michel, también le había anunciado su decisión de no bajar al mediodía, aduciendo que se quedaría en la oficina y comería por el centro para así poder adelantar trabajo y regresar más pronto. A Sofía le sorprendió esa explicación. Hacía mucho tiempo que su marido rara vez se presentaba al mediodía y Sofía lo interpretó como un gesto de Michel para que no se preocupara por preparar almuerzos.

Sin embargo, Michel ni un solo día había regresado más pronto del trabajo, sería ella quien se encargara de llevar a los niños a donde hiciera falta, como a las clases de música que Juan tomaba dos veces por semana o a casa de las amigas con las que Daniela quedaba para estudiar.

En nada parecían afectar a Michel los reproches que hiciera Sofía que, lo único que habían logrado fue que aumentaran sus ausencias.

En cuanto a ella, le pesaba la tristeza del vacío que se acumulaba día tras día cuando recogía sin ganas la casa, paseando como un fantasma por los distintos ambientes.

Habían pasado trece años de la boda, era demasiado tiempo acumulado de postergación y sintiéndose invisible para su marido.

*****

Una mañana de lluvia tenue e incesante, sonó el timbre. La casa parecía vacía porque, a pesar de la oscuridad del cielo plomizo, no se veía dentro ninguna luz encendida.

Sofía se sobresaltó un poco, pero se dirigió a la puerta con su bata vieja y su desaliño generalizado.

Una mujer negra, empapada, la miró con ojos de piedad y le extendió un pequeño papel con sus datos. Su mano temblaba un poco, Sofía no pudo determinar si por frío o por nervios o por ambas cosas a la vez. Las letras comenzaban a emborronarse por la lluvia, pese a que la extraña los llevaba protegidos en una bolsa de plástico que escondía debajo de una chaqueta azul marino calada hasta el forro.

—Discúlpeme, señora —le dijo al tiempo que le hacía entrega de esa hojita temblorosa—, estoy buscando trabajo —le explicó en un inglés un tanto sonoro y algo incorrecto.

Sofía no lo pensó, con un impulso la invitó a pasar a la casa. La mujer dudó, estaba acostumbrada a portazos y desinterés, y no a esa invitación. El desconcierto de su cara alertó a Sofía de esa sorpresa.

—Está lloviendo, está empapada y me interesaría hablar con usted, porque hace tiempo que necesito a alguien que me ayude.

La mujer sonrió bondadosamente.

—Le mojaré el suelo, señora —se excusó resistiéndose a la oferta.

—Y ya se secará —sonrió Sofía—. Venga, pase por aquí. Vamos a la cocina, prepararemos un té. Tengo el horno en marcha y estará más a gusto si se quita la chaqueta y la dejamos que se seque un poco. Disculpe, ¿cómo se llama?, ¿de dónde es?

—Me llamo Aliosca, soy cubana —respondió señalando tímidamente con los ojos al papelito que Sofía no había leído y sostenía aún en la mano.

—Mi cuñada es cubana, un encanto de mujer. Ella se llama Alicia.

Aliosca no se atrevía a sentarse, pero la insistencia de Sofía preguntando si prefería té o café y el olor a galletas que desprendía el horno lograron que la mujer se relajara y comenzara a responder a las preguntas que le iba haciendo con suavidad.

Aliosca tenía tres hijos, todos varones, y un marido que trabajaba haciendo obras sin contrato y que había sufrido un accidente.

—Nada grave, pero se dañó un brazo que debe tener inmovilizado por un par de meses. Aún le quedan varias semanas, según el médico de la urbanización.

Así se enteró Sofía de que las casas construidas a unas cuantas calles de la suya, bajo infinidad de protestas de los vecinos, se utilizaron para ubicar a gente inmigrante que provenía de diferentes sitios. Aquel problema se había zanjado construyendo una carretera un tanto ancha flanqueada por cipreses a ambos lados y elevando un puente como único acceso al barrio que colindaba con el suyo. También se enteró por Aliosca de cómo en la comunidad que se formaba, prácticamente marginal, sus vecinos se ayudaban los unos a los otros. El médico, sin ir más lejos, había sacrificado un pequeño cuarto de la modesta casa para utilizarlo a modo de consulta y sus vecinos acudían a él, pudieran pagarle o no.

Los niños de Aliosca eran pequeños, el mayor solo tenía siete años.

También Sofía supo que el peculiar nombre de la mujer se

debía a la mezcla de los nombres de sus padres, Alicia y Oscar, cosa muy común en su tierra y que divirtió a Sofía y la llevó a pensar en las posibles combinaciones que habrían surgido en sus hijos: Somil, Michelso o algo parecido.

Sofía sirvió té y algunas galletas recién horneadas que Aliosca cogió con timidez y discreción.

No tenía papeles, y la vida no era tan idílica como le habían prometido sus parientes que se encontraban en América desde hacía años. A los hijos pudo escolarizarlos, pero la regularización sería cara, larga y complicada, si algún día la conseguía.

No le resultaba fácil a Sofía definir la edad que podía tener Aliosca, podían ser tanto treinta años como cincuenta, aunque dudaba que fueran tantos. Era una mujer algo robusta, de caderas marcadas, pero no gorda.

Aliosca se armó de valor para decirle que debía seguir su camino, que aún debía terminar de repartir papelitos con sus datos:

—Señora, debo continuar. Ha sido muy amable conmigo, se lo agradezco.

—Sofía, llámame Sofía, por favor, y quédate un rato más. No tienes que repartir más papeles, tenemos que hablar de tu sueldo y debo enseñarte la casa, que aquí tienes trabajo.

Aliosca se emocionó y su mirada mostró una gratitud que enterneció a Sofía. Acto seguido, le enseñó la casa y le explicó que tenían un trastero en el patio y que ya, con tiempo, lo organizarían.

El horario sería flexible, una vez que dejara a los niños en el colegio, y de unas cinco horas de lunes a viernes, aunque el salario que le ofreció daba para una jornada completa de ocho horas. Aliosca no supo qué decir, sí que le explicó que el monto era más alto de lo que le habían dicho, pero Sofía le restó importancia:

—Sin papeles, no puedo contratarte, me ahorro el pago fiscal de una empleada y por ello, te lo doy en mano, creo que es lo justo.

Antes de despedirse, Sofía le entregó un paquete que había estado preparando mientras hablaban. Lo había dejado precioso, en él había envuelto las galletas una vez que se hubieron enfriado.

—Son para tus hijos —le dijo con una sonrisa. Aliosca lo cogió asintiendo con la cabeza.

—Hasta mañana, señora, eh, quiero decir, Sofía —se corrigió—. A las nueve y cuarto estaré aquí.

Al día siguiente volvieron a encontrarse y entre las dos pusieron en orden la casa. Al cabo de una semana, Aliosca había llenado de vida a Sofía: era alegre. A veces la escuchaba cantar bajito en el lado opuesto de la casa, nunca donde estuviera ella por no molestarla, según le había explicado. Solo quedaba pendiente el trastero para dejar todo a punto, y Aliosca lo tenía presente.

—Sofía, ¿cuándo le echamos mano al del fondo? —le había dicho, como intuyendo un resquemor en el ánimo de ella—. No tendrá un muerto allí y me lo está dejando para lo último, ¿no?

Sofía rio con ganas.

—Algo así —terminó asumiendo.

—Ay virgencita, no me asuste.

—Qué va, mujer. Si hay algo muerto allí dentro, solo es mi pasado —respondió Sofía.

Había sido una respuesta sin pensar, algo que salió con gracia por lo bien que se sentía con Aliosca en casa, pero, al escucharse, sintió una mezcla de enfado contra sí misma y una repentina fortaleza por cambiar las cosas, por recuperar su vida. Aliosca la miró desconcertada, la expresión en el rostro de Sofía no le había pasado inadvertida.

—Bueno, discúlpeme, señora, yo tampoco quiero meterme donde no me llaman...

—Todo lo contrario —le sonrió Sofía—, pareces tener el don de llamar exactamente donde más se te necesita. Ven, te enseñaré el trastero, pero lo atacaremos mañana a primera hora como única tarea, porque, créeme, nos llevará tiempo.

Cuando Aliosca entró, quedó impactada.

—Es un laboratorio, con algunos trastos —señaló acto seguido mirando el suelo.

Nada le había comentado Sofía de su profesión, por lo que la sorpresa de Aliosca fue en aumento junto con su desconcierto mientras Sofía le explicaba su vida pasada, su carrera, sus congresos. De un cajón extrajo el periódico de Florida que la anunciaba como la joven promesa.

Aliosca se quedó mirando la foto y el titular, su traje azul, su camisa de elegantes florecillas, la belleza que irradiaba, la felicidad que traspasaba la vieja página un tanto descolorida.

—Pero por qué... —comenzó a decir, pero se calló para evitar ahondar en cuestiones que no le correspondían.

—La vida, Aliosca, la vida —dijo Sofía como respuesta a la pregunta que quedó suspendida en el aire viciado del laboratorio.

—¿Pues sabe qué le digo?, que mañana esto queda como los chorros del oro.

Sofía rio.

—Hay mucho que sacar, cosas que ya no necesitamos y que Michel no se ocupa de darles puerta. ¿No te parece que tus niños podrían aprovechar las bicicletas y juguetes que andan por aquí?

—Pues claro, y los demás vecinos, todos necesitan algo.

—Pues podríamos llevarlos en mi coche en unos cuantos viajes.

—No, no se preocupe. Mañana, si le parece, traeré a mi sobrino y a un amigo que tiene una furgoneta enorme y nos ayudarán a mover y cargar todo. Si está de acuerdo, luego haremos maravillas con este laboratorio, ya verá.

Sofía se sentía contenta y con fuerzas. Esa mujer le estaba devolviendo su vida, sus ganas, una energía arrolladora.

Cuando llegó la noche, su familia la miraba con curiosidad, algo en su actitud había cambiado. Michel la encontró distinta, hacía días que lo notaba, a medida que la casa iba refloreciendo.

—¿Para qué quieres a una mujer que te ayude? —le había cuestionado al contarle la contratación de Aliosca—. ¿Qué harás con tanto tiempo que te sobra? —osó recriminarle.

—Pues no lo tengo decidido aún, estoy barajando muchas posibilidades, entre ellas, la de entrar a trabajar en mi bufete —le respondió Sofía, que quedó muy complacida ante la cara de espanto de Michel, quien optó por no volver a cuestionar el tema.

«Mi bufete», le había dicho, dejando clara una pertenencia teñida de un refresque de memoria que no pasó desapercibido para Michel.

A la mañana siguiente, llegó Aliosca con dos muchachos

fuertes, solícitos y educados montados en una enorme furgoneta. Trabajaron toda la mañana, removiendo y sacando cajas, libros, bicicletas, juguetes y toda clase de bártulos arrumbados, polvorientos y en excelente estado.

En un extremo había una bicicleta roja de paseo preciosa, casi sin uso, con una cesta y al lado otra azul, igual de nueva pero más masculina.

—Todas las bicicletas son para ti —le había dicho Sofía.

Sin embargo, Aliosca no había tenido en cuenta esas dos que claramente podía usar el matrimonio. Era lo último que quedaba y Sofía le preguntó por qué no las cargaban.

—Pero, Sofía, estas bicicletas están nuevas, las pueden usar el señor Michel y usted.

—Sí, desde hace años, y no lo hemos hecho. Creo que tú y tu marido sabréis darles mejor utilidad.

A Aliosca le rodó un lagrimón que asustó a Sofía.

—¿Es que no sabes andar en bicicleta? Yo puedo enseñarte, es fácil, solo tienes que...

—No, no es eso, es que nunca he tenido una. Pedro tampoco. Siempre hemos pensado en comprarlas, pero con los niños era difícil, y ahora tenemos de golpe una cada uno y no sé qué decir.

Sofía, emocionada, comprendió el alcance de esas palabras, ella que siempre lo había tenido todo.

—Ojalá alguna vez yo hubiera podido emocionarme por que me regalaran una bicicleta —dijo, y abrazó a Aliosca y le dio las gracias por haberla ayudado.

El día después, Aliosca se presentó en la casa con Pedro, su marido, y con un señor alto, delgado y algo encorvado llamado

Ramiro, que era el médico de la urbanización que, Aliosca le había comentado. Fueron a agradecerle personalmente la aportación que había recibido el barrio de esa comunidad tan cercana a su domicilio y que, sin embargo, representaba otro mundo. Ambos hombres le regalaron, en nombre de todos los vecinos, una planta preciosa tipo palmera de interior con una maceta bastante grande y artesanal.

Sofía quedó boquiabierta y les agradeció el gesto. Los invitó a pasar, pero los hombres se negaron.

—Algún día nos gustaría que viniera usted a vernos para que pueda constatar el buen uso que se ha hecho de su generosidad —le dijo el médico.

Las mujeres entraron la hermosa planta dentro de la casa y se pusieron a limpiar el laboratorio. Una vez vacío de todo lo que no formaba parte del mismo, la tarea se hizo más fácil. Sofía fue a retirar los plásticos que cubrían los equipos.

—No, no —la frenó Aliosca—, primero limpiaremos bien todo y luego ya los sacaremos y repasaremos al final.

Tenía razón, pero, en la mente de su empleada, en realidad había otra idea. A medida que limpiaban, Aliosca le contaba distraídamente que una amiga pintaba murales de maravilla, sobre todo plantas.

—¿De verdad? —se interesó Sofía.

—Sí, no quedaría mal en aquella pared vacía algo de color.

Sofía se paró y analizó el entorno. Las paredes, blancas en otros tiempos, se veían amarillentas y sucias, marcadas por las cosas almacenadas durante años y el encierro.

Decidió aceptar la sutil propuesta de Aliosca, quien en un par de días le presentó a su amiga Armonía y conversaron sobre distintas opciones.

—Déjela hacer y si no le gusta, pues…, siempre habrá blanco para tapar —le dijo entre risas Aliosca.

Sofía se sentía entusiasmada por primera vez en mucho tiempo y salió a comprar todo lo que Armonía le había encargado.

Los plásticos que tapaban los equipos seguían puestos, ahora cubiertos de telas finas y papel para extremar precauciones. «Si confía en mí, no entre hasta que la llamemos», le había dicho Aliosca.

La tarea llevó días. Su empleada limpiaba la casa y luego se sumaba a ayudar a su amiga. Cuando ambas mujeres finalizaban la jornada, se iban y dejaban todo oculto. Nadie de la familia sabía del despliegue que se venía realizando. Alguna vez a Sofía le nació la curiosidad de echar un vistazo, pero se contuvo. «Igual siempre nos quedará el blanco», le había dicho Aliosca para calmar su posible inquietud, aunque en realidad lo que sentía era ansiedad por reencontrarse con su espacio, un sentimiento que llevaba dormido hacía años.

El día en que finalmente la avisaron de que podía entrar, Sofía salió corriendo por la puerta de la cocina y entró como un torbellino en el laboratorio, impaciente por verlo. Se quedó parada en seco, muda, mirando cada extremo, cada detalle. El mural desprendía un realismo extraordinario, una selva con lianas y enredaderas que se extendían por el techo y algunos laterales hasta difuminarse suavemente, también se veían algunos pájaros mimetizados en árboles soberbios, orquídeas entrelazadas en palmeras, halos de luz tenues que se filtraban en la espesura de las hojas, musgos aferrados a troncos y trozos de cielo claro que aportaban un realismo capaz de transportarte a otro mundo.

La planta que le habían regalado ocupaba el extremo opuesto, llenando de naturalidad el espacio y alimentando la confusión que producía detectar lo natural de lo artificial.

Los equipos estaban sin plásticos, impolutos. Unos adornos de cristal colgaban de un ventanal y proyectaban juegos de luces diferentes según les diera el sol. Todo era perfecto. Sofía se acercó a sus aparatos, los acarició con dulzura, como parte de la ceremonia de un reencuentro, mientras sus lágrimas no cesaban y el silencio tampoco. Finalmente miró a esas dos mujeres que estaban allí de pie con pañuelos humildes cubriéndoles la cabeza y sus sonrisas desplegadas que mostraban esos dientes blancos, esa mirada casi ingenua. Sofía las abrazó sin parar de llorar, solo lograba repetir su agradecimiento entre susurros ahogados.

—Aquí tiene su bicicleta —le dijo con cariño Aliosca—, y yo sé que sabe cómo usarla.

Armonía fue recompensada por Sofía con una cantidad que nunca había tenido en sus manos.

—No puedo aceptar tanto, señora —le dijo.

—No debes aceptar menos nunca —le respondió Sofía con esa forma tajante con la que solía imponerse de vez en cuando.

Con Aliosca no valió la técnica, pero ya tenía pensado su destino.

*****

Ese mismo día, Sofía llamó a María en cuanto se quedó sola.

—Tía, necesito verte.

A María casi le da un síncope, se temía lo peor.

—Voy cariño. ¿Qué ha pasado?

—Algo muy bueno, tía, no te asustes, solo que tienes que verlo tú.

Cuando llegó María, la casa brillaba, su sobrina brillaba, y sin perder tiempo, Sofía la arrastró al laboratorio y supo que no debía soltar su brazo.

—Dios mío... —susurró María, que se afirmó al brazo que la sostenía—. Has vuelto, cariño mío, has vuelto.

Sofía le acercó una silla y se quedaron las dos contemplando la maravilla de la estancia mientras le iba contando todos los detalles paso a paso. María estaba tan emocionada que casi no podía hablar. Solo emitía algún enérgico asentimiento de satisfacción al enterarse de cómo se deshicieron de todos los bártulos arrumbados.

—Este viernes os invitaré a mamá y a ti a cenar y se lo enseñaremos, no le adelantes nada.

Se fueron a la cocina, dejando bien oculto el laboratorio.

—¿Por dónde empezarás? —le preguntó María, dando por sentado que ese era solo el comienzo.

—Por retomar mis proyectos archivados y centrarme en la investigación, pero también tengo otros planes sociales con la gente del barrio de Aliosca, y además necesito que me ayudes a lograr regularizar los papeles de ella y su familia y de todos a los que podamos ayudar.

María se sintió con fuerzas para mover a sus apolillados contactos y contando con el bufete, se ocuparía de que Carmen se involucrara en la faena.

En cuanto a Armonía, no le faltarían ofertas mientras tanto.

—Algo así en casa de tu madre y medio mundo seguiría el modelo —dijo María, y rieron las dos.

La tía se despidió hasta el viernes por la tarde, que regresaría con Carmen para cenar.

*****

El primero en llegar aquella tarde fue Juan. Sofía lo esperaba y en cuanto lo escuchó en la puerta, lo invitó a seguirla y le enseñó el laboratorio. El niño se quedó impactado, sonrió y abrazó a su madre.

—Te ha quedado precioso, mamá, al fin podrás hacer lo que te gusta.

Sofía comprendía el alcance de las palabras de su hijo, que, proporcionalmente, la conducían a reconocer su propio abandono.

—Sí, amor mío, al fin me dedicaré a hacer lo que me gusta —le dijo y se dijo a sí misma.

Cuando repitió la experiencia con Daniela, esta mostró asombro, luego indiferencia y finalmente se le ocurrió preguntar por las cosas que ya no estaban.

—Las regalé —le dijo Sofía.

—¿Cómo que las regalaste?

—Pues sí, a nadie le importaban.

—Porque estaban aquí —le respondió desafiante.

—Pero este era mi espacio, Daniela, y lamento que no te haga feliz que lo haya recuperado.

—Perdona, mamá, sí que me hace feliz, es que a veces... no pienso, soy una torpe.

Sofía se sentó a cenar con sus hijos y les fue contando todo lo sucedido y cómo las cosas que no usaban habían ayudado a otra gente. Se sintieron felices, Daniela incluso terminó manifestando que había hecho muy bien al tomar esa decisión.

Al llegar Michel, ya entrada la noche, la familia lo llevó al laboratorio. Él se sorprendió al principio. Sofía lo miraba expectante, dándole tiempo de asimilar el cambio. Pasados unos minutos, Michel la miró y lo único por lo que preguntó fue por sus palos de golf.

—Dijiste hace años que los regalarías o los venderías, pero si tanto te importaban los habrías guardado en tu escritorio —le respondió Sofía sin subir el tono, con una tranquilidad más pronunciada de lo habitual, tanto que denotaba una total indiferencia.

Juan cogió la mano de Sofía y suavemente la sacó de allí.

—Déjalo, mamá, parece que papá, sólo sabe pensar en él.

Michel escuchó esa sentencia que lo dejó descolocado.

Sofía esperó a que salieran y cerró con llave.

—A partir de hoy quien quiera guardar sus cosas, lo hace en sus espacios, este es el mío.

Michel se fue a la habitación y al rato salió de la casa. Sofía no escuchó la hora a la que regresó, durmió feliz toda la noche. Juan y Daniela no le dieron mayor importancia al comportamiento de su padre, estaban acostumbrados.

Al viernes siguiente, madre y tía se presentaron a la hora

prevista y Carmen se quedó fascinada con la pintura y al constatar cómo su hija comenzaba a reencontrarse con su vida.

Michel se sintió incómodo consigo mismo y al quedarse a solas con Sofía, se disculpó por su egoísmo.

Pocos días después, Carmen pidió que Armonía le hiciera una visita en su casa. Sofía y María se miraron con la complicidad de siempre y se hicieron un pequeño guiño de ojo entre ambas.

Poco a poco, Sofía se iba empapando de información y actualizaciones de los temas y trabajos desarrollados hacía años y para ello, regresó a la biblioteca de su universidad lo que facilitó el reencuentro con viejos colegas de profesión que parecían mostrar una auténtica alegría de volver a verla.

Las horas interminables que Sofía dedicaba para ponerse al día tuvieron como consecuencia un efecto en su cabeza que comenzaba a recuperar la velocidad de antes. Rebeca ayudó en ese proceso todo lo que pudo y al cabo de un año, el desarrollo de Sofía resultó imparable.

Las cuestiones domésticas dejaron de afectarle, no era que no le importaran, pero solo se ocupaba de aquellas en las que podía realmente intervenir.

Daniela se mostraba cada día más rebelde y al comenzar el instituto, el cambio fue tan grande que hasta modificó su aspecto y forma de vestir, que la hacían vulgar, y además cada vez se mostraba más introvertida y distante con el núcleo familiar y en especial con su madre. Juan seguía siendo un niño tímido y retraído, pero había mejorado mucho en los estudios y ya no necesitaba la constante ayuda de Sofía para sacar sus tareas adelante.

Michel se había convertido en una persona ajena a su vida.

Sofía no se lo reprochó. La rutina de este se reducía al trabajo y a salir a bares con amigos, cuyos matrimonios habían fracasado o se encontraban en ese limbo de indiferencia, al igual que les ocurría a ellos.

Las propuestas laborales que recibía Sofía eran pocas y de baja proyección, por lo que las descartaba al saber que le quitarían tiempo, cuestión que debía sopesar, y más teniendo en cuenta el compromiso que había asumido organizando en el barrio de Aliosca talleres de agricultura y cultivos que le restaban tres tardes por semana. A Pedro lo había contratado como jardinero y le consiguió unas cuantas casas donde mantenía regularmente sus jardines bajo el asesoramiento de ella cuando era necesario.

Armonía había pintado un mural en casa de su madre que inmortalizaba en un extremo al finado Jack, que había muerto hacía años. Y tal como afirmara la tía, el resto de amistades se disputaban el turno para sus murales.

La regularización de Aliosca y varias familias del barrio comenzó a tener visos de posibilidad real, aunque no inmediata, pero el bufete montó una sección de carácter altruista que lo hizo destacar, aún más, por un trato humano del cual se había hecho eco la prensa, que encumbraba a su vez a Carmen como promotora de la gestión, lo que provocó que esta se ganara el respeto hasta de las clases más frívolas.

Lo cotidiano en la casa de Sofía era el silencio. Daniela cogió alas y más de una vez no volvía a comer sin avisar, imitando el comportamiento de su padre. Juan dedicaba muchas horas a la música fuera del horario del instituto y se movía solo en los horarios diurnos.

Sofía siempre preparaba la comida, a la espera de que alguno retornara. Aliosca muchas veces la ayudaba. «Yo lo hago, Sofía, usted no se preocupe, siga a lo suyo», le decía y los días se sumaban uno tras otro, en huecos apagados cuando Aliosca terminaba su jornada y se llevaba consigo la luz que aportaba su presencia.

*****

Fue un día de esos tantos cuando a Sofía la sacudió de su letargo el timbre del teléfono. Era una llamada de la secretaría de su universidad, que la invitaba a participar con una ponencia en un congreso de nivel internacional que tendría lugar a dos meses vista.

Ese horizonte la llenó de ilusión casi al instante, era un volver a comenzar, a involucrarse con la urgencia de tener todo previsto, a agudizar el cuidado de los resultados y tesis. Tenía dos meses por delante, y el hecho de que el congreso se realizara en su universidad le daba la tranquilidad de un espacio conocido.

Sofía se encerró aún más de lo que ya estaba, pero su día a día cambió de perspectiva. Se dedicaba al estudio y a platos de comida que, la mayoría de las veces, terminaban siendo enviados a la casa de Aliosca ante la ausencia de comensales en su casa. Ya casi no le molestaba, era tiempo que ganaba y que dedicaba a seguir concentrada en sus cosas.

Una vez por semana, María iba a visitarla, y Rebeca también la ayudó en lo que pudo con el proyecto. Ciertamente, Sofía no la necesitaba, pero su presencia iba orientada, más que nada, a lograr que renaciera en su amiga la confianza en sí misma después de tanto tiempo.

El día de la ponencia fue presentada con mayor galantería de la que realmente merecía, pensó Sofía, pero lo había hecho bien, lo sabía. La cantidad de asistentes al congreso de representación internacional era abrumadora para ella. La ventaja de saber hablar castellano, además de inglés, por los orígenes familiares facilitaron la interrelación con muchos colegas venidos de lugares de habla hispana. Sofía no dejó de asistir a ningún evento desarrollado durante los tres días que duró el encuentro, ni a la improvisada despedida que se organizó al cuarto con aquellos que decidieron juntarse a la espera de su vuelo de regreso a su lugar de origen.

Aliosca la miraba ir y venir tan elegante, escuchando todos los detalles que atropelladamente le contaba Sofía mientras se cambiaba deprisa para dirigirse a un cóctel, una cena o una comisión específica de trabajo.

«Todo ha pasado muy rápido», se dijo Sofía con cierta tristeza al encontrarse nuevamente envuelta en su rutina.

—Ha sido una buena siembra —le dijo María—, ya dará sus frutos. No bajes la guardia ni por un segundo.

—No lo haré, tía. Ha sido emocionante escuchar tantos temas de lugares tan distintos llenos de proyectos. Con lo que yo amaba el trabajo de campo... —reflexionó en voz alta— y creo que con suerte habré pisado dos hormigueros en mi vida, y uno por error.

María rio con ganas y con nostalgia.

—Veo que sigues sin comprender lo joven que eres aún, Sofía, pero el mundo está ahí y la vida la eliges tú.

Así lo hizo. El laboratorio la llenaba de energía, se sentía ella misma. Volvía cada vez con más frecuencia a la universidad, se interesaba por cuanta noticia llegaba, además de las que recibía directamente de algún contacto conocido en el congreso.

—Sofía, ha venido su tía —la interrumpió Aliosca, sacándola de su concentración.

Se asustó tanto ante la imprevista visita que se quedó con el ojo puesto en el microscopio durante unos segundos.

—¿Qué ha pasado?

—No lo sé, dice que te espera en el salón.

María estaba de pie cuando las dos mujeres entraron presurosas y asustadas. Las miró y sonrió para calmarlas.

—He venido a traerte lo que me encargaste, cariño, no te asustes.

Sofía seguía sin entender mientras la tía extraía de su gran bolso una carpeta y unos sobres. Se los entregó a su sobrina, que inmediatamente lo comprendió todo y se los pasó a Aliosca. Eran los papeles de ella y su familia que regularizaban su condición de inmigrantes en el país.

—No, no, no puede ser cierto. —Aliosca temblaba y miraba a esas dos mujeres con aquella expresión de gratitud que Sofía leyera en sus ojos hacía ya dos años.

Y ahí quedó la casa, porque las tres se fueron a celebrarlo a un precioso restaurante y dejaron más tarde a Aliosca en su casa con algunas bebidas y canapés para que siguiera la fiesta con los suyos.

Esos acontecimientos llenaban la vida de Sofía, le daban un sentido que trascendía las paredes de su casa.

Pasaron los meses. Michel se había ido de viaje por un asunto de trabajo a Florida y se instaló en el mismo hotel en que habían cenado por primera vez. Sofía pensaba en ello, en su distanciamiento, en esa vida en la que ya casi nada compartían, y sintió el impulso de llamarlo.

—No, el señor no se encuentra, pero si lo desea puedo pasarle con su mujer —le ofreció servicialmente la empleada de la recepción.

El estupor no paralizó a Sofía.

—Pues sí, sería muy amable de su parte —continuó respondiendo sin el más mínimo quiebro en la voz.

—Hola. —La voz que se puso al teléfono sonaba joven, alegre.

—Hola. Perdone, no recuerdo su nombre. Quería hablar con el señor Michel, soy una antigua clienta y es urgente.

—Ah, soy Lisa. Dígame su nombre y en cuanto regrese le pasaré el recado, no se preocupe.

Sofía mintió en los datos, le agradeció la amabilidad y colgó. «Sin lugar a dudas, es muy joven o muy estúpida», pensó inmediatamente ante la falta de cuidado. Pero lo extraño fue que ella no sintió nada más allá de una pequeña decepción que se sumaba a una larga lista.

A su regreso de Florida, Michel fue directamente a la casa y encontró a Sofía en el laboratorio, sumamente concentrada en sus cosas.

La saludó desde la puerta, esperando que naciera una ristra de reproches que seguramente habría repasado mentalmente durante los dos días transcurridos desde la llamada al hotel.

—Has vuelto, qué milagro verte por aquí a estas horas.

Sofía fue dejando cuidadosamente las pinzas que tenía en una de sus manos y el bolígrafo de la otra y se fue acercando a Michel, que solo la miraba sin notar nada extraño en su rostro o en su voz. Lo acompañó a la casa con la excusa de prepararse un té.

—¿Tú querrás uno? —le preguntó.

Quizás fuera cierto que había llamado una antigua clienta, pero los datos y los nombres no existían, pensaba confundido Michel.

—No, gracias, no quiero nada. Solo he venido a cambiarme y salgo para la oficina —le respondió mientras se dirigía a las escaleras que llevaban a la habitación.

—Michel —lo llamó Sofía—, tu habitación desde ahora está aquí abajo, ya me he ocupado de que Aliosca acomode tus cosas.

Él no atinó siquiera a protestar. Apretó los labios, meneó afirmativamente la cabeza dos veces y sin decir nada, se marchó.

Desde aquel día, Michel regresaba siempre bien entrada la noche, desayunaba con sus hijos por las mañanas y los llevaba al instituto. Ese era el único contacto con su familia. Los fines de semana quedaba en casa de amigos para comer, o eso decía, y cada cual fue abriendo sus propias vías que los ayudaran a esquivar el hogar sin vida en que se había convertido la casa.

Pero pronto las llegadas trasnochadas al hogar y las pocas horas de sueño harían que Michel comenzara a perderse con cierta frecuencia también los desayunos.

Como siempre, todo comenzó un día cualquiera en el que su desorientado marido salió de la habitación de invitados, que ahora era la suya, a las diez y media de la mañana y se encontró a Sofía sentada en su mesita de la cocina con un té humeante.

—¿Y los chicos? —acertó a preguntar apresurado, como si el retraso fuera de solo unos minutos.

—Los he llevado yo —dijo Sofía.

Aliosca pasaba en ese instante con la ropa para lavar.

—Bueno, me voy —dijo Michel.

—Hasta mañana —le respondió Sofía inmutable.

Aliosca lo vio salir y su cara se torció en una mueca de disgusto y reproche, como si fuera un perro cuidando a su amo. Al girar la cabeza, encontró la mirada de Sofía escrutándola.

—No te preocupes, Aliosca, yo no lo hago hace tiempo, se vive mejor así.

—No la merece —dijo Aliosca mientras se alejaba—.No señor, no la merece.

Sofía volvió a su ordenador, donde continuó revisando su correo. El grito de exclamación que soltó trajo a la pobre Aliosca de nuevo a la cocina, rebotando contra todo lo que había a su paso, incluidas algunas prendas sucias que había tirado al suelo y llevaba enredadas en los pies.

Se encontró a Sofía saltando en el lugar junto a la mesa, con una cara de asombro que jamás le habría imaginado.

—¡Dios mío, qué ha pasado!

Sofía se echó a sus brazos.

—¡Me han llamado!, Ali, ¡me han llamado! —le dijo sin aportar más datos.

Cuando se serenó un poco, logró explicarle que le proponían trabajar en un proyecto en Costa Rica, junto al prestigioso biólogo Edward Wilson, que ella, debía desarrollar y presentar un proyecto ante el consejo directivo de la corporación Conservation International, compuesto por miembros de diferentes países y que la fecha estimativa sería en cuatro meses. Si todo iba bien, se le encargaría la dirección para la ejecución del proyecto conjuntamente con Edward Wilson, por parte de la delegación americana, que se sumaría a la de Costa Rica.

A la reunión de emergencia convocada esa misma tarde asistieron su madre, su tía, Rebeca y Aliosca, que se ofreció ayudarla en la reunión para que ella pudiera disfrutar sin preocupaciones del momento.

Daniela no regresó a la casa aquella tarde, pero Juan se alegró enormemente por su madre, sumándose un rato al improvisado encuentro y retirándose discretamente para dejar a las mujeres con su tema.

Sofía sabía que la propuesta recibida era la cosecha que le vaticinara su sabia tía, y no había bajado la guardia, no lo había hecho.

Rebeca se salía de sí misma ante la felicidad de su amiga. Carmen ya sacaba cuentas de los diferentes modelos que debía incorporar al paupérrimo armario de maruja de su hija, y María estaba tan emocionada que casi no articulaba palabras.

—Espero que ahora te ocupes también de tu aspecto, hija - Decía Carmen.

—Creo que ahora debe ocuparse de otras muchas otras cosas, pero todo a su tiempo - Intervino María, dejando en el aire a qué cosas se refería exactamente.

Aliosca se encontraba sentada entre ellas, pendiente de poner o retirar platos y pasteles. Rememoraba para sus adentros todo lo vivido con esa mujer casi fantasmal que le había abierto las puertas de su casa, y de su vida.

El timbre del teléfono interrumpió el alegre encuentro e hizo que Sofía se levantara de un salto a atenderlo.

—¿Hola?

—¡Hola! Quiero decirte que me he enterado. —La llamada de Michel fue apagando las jocosas voces de las presentes, el silencio se hizo casi sepulcral—. Me alegro mucho por ti, Sofía, y lamento tener que decir que a pesar de mí por no haberte acompañado.

La expresión de Sofía era una mezcla de compasión y nostalgia.

—Quizás deba decir, para ser justa, a pesar de mí también. Gracias por tu llamada, adiós, Michel.

Y colgó el teléfono, mirando a las expectantes asistentes y viendo que ninguna movía un músculo.

—Era Michel —dijo como si nadie lo supiera—, se ha enterado de la oferta y llamó para..., para felicitarme —aclaró finalmente, y volvió su sonrisa, y se disiparon las nubes que ensombrecieron su rostro por un momento, y regresó la algarabía del encuentro.

Todas sabían que el matrimonio no funcionaba, pero ninguna dijo nada, no era momento de estropear la felicidad de Sofía que, a excepción de Carmen, especialista en negar lo evidente, las demás ya habían hecho alguna reflexión al respecto a Sofía en varias oportunidades, sin vislumbrar cambios por su parte.

María observaba, disimulando su silencio en los pastelillos de crema, nata y chocolate.

*****

La preparación meticulosa hasta la exageración dio como resultado un dominio del proyecto que incluía diferentes apéndices, como propuestas de desarrollos que contemplaban, a su vez, futuras previsiones y posibilidades de expansión, lo cual era más que meritorio teniendo en cuenta que a la biodiversidad que representaba de por sí Costa Rica se sumaba el detalle de que Sofía nunca había estado allí.

En su conjunto, la planificación y prospección de conservación, basados en la sostenibilidad, tocaban ramas muy diversas, como la biotecnología, que resultaban un mundo aparte que desarrollar, pero que complementaban el espíritu conservacionista del proyecto.

Las horas que Sofía había pasado mirando el mural que Armonía había dejado plasmado en su laboratorio le aportaron una sensibilidad en la que a veces podía sentir el olor a tierra húmeda, o quizás fuera que así también oliera la esperanza.

Antes de cerrar la puerta, echó un último vistazo a su laboratorio, ordenado, limpio, con todo el material organizado. Era como si se despidiera de él, agradeciéndole el cobijo que le había proporcionado a su espíritu. Cerró la puerta. Sus hijos y Michel ya estaban sentados a la mesa, a punto de cenar una pizza que habían encargado.

—¿Lo tienes todo listo, mamá? —preguntó Juan.

—Supongo que sí, aunque ya sabes..., siempre siento que falta algo.

Michel y Daniela pasaron de puntillas sobre el tema con escuetos comentarios relacionados con el gran acontecimiento que Sofía afrontaría al día siguiente.

Apenas pudo pegar ojo aquella noche. Lo había dejado todo previsto: un traje negro, compuesto de chaqueta y pantalón, camisa blanca, zapatos negros con tacones no muy altos para evitar destacar más su propia altura, que, sumada a su estilizada figura, la hacían parecer una jirafa, pensaba ella, sin ser consciente de su elegancia.

Creyó haber podido mal dormir un par de horas, no estaba segura. Finalmente, decidió poner fin a esa situación y bajó a la cocina a preparar un pastel de carne y echar un último vistazo a la presentación preparada en su ordenador.

—Si no puedes dormir, llámame —le había dicho Rebeca—, no importa la hora.

—¿Cómo se te ocurre que haría eso? —le había respondido Sofía.

—No lo harías, lo sé, por eso te lo digo, y porque sé cómo te ponen de nerviosa estas situaciones. Te recuerdo que llevo toda mi vida universitaria contigo, te conozco y por primera vez te hago este ofrecimiento. Creo que, de haberlo hecho con cada examen, jamás hubiese sacado la carrera —bromeó su amiga.

Se habían visitó la tarde anterior y Rebeca la abrazó emocionada sabiendo lo importante que era este acontecimiento.

—Te deseo lo mejor, Sofía, y no estés nerviosa, lo harás perfecto, de eso debes estar segura. Eso sí, llámame en cuanto salgas, no se te ocurra extenderme la agonía de la espera.

Rebeca era siempre un motor de vida, de coraje, de perseverancia. Recordó a su amiga pegada a ella en la pared del vestíbulo de entrada de la universidad, hacía ya tantos años, apretando las carpetas y buscando juntas sus nombres y el aula aquel primer día, y la infinidad de horas de estudio que habían compartido.

—Serás la primera persona a la que llame, no lo dudes —le prometió Sofía.

Al rato, la casa comenzó a despertarse, Daniela, Juan y Michel se preparaban aletargados para comenzar su jornada.

Sofía preparó el desayuno, puso la mesa y luego de dar cuenta de este, la fueron despidiendo deseándole buena suerte en la entrevista.

Michel también lo hizo, y la miró con profundidad, como transmitiendo en la mirada todo aquello que era incapaz de manifestarle.

La llamada de Carmen preguntando por su elección en la vestimenta y la infinidad de preguntas y respuestas que ella misma hacía y se respondía trasladaron a Sofía a tantos recuerdos...

—¡Sofía! ¡Sofía! ¿Me estás oyendo?

—Sí, mamá, pero no puedo entretenerme, tengo que prepararme. Mándale un beso a la tía y ya os llamo cuando salga.

—Vale, hija, un beso grande y mucha suerte.

La tía María, sin embargo, arrebató el teléfono a Carmen.

—Cariño mío, te has preparado toda tu vida para este momento, solo piensa en ello y no te asustes, disfrútalo.

Aliosca, se mantuvo más que discreta a su llegada, por no interrumpirla en esa lectura final que parecía no acabar nunca.

—¿Cómo estoy Aliosca?

Se presentó Sofía en la cocina, sobria y elegante, con aquel traje que, entallado en su justa medida, destacaba la figura de Sofía acompañando su cuerpo armonioso y su pelo negro recogido cuidadosamente en una cola alta que dejaba al descubierto su fino cuello. La camisa blanca no terminaba de romper la rigurosa seriedad del conjunto, cosa que sí lograba su rostro casi angelical, maquillado suavemente como pretendiendo, incluso, esconder sus enormes ojos negros que contrastaban naturalmente con la blancura de su piel.

Aliosca la miró con expresión de asombro, ternura y satisfacción.

—¡Está preciosa Sofía! Se la ve preparada, muy profesional.

—Mi madre me mandaría a llenarme de colores —se rio Sofía—, pero yo prefiero que presten atención a lo que digo y no a mi vestimenta o mis piernas —le aclaró como excusando el atuendo.

—Como debe ser —afirmó Aliosca—. Ha elegido el traje con el que más cómoda y segura se siente y está preciosa, y le irá muy bien. Es usted bella, buena, inteligente y sabia, ese es su mejor conjunto.

Sofía la abrazó cuidadosamente para no desarreglarse, recogió sus cosas y partió a la reunión.

*****

Llegó al centro de la ciudad, a un edificio imponente que subrayaba per se una puesta en escena que proyectaba la solvencia de una organización de expansión internacional.

«Puede anunciarse al señor de seguridad y aparcar dentro del edificio», le había explicado la eficiente secretaria, atenta a todos los detalles, y efectivamente, su nombre figuraba en el registro de personas que tenía el hombre de la entrada del aparcamiento.

Corroborada la identidad de Sofía, el vigilante le devolvió su documentación.

—Puede pasar, doctora Walker. Que tenga un buen día.—se despidió el cortés desconocido.

Todo funcionaba al detalle. La estaban esperando, sí, a ella, pensaba Sofía. La recepcionista, igual de amable que el vigilante del parking, así se lo había indicado.

—Debe acercarse a la planta 21, allí mi compañera le indicará la sala.

La planta 21 contaba con moqueta, mobiliario moderno en la recepción donde trabajaban dos mujeres y rodeado de amplias oficinas con muebles de roble lustrado. Una de las salas de juntas tenía grandes ventanales que podían oscurecerse con cortinas electrónicas para mejorar la visibilidad de alguna exposición que se proyectara en la gran pantalla situada en un extremo y garantizar que todos los asistentes ubicados alrededor de la enorme mesa en cómodas sillas ejecutivas pudieran ver sin ningún problema.

Así era esa planta 21, lujosa y con gente de trato agradable y formal que, al contrario de lo que seguramente pretendían, ponían más nerviosas a las personas que, como ella, serían el centro de atención de una suerte de entrevista poco convencional.

—Bienvenida, doctora Walker, es un placer tenerla aquí —le dijo el presidente, Sebastian Morris, a la vez que le extendía su mano con firmeza para estrechar la suya a modo de saludo—. Acompáñeme, por favor, ya estamos todos preparados.

Sofía miró su reloj por un momento, pensó que había llegado tarde, pero no, todo estaba perfectamente sincronizado.

Hechas las presentaciones generales de las diez personas

restantes que se encontraban reunidas en una sala de juntas más deslumbrante que la anterior, el Presidente invitó a Sofía a ocupar el sitio de la cabecera, el lugar más próximo a la pantalla de que también disponía esta sala.

La secretaria ya le había explicado que todo estaba organizado para que Sofía, desde un mando, pudiera pasar las imágenes que llevaba en un disquete que le había entregado a la mujer.

—No se preocupe, este aparato no falla nunca —la tranquilizó la secretaria—, y le devolveré el disquete cuando termine —aclaró al notar una preocupación en el rostro de Sofía al tener que desprenderse de este.

Sofía estaba un tanto cohibida al principio, las palabras de su tía vinieron en su auxilio a su mente: «Toda tu vida te has preparado para este momento».

La conversación cordial la relajó y a medida que comenzaban a profundizar más en el tema, Sofía miró al presidente, quien entendió inmediatamente lo que ella pretendía decirle y que asintió con un movimiento de mano que la invitaba a proceder. Fue entonces cuando Sofía se levantó, apretó el mando que le habían entregado y comenzó a explicar y desarrollar todo el argumentario, acompañándolo con las imágenes que se iban proyectando ordenadamente en la pantalla a una sola pulsación que lo oprimiera. El resto de los presentes podían seguir también la exposición en una carpeta preparada para cada uno.

Las preguntas se fueron espaciando, Sofía habló y explicó con suavidad y solvencia durante más de una hora o dos, no lo sabía, había perdido la noción del tiempo.

Llegado el momento de hablar de los anexos que había preparado con proyección de futuro, surgió un murmullo y lograron arrancar un «impresionante» que Sofía escuchó pero que no supo determinar de quién había provenido. El presidente miró discretamente a cada uno de los presentes, quienes de uno en uno afirmaron sutilmente con la cabeza.

Cuando Sofía terminó su exposición, fue el presidente quien tomó la palabra.

—Doctora Walker, al haber tenido oportunidad de leer previamente su proyecto y con su elocuente presentación de ahora, permítame decirle que, por lo general, nos tomamos un tiempo de evaluación antes de llegar a una decisión, pero, en este caso, todos estamos convencidos de que es usted la persona idónea para afrontar el proyecto, está claro que la sugerencia del doctor Edward Wilson nos ha facilitado el privilegio de poder encontrarla.

Sofía sonrió con delicadeza.

—Pues para mí es un honor y un privilegio contar con su confianza y con la del doctor Wilson —dijo sin más, como si se encontrara con ese tipo de ofertas todos los días.

Si el corazón estaba por estallarle de emoción, Sofía no lo demostró, aunque, en realidad, así era.

El encuentro se prolongó un poco más, pero de manera distendida. La mayoría de los presentes se fueron poniendo en pie y se acercaron a hablar con ella, presentándose personalmente y dándole la enhorabuena o la bienvenida al equipo de trabajo.

Entretanto, la expeditiva secretaria, aprovechando la presencia de todos, fue diagramando las siguientes reuniones y cuadrando las agendas para organizar lo antes posible los preparativos logísticos que implicaba el comienzo del proyecto en Costa Rica.

Cuando casi todos se hubieron marchado, el presidente invitó a Sofía a su despacho para hablar en privado de cuestiones relativas al sueldo, además de gastos generales y diferentes cuestiones técnicas que se irían ajustando en sucesivas reuniones.

Sofía no daba crédito a las sumas de las que le hablaba, lejos estaba de entender, el presidente, que ella lo habría hecho gratis, que ese trabajo la devolvía a la vida, que era la oportunidad que siempre había soñado y para la cual se había preparado desde hacía años.

A medida que Morris ahondaba en detalles, Sofía iba cambiando de expresión. En realidad estaba impactada pero él, lo interpretó como disconformidad por su parte.

—Bueno, de todas formas, podemos ajustar la propuesta económica para que todos estemos conformes —aclaró repentinamente el desconcertado presidente.

—Oh, no, por favor, estoy muy conforme con la propuesta. Creo que mi mente ya está viajando en el proyecto, me concentro en una idea y mi seriedad se debe a ello, suele ocurrirme —se excusó Sofía con una sonrisa, improvisando esa mentira para evitar confesar el estupor que le generaba la oferta.

Cuando se dio por terminada la reunión, el presidente la invitó a comer junto con tres hombres más de los que habían asistido a la presentación, dos de los cuales pertenecían a la delegación costarricense y el tercero era el doctor Edward Wilson.

Como cada detalle de los ya comprobados, la comida también había sido planeada, la reserva se había realizado en un lujoso restaurante situado al lado del edificio de la corporación. Para ese entonces, la conversación versó sobre diferentes temas que aportaron de manera natural, sin ser consciente Sofía de ello, un punto de entendimiento y complicidad profesional basado en ese trato humano y en esa espontaneidad de Sofía, carente de pedantería, que despertaba en sus interlocutores la certeza de hallarse ante una persona altamente cualificada, cultivada y movida por el amor a la biología.

De regreso al edificio, el presidente Morris se despidió de ella con un apretón de manos y una sonrisa complacida.

—Un verdadero placer, doctora Walker, nos vemos el lunes que viene y nos pondremos en marcha.

Sofía salió con su coche del parking, saludó agradeciendo al vigilante y pasados unos minutos de estar con ella misma y su felicidad, marcó desde su móvil el teléfono de Rebeca.

—Sí, Sofía, ¿cómo te ha ido? —preguntó atropelladamente.

—¡Me ha ido fantástico! ¡Me han dado el trabajo! Así, sin más.

—¡Ay qué bien! Cuánto me alegro, pero cuéntame todo.

¡Dios mío, qué alegría!

Sofía comenzó a contarle los pormenores mientras conducía. Entre las extravagancias de su madre estuvo la de instalarle un teléfono con manos libres en el coche que prácticamente no usaba pero que en esos momentos estaba siendo de gran utilidad. Eran casi las cinco de la tarde, comenzaba a chispear y el cielo fue oscureciéndose paulatinamente.

Faltaba poco para salir del centro de la ciudad y su agobiante tráfico. El estrés y las prisas de los conductores por regresar a sus hogares se traducía en bocinazos y embudos de coches apiñados en cada rotonda.

A Sofía no parecía preocuparle, estaba tan feliz sumergida en el relato que Rebeca escuchaba e interrumpía cuando le surgía alguna duda sobre algún detalle.

—¿Y el presidente te dijo eso? ¿Y comienzas el lunes? ¡Con ese sueldo!

Sofía reía ante la impaciencia y el asombro de su amiga.

—Bueno, voy a dejarte ahora, luego te llamo al llegar a casa.

Sofía no lo vio venir, no hubo forma de preverlo. Ya estaba muy oscuro y la llovizna hacía la carretera resbaladiza. El coche no tenía las luces puestas y la velocidad que llevaba le hizo imposible frenar, si es que en algún momento tuvo intención de hacerlo.

—Vale, llámame cuando llegues.

—Sí, he cumplido mi palabra, eres la primera en enterarte. Debo llamar a mi madre y a mi tía, pero que sepas que siempre te estaré...

El golpe fue bestial. El coche entró por la puerta del acompañante casi a la altura del asiento de Sofía. No hubo nada que hacer, el vehículo salió despedido dando vueltas y vueltas hasta frenarse en seco contra una farola que dio en la puerta del conductor, haciendo una uve en ese lateral. El impacto hizo que la cabeza de Sofía virara hacia ese lado y recibiera un golpe seco muy cerca de la sien izquierda.

—¡¿Qué pasa, Sofía, qué está pasando?! —gritó Rebeca.

Todo se apagó.

SEGUNDA PARTE

El sueño

«Doctor Javier Butt, doctor Javier Butt, comuníquese con enfermería».

El doctor llamó inmediatamente a su enfermera de confianza, había pasado bastante tiempo desde que notificaron el accidente, pero la ambulancia no llegaba.

—Dígame, Anne.

—Doctor, ya han llegado.

—Voy. ¿Es tan grave como dicen?

—Creo que la dan por muerta.

—Las personas están vivas o muertas, Anne, no es una cuestión de creencia —le reprochó Javier un tanto contrariado mientras se dirigía al área de urgencias del hospital George Washington.

Unas siete u ocho personas entre médicos y enfermeras se encontraban al lado de un cuerpo inerte y ensangrentado. El médico que la había recibido era un joven en prácticas con cara de aterrado.

—Doctor Butt, menos mal que ha venido. Le seré sincero, no sé por dónde empezar.

—No se preocupe. ¿Quién es? —preguntó mientras se ponía unos guantes.

—No lo sabemos.

Javier miró al joven médico esperando que aportara algún otro dato, cosa que este interpretó y comenzó a darle una información tan atropellada como insuficiente.

—Bueno, es una mujer, es joven. Han tardado más de hora y media en cortar el coche para extraerla. Dicen que no había documentación a la vista, por el estado del coche, piensan que estará entre el amasijo. Se ha dado prioridad a traerla cuanto antes, la policía ya nos informará cuando verifiquen la matrícula.

—Vale —respondió secamente Javier, ya preparado y dirigiéndose a examinar el cuerpo.

Nada más acercarse, se dio cuenta del tremendo golpe recibido en la sien. Le examinó los ojos, estaban totalmente idos, en blanco el derecho y rojo el izquierdo. El derrame era la causa inequívoca de la sangre en ese ojo, otra cosa era el alcance de este.

—Hay que llevarla inmediatamente al tomógrafo. No la habéis sedado, ¿no?

—No, doctor —respondió una enfermera que parecía saber más que el asustado médico de guardia.

—Bien. Por favor, quitadle con cuidado la ropa, no mováis la cabeza, y os espero en la sala de tomografías.

Todo fue rápido. Realizadas las pruebas, Javier ordenó sedación e intubación que garantizara oxígeno y finalmente, que se atendieran las heridas más superficiales.

Las radiografías confirmaron que, milagrosamente, no tenía ni un solo hueso roto. Los órganos no estaban comprometidos, a excepción del cerebro, claro. El bulbo raquídeo parecía no estar afectado, pero aún era pronto para saberlo con certeza. El derrame cerebral era importante y determinar si estaba dañada la visión del ojo izquierdo llevaría tiempo, si es que lo tenía.

Anne entró al despacho de Javier, cuando se encontraba analizando las imágenes de la tomografía de la nueva paciente.

—Doctor Butt, disculpe, ha llegado la familia de la señora accidentada, la policía ya la ha localizado.

—Voy en un momento, ¿sabemos su nombre?

—Sí, doctor, se llama Sofía Walker, de cuarenta y dos años.

—Gracias, Anne, en un momento voy —dijo el doctor Butt, que volvió a centrar su mirada en las imágenes.

Javier respiró hondo, hablar con los familiares era lo que más le costaba, siempre sentía que lo miraban como a un dios pidiéndole piedad. Él estaba para salvar vidas, pero en momentos desesperados la gente parecía pedirle con los ojos que no dejara morir a su ser querido, como si tal cosa dependiera de su voluntad.

No tuvo más que abrir la puerta para encontrarse con Carmen, María, Michel y Rebeca.

—Pasen, por favor —los invitó a entrar—. Tomen asiento. No había asientos para todos, por lo que Michel y Rebeca permanecieron de pie.

Javier examinaba sus rostros con ligereza: una de las mujeres mayores que estaba sentada y la joven de pie, lloraban copiosamente. El hombre, también de pie, solo tenía cara de congoja, pero la otra... La otra parecía estar muerta en vida, lejos de todo lo que sucedía, con ojos acuosos, deshechos en una profundidad infinitamente lejos de las lágrimas.

De modo pausado, Javier comenzó con delicadeza a explicar la gravedad de la situación, repartiendo su mirada entre los cuatro presentes, pero mirando principalmente a María.

—Soy el doctor Javier Butt —se presentó—. La señora Walker, Sofía —se corrigió para no sonar distante—, ha sufrido un fuerte golpe en la cabeza. Le hemos realizado tomografías, pero existe un derrame que impide sacar conclusiones del estado o daños que pueda tener. En estos momentos está sedada y necesitamos tiempo para que se absorba el derrame y se despeje la zona, lo que nos permitirá evaluar mejor la situación y poder tener un diagnóstico más preciso.

—¿Pero corre peligro la vida de mi hija? —lo interrumpió Carmen.

Javier había errado al suponer que la mujer ausente fuera la madre.

—Señora, el estado es delicado y muy reciente. Sabemos que no tiene fracturas ni ningún otro órgano comprometido.

Javier se calló por un momento, sopesando si dar o no más información, luego decidió continuar.

—El golpe más importante que veo es en la sien izquierda. Es un golpe considerable que ha provocado un derrame que se extiende al área ocular, pero tampoco podemos determinar si ha dañado la visión.

María, al escuchar ese dato, bajó lentamente la cabeza, hasta ese entonces erguida, como si sus esperanzas acabaran de derrumbarse. Javier lo notó enseguida. «Debí haberme callado», pensó para sí mismo.

—Pero, como les digo, aún es muy pronto para poder determinar un diagnóstico. Comprendo lo difícil que es para ustedes este momento, el servicio de psicología puede atenderles y darles algún tranquilizante si lo desean. Aquí la tenemos controlada cada minuto, les sugiero que intenten descansar un poco, será un proceso largo y necesitarán encontrarse lo más enteros que puedan. Tenemos sus datos y la más mínima novedad se les comunicará enseguida.

María levantó suavemente la cabeza y clavó sus cansados ojos en Javier.

—No soy médico —comenzó diciendo con una voz que parecía regresar del más allá y sonaba casi como un eco—, pero tengo muchos años y sé que las primeras cuarenta y ocho a setenta y dos horas son cruciales, ¿no es así?

—Sí, así es.

María ignoró la respuesta, había sido una pregunta casi retórica.

—¿Sabe una cosa, doctor? Sofía es bióloga, y si por algo ha destacado, a niveles que seguramente usted no pueda ahora comprender, es por tener una mente brillante, le diría que privilegiada, por eso le pediría que, cuando vuelva a centrarse en esas imágenes —continuó señalando suavemente con el mentón el ordenador—, no lo pierda de vista. Es más, téngalo muy en cuenta.

Javier asintió sin responder. No sabía si enfadarse o aceptar la sugerencia como la de alguien que está desesperado. Optó por lo segundo.

Los cuatro salieron del despacho, agradeciendo resignadamente la atención dispensada por el doctor. Se quedaron en el pasillo principal de la planta de neurología con el desconcierto de no saber a dónde ir. Rebeca se echaba la culpa de lo sucedido, pero el accidente se había debido a un conductor bebido que había resultado ileso.

Carmen pasaba del llanto a la ansiedad, razón por la cual Anne, la enfermera, hizo llamar a la psicóloga para tratarla y darle un tranquilizante.

Pasado un tiempo prudencial, Michel se fue a casa para estar con sus hijos y explicarles la situación.

Rebeca se negaba a irse, fue la insistencia de Carmen quien la convenció de que debía regresar a su casa y atender a sus hijos, que nada ganaría quedándose y que ya podría regresar al hospital al día siguiente.

Carmen y María se quedaron sumergidas en su propio dolor, sin hablar apenas. El tranquilizante que le habían dado a Carmen parecía hacer efecto a ratos. María se había negado a tomar nada, «Sofía me necesita más lúcida que nunca», pensó.

Encerrado en su despacho, Javier se había quedado con las palabras que María le había dicho. No, no pidió misericordia, le trasladó una inquietud, un desafío. Se revolvió incómodo en la silla antes de posar nuevamente su mirada en las imágenes de un cerebro que ahora tenía nombre: Sofía.

«Una mente brillante en gris», pensó mientras repasaba las imágenes con manchas oscuras de la sangre que inundaba su cerebro como consecuencia del derrame que casi hacía inviable que pudiera sobrevivir.

—¿Ya se va, doctor? —le preguntó Anne al verlo pasar frente al mostrador de enfermería.

—Sí, en breve, pero váyase usted, Anne, que ya es tarde.

Sin embargo, Javier se dirigió a la zona de terapia intensiva para ver a Sofía.

—¿Alguna novedad? —les preguntó a las enfermeras.

—No, doctor, todo igual, la sedación que mandó es lo que hemos hecho —dijo una de ellas como queriendo expresarle que no entendía la pregunta.

Javier ignoró la respuesta y se acercó a mirarla. Los golpes, la hinchazón, los parches que tapaban las suturas proporcionaban una imagen tan explícita del cuadro que ni tan siquiera volvió a mirarle el ojo. Se quedó pensativo.

«Una mente brillante», recordó una vez más la afirmación de María, y se fue a su casa dejando pautas claras al médico de guardia que entraba a sustituirlo. Por suerte, era un médico de confianza para Javier.

—Conviene no tocarla, mañana la visitaré a primera hora.

Ya pasaba la medianoche cuando Javier llegó a su piso, y allí lo esperaba Laura con una bata negra abierta y ropa interior que combinaba el rojo y el negro con transparencias sugerentes. Se encontraba tirada en el sofá escuchando música con unos auriculares dada la hora y los reproches que le había hecho Javier por poner música a según qué horas, y molestase a los vecinos.

—A veces pareces un abuelo —se había defendido ella.

—Y tú una adolescente maleducada, pero esta es mi casa, y no te pido nada, solo que respetes mi espacio, y ello incluye a mis vecinos.

Al entrar, ella tenía la cabeza sobre el reposabrazos, de espaldas a la puerta. Javier se quedó pensativo mirando la escena: ¿por qué había accedido una vez más a caer en relaciones sin vistas de futuro?

Laura tenía diecisiete años menos que él. Era frívola, graciosa y atrevida. No compartían nada, ni gustos, ni amigos, ni intereses culturales. ¿Buen sexo?, quizás cuando su cansancio le daba algo de tregua. Muchas veces prefería llegar tarde para poder utilizar el cansancio como excusa.

Todas sus relaciones habían fracasado por lo mismo: el trabajo, las eternas horas que pasaba en el hospital o estudiando algún caso. ¿Era obsesivo?, puede ser, pero se sentía pleno en cada desafío. Desafío, sí, como el que aquella anciana deshecha le había despertado con sus palabras hacía unas horas. Ya no podría remediarlo, lo sabía, algo se encendía en su curiosidad, en su necesidad de saber, de entender.

Laura alzó la cabeza para mirar hacia la puerta y lo vio allí de pie, observándola. Ella le sonrió, completamente ajena a lo que en realidad él estaba pensando. Se sacó los auriculares y se acercó provocativamente a saludarlo. Javier apenas respondió con un escueto beso.

—Estoy muy cansado, Laura, y aún tengo que mirar un tema.

Llevaban un año conviviendo y a esas alturas Laura sabía lo que significaban esas palabras, sabía que sacaría de su maletín una carpeta celeste con una historia clínica y se encerraría para sí en el ordenador, o consultaría libros, o mantendría conversaciones interminables con colegas, o lo más probable era que sucediera todo eso junto.

—¿Y ahora quién es el desdichado? —preguntó con cierto fastidio.

Javier la miró molesto por tener que dar explicaciones que ella jamás entendería y por la falta de empatía que mostraba aún sabiendo que esa carpeta significaba la vida de una persona que luchaba por vivir.

—Es mi trabajo, Laura —se defendió—, y aquí hace mucho calor.

—Pues porque está por nevar y si no, hace mucho frío.

—Podrías abrigarte un poco más y buscar un equilibrio entre los extremos climáticos.

Laura se sintió ofendida y despreciada y se fue al dormitorio refunfuñando por lo bajo.

El espacio despejado agradó a Javier, que encendió el ordenador y fue en busca de una pizza que claramente Laura había pedido para la cena. Allí se quedó leyendo los pocos datos que contenía la carpeta de Sofía.

Comenzó a buscar información sobre ella y rápidamente, encontró la vinculación de la familia con el famoso bufete de abogados. También descubrió el artículo de Florida donde hacía años la mencionaban como una joven promesa. Pudo ver la foto de aquella entrevista en la que aparecía con ese traje azul, elegante, bella, viva. Javier se detuvo en la imagen, tan opuesta a la del rostro hinchado y ensangrentado que había visto.

Sin lugar a dudas, la anciana no exageraba cuando le habló de su mente. El artículo destacaba la trayectoria académica de la doctora Walker, que, ciertamente, era digna de enmarcar.

Javier se centró en los datos e informes médicos. Las imágenes del TAC mostraban un importante derrame que lo hacían sentir impotente, nervioso. Tenía ganas de estar allí, en el hospital, era consciente de la importancia de las primeras horas que le había remarcado esa señora de ojos acuosos y ausentes.

Debía dormir, si no, sería imposible pensar correctamente a la mañana siguiente. Por suerte, Laura ya dormía cuando entró en el dormitorio y la discusión se daba por terminada, pero, al verla allí, volvió a pensar en los motivos por los cuales se involucraba en relaciones carentes de interés para él.

Javier era francamente apuesto, alto, de cabello castaño y ojos entre marrones y verdosos de mirada profunda. Era un hombre que, cuando escuchaba hablar a alguien, se centraba tanto en lo que le decían que a su interlocutor le daba la sensación de que no existía otra cosa más importante en el mundo para él. Las mujeres se sentían halagadas y atraídas a partes iguales, desconociendo que esa actitud era parte innata de su forma de ser carismática, que adornaba con sonrisas nobles y una correcta forma de expresarse, incluso cuando se enfadaba. Todo ese conjunto lo convertía en objeto de deseo del sexo femenino en cualquier ámbito que se encontrara. En parte lo sabía, en parte le divertía, aunque, lejos de cualquier atisbo de soberbia, se mostraba humilde, casi tímido. El resultado, una persona seductora incluso para los hombres.

No obstante, ese conocimiento de sí mismo hizo que se autoimpusiera como norma no involucrarse con ninguna compañera de trabajo, no permitiría que absolutamente nada perturbara su espacio laboral. Quizás ese fuera el motivo por el que no encontraba una mujer afín a él. La mayoría de sus novias las había conocido por ser amigas de alguna novia de algún amigo, y ello ocurría en cenas y encerronas premeditadas por sus amigos, pero que habían resultado, pues su vida social era casi nula, vivía metido en el hospital.

«Sí, debo de ser obsesivo», fue lo último que pensó antes de quedarse dormido.

Bien temprano, Javier se levantó sigilosamente para no despertar a Laura, pero no lo consiguió.

—¿A dónde vas tan pronto?

—A trabajar.

—Pero si hoy lo tienes libre y quedamos en ir a casa de mis padres.

Se había olvidado de ello.

—No creo que pueda. Discúlpame, de verdad, tengo que ir al hospital, es importante. —Se acercó conciliador—. Y discúlpame con tus padres.

—Vale, no te preocupes, lo entenderán.

Al llegar al hospital, Javier se dirigió directamente a la zona de cuidados intensivos.

—Hola, doctor, no le esperábamos hoy —dijo el médico de guardia—. Ya sé, viene por la paciente de ayer por la tarde.

—Pues sí, ¿cómo está?

—De momento, viva, que ya es bastante.

—Estaba pensando en bajar la sedación al mínimo, ¿qué le parece? —propuso conciliador Javier.

El médico con el que hablaba era un médico de gran prestigio, ambos se respetaban y muchas veces se consultaban opiniones.

—Creo que sería lo mejor para poder determinar si hay respuesta.

Bajada la sedación y examinados los pacientes, Javier se acercó a su despacho. En el pasillo vio a la madre de Sofía junto a la otra señora, que continuaba estoica y rígida como la tarde anterior. Se acercó a ellas. Carmen sintió la mano de su hermana que quería despertarla.

—Buenos días, doctor, ¿alguna novedad? —preguntó Carmen.

—De momento no. He decidido bajar la sedación al mínimo para poder analizar el margen de respuesta, pero debemos esperar unas horas antes de repetir las pruebas.

—Me dijeron que hoy no vendría usted, que tenía el día libre —dijo de pronto María—. Gracias, doctor.

Javier comprendió la agudeza de la mujer. Apretó los labios y apoyó su mano en las manos que María tenía puestas sobre sus piernas, una encima de la otra, en esa eterna espera.

—¿Cómo se llama, señora? —le preguntó finalmente Javier.

—María, soy la tía de Sofía.

—Mi hija siempre ha tenido dos madres, doctor — aclaró Carmen, consciente del golpe que significaba para su hermana el estado de su hija.

Javier movió afirmativamente la cabeza.

—Las mantendré informadas, ahora voy a trabajar.

El hospital comenzaba a tener vida, las mañanas eran mucho más activas que las tardes y sobre todo, que las noches. A Anne no le extrañó verlo aparecer. Lo conocía, sabía que no dejaría a esa mujer hasta no tener claro el diagnóstico.

—Buenos días, doctor. ¿Necesita algo?, ¿quiere un café?

—Buenos días, Anne. Pues me iría bien, la verdad, muchas gracias. —Ya se dirigía a su despacho cuando se paró en seco—. Anne, ¿puedo hacerle una pregunta?

—¡Claro, doctor!

—La habitación que está pegada a su mostrador está libre, ¿verdad?

—Sí, es la que menos usamos, por lo del ventanal, supongo.

—Pero esas cortinas se pueden cerrar y salvo catástrofe, tenemos muchas salas vacías, ¿no?

—Sí —respondió Anne, intuyendo a dónde quería llegar.

—Pues hágame un favor, Anne, lleve a las señoras que están en el pasillo a esa habitación antes de que tengamos que llevarlas a la UCI.

Anne sonrió con benevolencia, era un buen hombre.

—Ahora le traigo su café —dijo, y se fue a rescatar a Carmen y María del pasillo.

Las ubicó en la habitación, lo que no solo les aportaba comodidad y cierta intimidad, sino que les permitía estar cerca de todo lo que ocurría. Anne les llevó un té, les habló con dulzura y se puso a su disposición para cualquier cosa que necesitaran. A ambas hermanas les dolía el cuerpo además del alma, por lo que agradecieron esa consideración.

—Ha sido cosa del doctor Butt —les dijo Anne con cierto orgullo cuando le dieron las gracias.

La habitación era pequeña y oscura. Tenía dos camas y una butaca articulada color celeste situada junto a una ventana con persianas que permanecía cerrada. Pero lo curioso era el gran ventanal que daba al mostrador y a la zona de trabajo de las enfermeras de la planta. Parecía una habitación hecha en un momento posterior al resto del edificio, quizás habría sido un despacho en algún momento. Las mujeres estaban inmensamente agradecidas.

«Cuando bajen a su hija, seguramente la traerán aquí», les había dicho Anne. María sintió algo de paz al escuchar ese comentario que parecía encerrar más certeza que esperanza.

Horas más tarde, se le repitieron las pruebas a Sofía. El derrame parecía haber remitido un poco, la oxigenación era buena, pero aún no había señales de que despertara, ni respuesta a estímulos. Era demasiado pronto. Con todo, Javier se aferró a esos datos y así se los transmitió a Carmen y María, con la cautela que encerraba el caso.

A media mañana llegó Michel con los niños, Rebeca ya llevaba tiempo allí. Juan parecía haberse encerrado más en sí mismo. Daniela, en cambio, parecía estar con rabia y culpa ante lo que a su complicada edad era difícil de aceptar:

¿contra quién depositaría ahora su rebeldía sin causa? ¿Por qué tenía que pasarle eso a ella? Eran preguntas que afloraban en sus más íntimos pensamientos, entre lágrimas y sombrías respuestas que expresaba ante las palabras de consuelo que le proferían unos y otros.

Michel, sin embargo, parecía tener urgencia por salir corriendo.

La vida en su conjunto le gritaba que no había estado, que nunca había estado, y ahora ello pesaba el doble frente a las miradas que le echaban Carmen y sobre todo, María. Sobraban las palabras, sobraba él, que hacía un esfuerzo por mantener el tipo y dejar pasar un prudente tiempo antes de buscar un pretexto para irse y llevarse a sus hijos.

Rebeca no dejaba de sentirse culpable. Explicó una y mil veces su conversación telefónica a Carmen y María, que parecían haber dejado de vivir, enclaustradas en aquella

habitación silenciosa y lúgubre a la espera de noticias de Sofía, que se encontraba sola en algún otro sitio, luchando por vivir.

—No ha sido culpa tuya —intentaba consolarla Carmen.

Pero nada servía de consuelo. Rebeca, poco a poco, enmudeció como el resto.

María que se encontraba sentada en la butaca celeste decidió levantarse suavemente pasando por el medio de todos los allí reunidos.

—Ahora vuelvo —anunció, sin dar más detalles.

Se dirigió al despacho del doctor Butt. La puerta no estaba cerrada del todo y pudo ver que el doctor estaba manteniendo una conversación con un señor mayor.

Javier había llamado al doctor Martin, el jefe de servicio de neurología y a nivel personal, su mentor. Ambos tenían una excelente relación profesional. El doctor Martin había propuesto a Javier como su segundo con vistas a que lo reemplazara en poco tiempo, cuando él se jubilara.

Se tenían admiración y aprecio mutuos. Eran, en cierta medida, amigos, pero la diferencia de edad quizás se presentaba como un obstáculo para compartir otras aficiones o vida social fuera de lo estrictamente laboral. No obstante, cuando Javier lo llamaba, cosa que rara vez ocurría, Martin acudía sin titubear, incluso con premura. Significaba que algo había, que algún caso podía aportar algo de luz al ya oscuro campo del cerebro humano.

Javier le comentó el caso de Sofía y le enseñó las pruebas e imágenes del TAC. También le consultó su decisión de bajar la sedación. Era un riesgo, quizás algo prematuro, pero, en sí, no encontraba el doctor Martin nada fuera de lo normal que justificara la llamada de Javier.

Martin fue paciente durante toda la exposición, no interrumpió el razonamiento e incluso coincidía con las medidas adoptadas por Javier. Cuando se agotó el tema, miró a Javier a los ojos como preguntándole dónde estaba la duda. Javier entendió el desconcierto amable de su colega.

—Hay una cosa más, no es estrictamente científica — aclaró Javier incómodo.

Martin arqueó las cejas a modo de un nuevo interrogante.

—Te escucho —alentó a Javier.

—Es la tía.

—¿La tía? —exclamó con sorpresa Martin—. Explícate.

Javier le relató lo vivido con los parientes, la actitud de María y cómo esta le habló de esa mente privilegiada. Javier le comentó lo que había investigado de Sofía, que en cierta medida concordaba con lo que esa señora le había dicho.

—Y a ti se te despertó la curiosidad con lo que te dijo la tía —lo interrumpió Martin como restándole importancia.

—Ya, ya, te advertí que no era científico, pero no fue lo que dijo esa señora, no. Fue cómo lo dijo.

En aquel momento, unos tímidos golpecitos en la puerta interrumpieron la conversación.

—¿Sí? —preguntó Javier.

María asomó la cabeza.

—Disculpe, doctor, no pensé que estaba reunido. Si no le importa, le espero, quisiera comentarle algo —mintió María.

—No, no, pase —se apresuró a responderle Javier—. Ya que está aquí, le presento al doctor Martin, él es el jefe del servicio y justamente estábamos hablando de su sobrina.

—Mucho gusto, doctor —se presentó María—. Me alegra verles tan comprometidos en este caso.

—Es nuestro trabajo —aclaró Martin, levantándose e invitando cortés a María a que se sentase a su lado.

—Sé que es prematuro, doctor, pero vengo a pedirle que me deje verla.

El gesto de Javier no era de enfado, sino de verse forzado a dar explicaciones que prefería omitir.

—Le seré sincero, María, intentamos que, en las primeras horas o días, los familiares asimilen la situación para poder afrontar el cuadre que se encontrarán al ver a sus seres queridos. Hay heridas, moratones y una serie de aparatos que hacen más duro la ya de por sí difícil escena.

—Le agradezco la consideración, doctor, el caso es que, a mis años... —María intentaba buscar las palabras que sonaran de una forma amable y adecuada—, a mis años guardo un baúl lleno de escenas que me han enseñado que lo importante es el escenario. Si Sofía se muere, doctor... —No pudo seguir—. Necesito hablar con ella —dijo finalmente, cambiando el mensaje y la forma de la petición.

Los dos médicos se miraron, se conocían, ya sabían lo que pensaban en estos casos.

—Vale, pero le pediría que solo vaya usted, nosotros la acompañaremos.

—No puedo ir sola, doctor, mi hermana Carmen es su madre. Necesito que también la vea, porque, si solo puede ir una, debe subir ella, y entonces... no podré decirle a Sofía lo que tengo que decirle.

Con cierta tristeza, Javier se vio en la obligación de explicarle que ella no la escucharía.

—No perderemos nada con intentarlo, ¿no cree? —le respondió María con suavidad.

—Pues, si le parece, vaya a llamar a su hermana, la esperamos aquí —le pidió Martin, consintiendo así la visita y liberando a Javier de la embarazosa situación.

De regreso a la habitación, María vio que Michel y sus hijos ya no estaban y que una desolada Aliosca estaba siendo tranquilizada por Anne, la enfermera, quien, al verla llegar, se acercó a ella y la abrazó. Poco pudo decirle María, solo explicarle que iba a buscar a Carmen para ir a ver a Sofía. Las dos hermanas se fueron juntas al encuentro con los doctores y Aliosca volvió a centrarse en Anne, que seguía la situación de cerca.

—La tía parece la madre —se atrevió a decir Anne.

—Es más que eso en realidad —la corrigió Aliosca—. En este mundo hay almas gemelas, y Sofía y María lo son. No sé cómo explicarlo, hay gente que no cree en ello, pero llámelo como quiera. Hay cuestiones que son difíciles de explicar, pero, créame, si Sofía sigue adelante, mucho tendrá que ver la ciencia, por supuesto, pero María será determinante.

En ese momento, Javier llamó a Anne para que subiera con ellos y Aliosca se quedó a la espera junto a Rebeca, inmersas en el triste silencio que atenazaba sus corazones.

La sala de terapia intensiva se encontraba subdividida en pequeños habitáculos acristalados con camas y pacientes inertes rodeados de aparatos de todo tipo. Eran boxes que se extendían uno al lado del otro a cada lado de la sala, con un pasillo en medio que permitía al personal ingresar con facilidad en cada uno.

Las hermanas comenzaron a transitar ese pasillo en busca de Sofía, los médicos las seguían por detrás. Al llegar a donde se encontraba Sofía, María se paró inmediatamente mientras que Carmen seguía avanzando en busca de su hija.

—Aquí está, Carmina —le dijo suavemente María.

—No, esa no es mi hija —le respondió Carmen con una leve sonrisa para ayudarla a salir del error.

—Sí, señora —le tuvo que aclarar Javier—, ella es Sofía.

Carmen quedó pegada al cristal sin dar crédito a lo que le aseguraban. Los dos médicos se miraron para ver quién diría algo que sacara a Carmen del estupor y calmara el llanto en que había roto de forma automática. Pero no hizo falta, fue María quien la cogió dulcemente del brazo.

—Aquí no, Carmina, aquí no. Ella te escucha, no le agreguemos más de lo que tiene.

Sofía estaba intubada, rodeada de cables, máquinas y monitores de todo tipo, con la cara hinchada y hematomas de colores diversos que comenzaban en su ojo izquierdo.

María miró a los médicos, que asintieron dando respuesta a la pregunta que no hizo falta formular. Entró en el cubículo, se fue al lado derecho de la cama, cogió la mano de Sofía, se la colocó sobre su corazón cansado y se puso bien cerca de su oído.

—Hola, cariño, aquí estoy. Lo has hecho muy bien, cielo mío, el trabajo ha sido un éxito. Toda tu vida te has preparado para esto y ahora no debes bajar los brazos. Cariño, haz tu viaje, pero vuelve aquí conmigo. Necesito que me lo cuentes, te estoy esperando.

Fue Anne quien llamó la atención de los médicos que miraban la escena: por más años que llevasen en ello, el nudo en la garganta resulta inevitable en casos como estos.

Era casi imperceptible, pero sí, podía ser. A medida que María le hablaba, el monitor comenzó a marcar unos leves picos de reacción, de respuesta al estímulo.

Javier ordenó quitar por completo la sedación. Había mirado la hora y con la copia que tenía del informe pedido, pudo estar convencido de que Sofía había escuchado a su tía.

Tanto Martin como él no creyeron conveniente decir nada, y tampoco le ofrecieron a Carmen la opción de acercarse. De regreso al despacho, los dos comentaron el caso, también en un momento estuvo presente Anne.

—Puede ser, sí —dijo Martin—. La tía..., tiene algo que la conecta.

Fue como si con esa aclaración diera sentido a lo que Javier había pretendido explicarle antes de la interrupción de María.

—Disculpen, doctores. Las personas que las conocen dicen que están muy unidas, las definen como almas gemelas.

—Bueno, si algo me ha enseñado esta profesión y la vida es a no descartar nada, mucho menos las señales —dijo Martin—. Pero ya es demasiado tarde, yo me voy a casa, y mañana, si hay novedades, avísame sin problema, que este puede ser uno de esos casos que enseñen mucho. Una mente brillante, privilegiada. Dices que así la definió la tía, ¿no?

—Sí —afirmó Javier.

—Bueno, al menos, luchadora. Eso ya vale mucho en estos casos.

Todos se fueron, incluidas Rebeca y Aliosca, que se llevó a Carmen. La única que no se movería sería María, que dormiría en la habitación que les habían dado.

A medianoche llegaron Francisco y Alicia, y María se alegró de verlos.

—Se te ve muy cansada, tía, tienes que salir del hospital y descansar en una cama como Dios manda.

—No, tesoro, estoy bien, no podría estar en otro sitio, aún no.

Los tres aprovecharon para hablar de todo un poco. En especial, María puso al corriente a su sobrino de las cuestiones del bufete, de cómo Michel parecía adueñarse de todo, de la relación inexistente de este con Sofía, del error de muchos años de Carmen por confiar en él.

María habló de forma pausada, comedida, pero sin dejarse nada en el tintero. Sabía que era importante que Francisco interviniera ahora que Michel tendría, más que nunca, vía libre en las gestiones de la empresa.

—Vienen tiempos difíciles y creo que debemos dividirnos las tareas —terminó diciendo María.

Sobre las tres de la madrugada, Francisco y Alicia se fueron a dormir y María pudo descansar un rato más. El resto de la noche se presentó tranquila.

*****

No pasaban de las siete de la mañana cuando Javier entró en el hospital y se dirigió directamente a ver a Sofía aunque su horario de guardia comenzara a las ocho.

Javier intercambió información con el equipo de la noche. No habían notado cambio alguno, todo continuaba igual, estable. Retirar la sedación implicaría retirar también la intubación y estar alerta a la reacción que confirmara que era capaz de respirar por sí sola.

Hechas las averiguaciones del caso, Javier se acercó a la cama de Sofía tras solicitar al intensivista que controlara muy atentamente el monitor del encefalograma durante el tiempo que él estuviese en contacto directo con ella. Lo quería todo apuntado y con copia para poder analizar más tarde los detalles.

A nadie le resultaba, de por sí, sorprendente la implicación que el doctor Butt mostraba por sus pacientes, pero en este caso daba la sensación de una curiosidad o implicación especial.

—¿Qué lo tendrá tan interesado? —preguntó por lo bajo una de las auxiliares a otra, no sin cierta malicia solapada.

—Si el doctor Butt sigue tan de cerca a un paciente, algún motivo tendrá, motivo que ni usted ni yo seríamos capaces de entender ni en tres vidas —cortó en seco la compañera interpelada, amparándose en su mayor cargo y antigüedad.

Ya junto a la paciente, el doctor le preguntó al intensivista:

—¿Está preparado?

—Sí, doctor.

Javier se acercó a Sofía por el lado derecho, tal como lo había hecho su tía, y posó cuidadosamente su mano sobre la de ella, una mano blanquísima que permitía ver el dibujo de sus venas azuladas, una mano frágil, fina, de dedos largos, como los de una pianista. Al tacto, la percibió suave y un poco fría.

Javier se inclinó hacia su oído y por primera vez, le habló:

—Señora Walker, Sofía —se corrigió al instante—. Soy el doctor Javier Butt, soy su médico y seré quien la acompañe en este momento hasta su recuperación. Sé que es doctora, investigadora en biología, y que tiene mucho por lo que luchar. Siéntase segura y acompañada, doctora, haremos un equipo y saldremos de esta, pero necesito de usted para ello. ¿Me ayudará, Sofía? Sé que sí, su tía me lo ha dicho. Iremos poco a poco, respetaremos los tiempos, pero de aquí se sale luchando. La vendré a ver más tarde, esté tranquila, no dejaré de estar pendiente de usted.

No dijo más, pero, con su mano aún apoyada sobre la de ella, se la quedó observando unos segundos, sin percibir absolutamente nada.

—¿Ha visto algo, alguna reacción?

—La verdad es que no, doctor.

—Vale, hay que desintubar, a ver si reacciona y respira por sí sola, y se continúa con la medicación para disminuir el derrame y la presión del cerebro.

Allí se quedó Javier, supervisando y a la espera de confirmar que Sofía respirara por sí misma y sin fallo de oxigenación. Fue una buena noticia que así lo hiciera. Retirado el respirador, Sofía no mostró complicaciones para continuar con su función vital por sí misma.

Javier se sintió un poco optimista y pidió que no se quitara ojo a la oxigenación en ningún momento hasta su regreso. Luego recogió los informes que ya le había preparado el intensivista y se fue a su despacho, impaciente por estudiar los datos.

Ya pasaban de las nueve de la mañana. Anne le dio los buenos días pensando que era normal que algún día llegara tarde, debía de estar agotado, pero Javier la puso al tanto de todo lo realizado en cuidados intensivos y le dijo que, después de echar un vistazo a los informes, la llamaría para saber su opinión.

—¿Mi opinión? —se sorprendió Anne.

—Sí, ayer fue usted quien detectó la ínfima reacción y cuatro ojos ven más que dos —le sonrió.

—¿Pero ha dormido algo, doctor? ¿Quiere un café?

—Se lo agradecería mucho, Anne —dijo, dando en esa contestación respuesta a las dos preguntas.

Mientras se dirigía al despacho, pasó por delante de la habitación que había facilitado a la familia. Allí vio a María, sola, sentada rígida en el borde de la cama, pensando, reprochándole, seguramente, que llegara tan tarde.

—Buenos días, señora María, ¿ha descansado algo?

—No tanto como usted, me temo.

«Sí está enfadada», pensó Javier, pero decidió no tener en cuenta el sarcasmo. Se sentó a su lado y le comentó todo lo que había hecho con Sofía y la esperanza que tenía al haber confirmado que respiraba por sí sola. Por primera vez, vio cómo una lágrima recorría sus arrugas.

—Discúlpeme, doctor, yo pensaba que aún no había llegado al hospital, y además, usted también tiene derecho a tener una vida, he sido des...

Javier no la dejó continuar, apoyó su mano sobre las de ella, que siempre mantenía juntas sobre sus piernas, casi a la altura de las rodillas, acompañando a su rigidez.

—Aquí somos un equipo y yo necesitaré de su ayuda, María. Debe descansar bien y cuidarse, y si necesita cualquier cosa, Anne o yo la ayudaremos. Pero debemos ser conscientes de que aún es muy pronto, no han pasado ni cuarenta y ocho horas y debemos ser prudentes. Le pediría que no comentara más de la cuenta al resto de la familia, no podemos generar expectativas que no sabremos si alcanzaremos. Y ahora me voy a analizar los informes, la mantendré al tanto, no se preocupe.

Y María lo vio. Sí, ya lo conocía, ya habían hablado, pero eso era distinto: entonces lo vio.

En el despacho de Javier, el café se enfriaba. Las secuencias de las imágenes detectadas en el encefalograma marcaron una casi imperceptible curva. ¿En qué momento exacto? ¿Qué palabra concreta? ¿Cuando se presentó como su doctor, cuando nombró a la tía o cuando le dijo que debía luchar? No lo sabía, no podía determinarlo con exactitud. Eso le hacía sentirse impotente. ¿Y si se lo estaba inventando y eso no era una curva?

Llamó a Anne. Le enseñó las imágenes, las compararon con las del día anterior y revisaron que no había habido ninguna otra curva en el resto del tiempo monitorizado, solo cuando le hablaban.

—Sin lugar a dudas, doctor, es una curva. Algo siente, algo percibe —afirmó Anne.

—Gracias, Anne. Le pediría que no lo comente con los familiares, y avíseme cuando lleguen la madre y los hijos, por favor.

*****

—Buenos días, doctor Wilson.

—Buenos días, doctora, ¿preparada para la acción?

—Estoy muy ilusionada, y le estaré siempre agradecida por haberme tenido en cuenta. Este es el sueño de mi vida, y el poder realizarlo a su lado es un privilegio que no podría haber imaginado.

—Ha sido usted una alumna y una investigadora excepcional. El mérito es suyo, doctora, yo solo la recomendé. Pero hagamos un trato: me llamará Edward y yo a usted, Sofía, ¿le parece bien?

—Me parece perfecto.

—Creo que debemos darnos prisa, a ver si con tanto formalismo perdemos nuestro vuelo.

—¿Sabe?, nunca me han gustado los aeropuertos, siempre he visto a la gente apurada, nerviosa, y nunca lo había entendido hasta hoy.

—No se preocupe, Sofía, ya verá lo que es sentir la necesidad de llegar cuanto antes al paraíso, porque Costa Rica es eso, un paraíso.

*****

—Doctor, ya han llegado los familiares —dijo Anne.

—Muy bien, enseguida voy.

Javier los hizo entrar uno por uno a ver a Sofía, centrado en el monitor, midiendo el tiempo y controlando la respuesta ante cada familiar que se acercaba.

Juan, el hijo más pequeño, estaba conmocionado, casi no le salían las palabras y las lágrimas comenzaban a nacer tímidamente.

—Hola, mamá —dijo con voz quebrada—, soy Juan. ¿Te pondrás bien, mamá?

No pudo decir más.

Daniela había visto a su hermano y al llegar su turno, intentó mostrarse más entera.

—Mamá, ¿me escuchas? Soy Daniela. No te preocupes por nada, mamá, estoy ayudando en casa y a Juan con los deberes. Tú solo mejórate pronto, mami. —Le rozó velozmente la mano a modo de despedida.

Carmen le acarició lentamente su mejilla derecha.

—Hija mía —logró decir, pero el dolor de una madre se antepone a la necesidad de hablar y solo la miraba sin dar crédito aún a lo que veía, aunque ya no tuviese puesto el respirador.

El turno de Michel fue frío, por más esfuerzo que pusiera en disimularlo. Se quedó en el lado izquierdo, no se acercó a su oído, no la tocó, y solo dijo:

—Hola, Sofía, lamento esto que te ha ocurrido. Los chicos están bien, y tú también lo estarás pronto.

Eso valió como saludo y despedida, porque, acto seguido, abandonó el habitáculo y salió antes que nadie del recinto.

En ninguno de los cuatro encuentros se detectaron señales. Esto preocupó a Javier: ¿se había apresurado al quitar toda sedación? Revisó una y otra vez los informes y las imágenes, pero no veía nada. Una llamada de urgencias lo sacó de sus pensamientos.

El médico de urgencias, como en la mayoría de los casos, resultó ser un joven en prácticas que había recibido a los pacientes y ponía en situación al doctor Butt mientras este se preparaba:

—Un accidente muy grave, doctor, un choque frontal. Dos pacientes inconscientes, madre e hijo, de cincuenta y un años y veintitrés, respectivamente, ambos con múltiples fracturas. El estado del hijo parece estar más comprometido, se le dio por muerto hasta que, de milagro, uno de los compañeros de la unidad de emergencia volvió a examinar latidos para confirmarlo y descubrió que aún vivía.

—Prioridad al hijo en los estudios de posibles daños cerebrales —interrumpió Javier.

—Pero, doctor Butt, el hijo está casi sentenciado, la madre tiene más posibilidades.

—Mire, compañero, en esta profesión estoy preparado para todo menos para decirle a una madre que su hijo ha muerto, ¿me comprende?, ¿me he explicado?

—Sí, doctor.

—Pues no perdamos más tiempo y llamen al doctor Max, que también entra inconsciente un señor mayor. Necesito refuerzos.

La mañana fue complicada, intensa. El doctor Butt realizó dos intervenciones. Por suerte, Martin también se sumó al frente.

Lo más reconfortante fue ver que madre e hijo habían sido intervenidos y ambos seguían con vida. El señor mayor no superó en infarto cerebral: a sus setenta y siete años, resultó letal. Max, otro neurólogo del equipo, afrontó las explicaciones a los familiares.

Eran las nueve de la noche y Javier estaba francamente agotado. No obstante, subió a ver a Sofía solo un momento.

—Sin novedades, doctor, pero respira bien, la oxigenación es perfecta —le explicó la enfermera encargada del turno.

—Hola, Sofía, he tenido un día largo. Todo marcha bien, lo estás consiguiendo. Mañana vendré a primera hora a verte, pero no bajes la guardia, aquí seguimos... —dijo, despidiéndose con dos toques suaves y rápidos en su mano derecha.

Una vez dejadas las pautas para los dos pacientes que habían sobrevivido aquel día, Javier se fue a su casa. No se despidió de nadie. El agotamiento era tan visible que nadie se sintió ofendido, ya no podía ni hablar.

Para su sorpresa, al llegar a su casa, no estaba Laura. Se comió un trozo de queso, un yogur, bebió agua y se fue a dormir pensando que Laura volvería de un momento a otro y rogando que no lo molestara.

*****

—Bueno, lo hemos conseguido, ya estamos rumbo al nuevo mundo —dijo, sonriendo como un niño, el doctor Edward.

—¿Cuántas veces ha estado en Costa Rica?

—Si le soy sincero, he perdido la cuenta. Antes iba al menos dos veces por año como mínimo. Pero me hago mayor y me canso del viaje en sí. Además, aquí tengo a mi familia, hijos, hijas, nietos... Tengo que disfrutar de ellos, que a mis años uno no sabe cuánto le queda por vivir. Pero cuando era joven, ¡ja!, les costaba más retenerme. Usted, Sofía, tiene un don, créame, y el presidente del proyecto es un joven entusiasta y un profesional excepcional.

—Ojalá no le decepcione, Edward, pero nunca he trabajado en el terreno, solo me he caído una vez en un hormiguero.

—¡Ja! Es un buen comienzo, una buena señal. Así comienza todo, confíe en mí. Además, como le he dicho, usted tiene un don, la he visto presentar su proyecto como si hubiese vivido allí toda su vida, ha logrado captar una esencia que a mí me ha llevado años, a pesar de viajar allí con frecuencia. No quiero condicionarla en nada, por eso prefiero no darle detalles, pero solo le diré una cosa: las hormigas son el principio de todo.

—Bueno, nos queda una hora de vuelo y ya estaremos en el paraíso —respondió Sofía, intentando no poner en evidencia su inseguridad.

*****

Javier abrió los ojos. Por un momento no entendía muy bien lo que pasaba, llevaba tanto tiempo sin dormir. Se sobresaltó al pensar que llegaría tarde al trabajo. Miró al costado, Laura no estaba, su lado de la cama estaba hecha.

¿Qué hora era?

Las siete cuarenta y cinco. Javier se levantó sin demasiada prisa, se dio una ducha y no fue hasta salir de la habitación cuando comprobó que Laura tampoco estaba en el salón. En su lugar, Javier encontró una nota en la mesa que decía: «Lo siento, Javier, me vuelvo a casa de mis padres. No soy feliz con esta vida y no creo que tú lo seas conmigo. Sin rencores, te quiero mucho. Laura».

Como ya había ocurrido en más de una ocasión, en ese momento le nacieron sentimientos enfrentados, aunque el atisbo de nostalgia se difuminaba casi al instante.

Javier se sintió liberado. Evidentemente, su percepción de las personas se limitaba al cerebro de estas, se vinculaba mejor con los ausentes. Sí, eso pensaba de sí mismo y de sus fracasos sentimentales con cierta ironía.

En el coche, de camino al hospital, le vinieron a la mente las últimas sesenta horas que habían transcurrido, la enigmática Sofía, que se encontraba rodeada de gente capaz de ver más allá de un TAC, la tía, su asistenta y hasta la propia Anne podían presentir datos que a él se le escapaban. Necesitaba encontrar respuestas y para ello necesitaba asumir un cambio de perspectiva, un enfoque diferente, como cuando le habló a Martin de María excusándose en la falta de rigor científico y que, sin embargo, había dado como resultado una señal, no una certeza propiamente dicha, pero sí una luz.

Al llegar al hospital, parecía renovado. Había descansado y eso le permitía recobrar fuerzas y quizás esperanzas.

Esta vez sí que llegaba tarde, eran las nueve y cuarto de la mañana cuando saludó a Anne, que ya no sabía si el doctor salía de otra zona del hospital o si finalmente había dormido, pero lo veía bien, más guapo que nunca en realidad, aunque ese aspecto nunca fuera el que la había cautivado, sino, más bien, la ternura maternal que le despertara desde que lo había conocido hacía una década y que, por supuesto, jamás confesaría.

Javier se fue directo a la habitación de María, que sonrió levemente al verlo.

—¿Quiere tomar un té conmigo?

María se sorprendió al verlo casi alegre y por supuesto, no desaprovecharía ese encuentro.

—Anne, ¿sería tan amable de llevarnos un café y un té al despacho? Por cierto, ¿alguna novedad?

—No, doctor. Ahora mismo les llevó un té y un café.

María se acomodó en la silla que, al parecer, había asumido como su sitio. Javier la miró unos instantes antes de comentarle la situación que tenía en mente.

Finalmente, le explicó pormenorizadamente las dos curvas que había detectado, la primera con ella y la segunda con él. También le explicó la falta de respuesta con sus hijos, su madre y su marido, a pesar de que en aquel momento se le había quitado por completo la sedación y la oxigenación era adecuada.

—Esa situación me ha generado muchas dudas, no voy a engañarla —le comentó Javier—, pero, cuando hablé con ella, también la nombré a usted, y ahora tengo dudas razonables de que la segunda curva se deba a la mención que hice de su persona y no a lo que le dije yo. No lo puedo asegurar, María, lo que sí he notado, lejos de todos mis alcances médicos, es que hay situaciones que escapan a la ciencia, que quizás estén vinculadas a cuestiones que no sean estrictamente cerebrales o científicas.

María lo escuchaba con atención pasmosa, lo notaba un tanto eufórico, acelerado.

—Hoy sí ha dormido, doctor, ¿no es cierto?

Javier se quedó mirándola sin comprender por qué, ante lo que le estaba intentando explicar, María planteaba esa primera pregunta.

—Sí, hoy he dormido, pero no estoy hablando de mi descanso, estoy hablando...

—De su cerebro, doctor —lo interrumpió con dulzura María—. De tomar distancia, de ganar perspectiva. Me he enterado del difícil día que tuvo ayer y admiro que hoy regrese vital, con fuerza, y que lo primero que haga sea tomar este té conmigo. —Javier quedó nuevamente descolocado frente a esa mujer sabia, profunda—. ¿Qué me propone, doctor?

—Necesito pedirle que venga a ver a Sofía conmigo, que hable con ella y luego hablaré yo y podremos analizar la reacción.

—Es una estupenda idea, pero, si me permite, le sugiero que primero hable usted y luego yo, así sabremos si responde solo a mí o a ambos.

«Sin lugar a dudas, esta mujer es increíblemente inteligente», pensó Javier, y sin más dilación subieron a ver a Sofía.

Preparado todo, cronometrando el tiempo con las imágenes, Javier repitió lo hecho el día anterior: apoyó con suavidad su mano en la mano de Sofía y entonces le habló:

—Hola, Sofía, ¿cómo te encuentras? Soy el doctor Javier Butt. Estás mejor, estás luchando y sigo aquí pendiente de cada paso que das, los puedo ver, no creas que no los veo. Estoy contento y pronto podrás contarme que tú también lo estás. En un ratito te haremos unas pruebas, yo estaré contigo, no te preocupes, así podremos ver que todo sigue bien. Y en cuanto tenga los resultados, me paso a verte para comentártelos.

María escuchó cómo le hablaba y vio cómo mantenía su mano apoyada en la de ella mientras lo hacía. La veía mejor sin el respirador, aunque las marcas de los golpes en el rostro le encogían el alma. Javier se despidió y le tocaba el turno a ella. Una vez más, María cogió la mano de su sobrina, la apoyó en su corazón y entonces le habló.

—Hola, cariño, te veo mucho mejor. Pronto volverás, lo sé. Tómate tu tiempo, tesoro, yo estaré aquí.

Se quedó un rato mirándola, acariciando su mano frágil. Javier la observaba, no perdía detalle, y vio cómo, al despedirse, María le besó la frente. Entretanto, Javier, junto a la intensivista de turno, miraba las reacciones e imágenes captadas.

A María le llamó la atención esos nuevos pacientes que le había comentado Anne el día anterior, la madre y su hijo, los dos inconscientes y separados por un cristal, ocupando cada uno pequeños cubículos contiguos. Se quedó con esa imagen trágica. Cuando apartó la vista, se dio cuenta de que Javier la observaba a la espera de marcharse juntos.

Regresaron al despacho y allí el doctor le explicó sonriente que en ambos casos había existido una curva, un estímulo leve aún, pero que respondía.

María sonrió, sabía que la salvaría. Extendió su mano por el escritorio buscando las de él, que respondió inmediatamente a ese encuentro cómplice.

—Doctor, estoy contenta de que Sofía le responda, es un avance que usted de momento no es capaz de dimensionar. Y ahora le dejo, sé que tiene mucho trabajo.

Javier asintió cordial, aunque le rondara en su cabeza la

aseveración de María.

—Solo una pregunta, doctor: esos habitáculos de cristal ¿son paneles móviles?, ¿no?

—Sí, los modificamos según ocupación y necesidades específicas.

—Y usted disculpe la intromisión, pero ¿no cree que sería mejor juntar a esa madre con su hijo y que puedan tener contacto con sus manos? Separarlos con un cristal, ¿a quién beneficia? Le insisto, discúlpeme, es solo una observación, no científica, claro —dijo, y le guiñó uno de sus pequeños ojitos antes de cerrar la puerta y dejar la pregunta flotando en el aire y en la cabeza de Javier, por supuesto.

Javier sonrió para sí. «Esta mujer revolucionaría el hospital en un mes y encima, acertaría», pensó.

*****

—Doctor, hemos llegado.

—Edward, nada de doctor —le pidió mientras reaccionaba abriendo los ojos después del sopor que le habían dado el viaje y los años.

La puerta del avión se abrió y la sensación de Sofía resultó indescriptible. Una calidez abrazó su cuerpo a modo de recibimiento, un olor especial, diferente, como cuando uno entra a una casa por primera vez. Le resultaba agradable. Poco podía ver desde el modesto aeropuerto, pero la sensación era envolvente.

—Bueno, a ver qué tienen previsto para nosotros esta vez — exclamó el doctor.

Sofía no entendía qué quería decir Edward con aquel comentario.

—Nunca se sabe quién nos recoge, ni qué vehículo utiliza, ni nada de nada. A nada que uno se descuide puede terminar siendo trasladado a caballo por medio país —aclaró entre jocoso y preocupado.

Sofía llevaba un vestido color blanco roto, nada presuntuoso en realidad, pero su porte siempre jugaba a favor de lucir elegante. Unas sandalias de discreto tacón y un bolso a juego, también discreto, completaban su atuendo, sin contar con las dos maletas facturadas en bodega, lo que le hacía temer la complicación que podrían ocasionar si lo que afirmaba Edward tenía una base cierta.

Cuando salieron, ya los estaban esperando.

—Esto es un buen comienzo —se alegró Edward, que se dirigió directamente al encuentro de alguien que había reconocido desde lejos.

Sofía lo siguió, más pendiente del carro con las maletas y de los tobillos de los transeúntes que de la escena del encuentro.

—¡Qué gusto volver a tenerte por aquí, doctor Edward!

—Y para mí, muchacho, y para mí —dijo saltándose todo formalismo y dándose un abrazo breve de reencuentro—. Discúlpame, te presento a la doctora Sofía Walker.

—Un verdadero placer conocerla, doctora —dijo extendiéndole la mano—, soy el doctor Javier Butt, sepan que es un privilegio tenerlos aquí a ambos.

—El doctor Butt es el presidente del proyecto Sofía, y un buen amigo mío.

Sofía escuchaba toda esa presentación, pero se había quedado impactada con el doctor. Se centró en sus ojos, su cabello castaño, su altura, en lo apuesto que era, en el dorado tostado de su piel, en su camisa blanca de lino, su pantalón vaquero y ese aura que lo rodeaba y que transmitía cierta cercanía, como si se conocieran de siempre. Pero lo que más asombró a Sofía fue ese cosquilleo que le recorrió toda la espalda al apretar su mano. Intentó que sus mejillas no la delatasen, pero sí que lo hicieron, aunque bien podría tratarse de simple timidez, se consoló a sí misma.

—El privilegio es mío, doctor Butt. Este país y este proyecto han sido siempre el sueño de mi vida. Espero estar a la altura.

—Ni lo dude, doctora. Si algo me ha impresionado ha sido su magnífico trabajo presentado en el proyecto que el doctor Edward me hizo llegar.

—Bueno, a ver si nos dejamos de tanto formalismo y nos montamos de una vez en el coche. Por cierto, Javier, veo que esta vez te has esmerado, ya temía que mandaras a buscarnos en un burro. Y encima has venido personalmente, todo un detalle, amigo mío.

Javier rió con ganas mientras atendía y acomodaba caballerosamente el equipaje de ambos en el enorme maletero de un coche nuevo, limpio y cómodo.

Sofía ya se dirigía a ocupar su sitio en el asiento trasero.

—No, no, Sofía, usted vaya delante —dijo el doctor Edward.

—Por favor, Edward, de ninguna manera.

—Son unas cuatro o cinco horas de viaje y le aseguro que

no aguantaré despierto más de diez minutos. Será mejor acompañante para Javier que yo.

—Y yo le aseguro que no exagera, se duerme en diez minutos y se despierta exactamente en el mismo sitio cada vez que viene —añadió Javier—. Además, podrá ver mejor el paisaje desde delante.

—Pues muy bien, allí vamos, entonces —dijo Sofía sin mayores rodeos.

*****

—Sofía, daremos un paseo a la sala del tomógrafo, quiero ver que todo esté correcto. Estaré a tu lado y como te prometí, luego me pasaré para comentarte los resultados —le había dicho Javier aun dudando de que lo escuchara.

Carmen había ido al hospital con Aliosca con la firme determinación de que María fuera a descansar a la casa un rato, a ducharse y a buscar ropa de recambio.

Francisco también estaba presente, había llevado a Juan. Daniela no quería ir al hospital y Michel que se sentía completamente ignorado por toda la familia, tampoco se acercó. Además, la aparición repentina de Francisco en el bufete y la petición de informes contables, balances y todo tipo de documentación que había solicitado le preocupaban mucho más que perder el tiempo yendo al hospital donde las horas pasaban muertas en una espera inútil en la que nada se podía hacer.

Aliosca llevaba comida casera para que María comiera algo decente. Ya habían pasado más de seis horas, de las setenta y dos horas críticas por las que María se había negado a abandonar el hospital desde el accidente. Aliosca dudaba que pudiera convencerla de que fuera a la casa, por ello ya tenía preparado, al menos, algo que la nutriera.

Era curioso ver la diferencia entre las dos hermanas: Carmen, robusta, de aspecto fuerte y carácter arrollador, contrastaba con el aspecto frágil y delgado de María, quien, sin ser necesariamente introvertida, era de palabras sosegadas, reflexivas, pero, a su vez, era la más fuerte a la hora de afrontar la terrible tragedia que las había sacudido.

—María, ve a casa, descansa un rato, arréglate y si quieres, te traes alguna muda, tus gafas, algún libro, no sé, cosas que puedan hacerte despegar los ojos de ese reloj — dijo Carmen refiriéndose al que colgaba frente al mostrador donde las enfermeras trabajaban.

—No puedo ahora, Carmina, le están haciendo una tomografía y quiero esperar a ver qué dicen.

—Vale, lo entiendo, esperaremos, pero luego ve un rato a relajarte, no aguantarás esto si no. Yo me quedaré hasta que regreses y tú puedes ir tranquila el tiempo que necesites, hazme ese favor, hermana —le imploró Carmen con los ojos acumulando lágrimas que se esforzaba por no dejar caer.

—Iré, no te preocupes. En cuanto tengamos las últimas noticias, iré, tú tranquila.

El doctor Butt tardó un poco más de una hora en aparecer para explicar los resultados. Todos los presentes quedaron simultáneamente en silencio y con las miradas expectantes.

Javier veía caras que no le sonaban, como las de Francisco o Aliosca, por lo que rápida y sutilmente echó una mirada a María, quien tranquilizó a Javier con un imperceptible movimiento afirmativo de cabeza para que hablara con confianza: un lenguaje mudo, una comunicación que normalmente se da en personas que se conocen desde hace años y que en ellos nacía naturalmente. Javier comenzó entonces, carraspeando.

—Buenas tardes. Les comento que hemos hecho un nuevo TAC a Sofía para poder analizar la evolución. Con la prudencia que el caso requiere, hemos visto una rápida reabsorción del derrame, lo cual es muy importante, ya que permite quitar presión al cerebro. No obstante, persiste la inflamación de este que llevará un tiempo revertir y que puede ser una de las causas de la falta de respuesta a diferentes estímulos, aunque hemos detectado algunas leves señales de respuesta que en sí son muy positivas aunque no las podemos considerar concluyentes de momento.

»El hemisferio izquierdo es el más afectado, pero, por las pruebas oculares complementarias, no parece que se haya afectado, al menos en cuanto a lesiones visibles, el ojo. La afectación o no de la visión es otra cuestión que se deberá valorar oportunamente, pero, en todo caso, no deja de ser una buena noticia.

»La situación general es estable dentro de un estado crítico, por lo que debemos ser prudentes. Tampoco hemos detectado falta de oxigenación desde que se la ha desentubado, ello también supone un aspecto tranquilizador. Estamos haciendo un seguimiento exhaustivo de todas las constantes y no hemos encontrado ningún retroceso en el proceso.

—¿Quiere decir que mi mamá se pondrá bien? —interrumpió tímidamente Juan.

Javier se le acercó y se acuclilló ante él, mirándolo a los ojos y calibrando una respuesta que en realidad no tenía, no sabía.

—No te lo puedo asegurar aún, pero sí puedo decirte que tu madre está luchando y que la situación parece evolucionar bien. Es un proceso lento, porque un golpe lleva tiempo para curarse, pero estoy haciendo todo lo que está en mi mano y al parecer, tu madre también, y eso es lo bueno, es lo mejor que puede estar pasando en estos momentos.

Juan asintió. Parecía más pequeño de lo que en realidad era, pero entendía perfectamente lo que el doctor le explicaba, que no se apartaba en nada de lo que ya había dicho antes, solo que ahora se lo decía a él.

El tiempo de visita para familiares de pacientes en cuidados intensivos era de treinta minutos. Aquella tarde se los repartieron entre Carmen, Juan, Francisco y también Aliosca a sugerencia de María, que le cedió su turno, encontrando a cambio ese agradecimiento que nacía del corazón y que delataban sus pupilas.

Finalmente, lograron que María se fuera a casa, se duchara, preparara una pequeña maleta y negándose en redondo a perder más tiempo que el estrictamente necesario, regresara al hospital en tres horas.

Javier ya se estaba marchando cuando la vio con su maleta y con ropa nueva. Sonrió dulcemente negando con la cabeza ante la terquedad de María.

—Está claro que con usted tengo una batalla perdida. Pero sé que no la ha visto esta tarde, ¿quiere verla un momento?

Él ya había estado con Sofía y le comentó los resultados.

—Todo marcha bien —le aseguró. A María se le iluminó el rostro.

—No quiero retenerle más, es tarde y ya se iba.

—Pero usted se lo merece, además, quiero comentarle algo.

Entraron al habitáculo. María repitió su ritual a la hora de hablar con su sobrina, pero solo era una visita breve y nada se registró de ese encuentro. Al despedirse, María miró instintivamente hacia la madre y el hijo que habían ingresado y comprobó que Javier había hecho que retiraran el cristal que los separaba, habían juntado las camas y sus manos también estaban juntas. Miró a Javier, quien la invitó a acompañarlo.

—¿Qué le parece? —le dijo el doctor.

—Que ahora tendrán paz para centrarse en su recuperación.

—Sí, pero mire bien.

María los contempló con ternura y compasión, hasta que se fijó en las manos de ambos. Estaban agarradas, con los dedos entrelazados. No se movían, eran dos manos inertes pero con los dedos cruzados entre sí.

María miró a Javier con un movimiento brusco, nada habitual en ella.

—Sí —dijo Javier—, yo mismo coloqué una mano sobre la otra, ellos las entrelazaron. Hay una respuesta de estímulo desde entonces, considerando que aún tienen un grado de

sedación importante por lo reciente del caso. Tiene buena pinta la evolución. Cosa distinta será determinar secuelas, pero tengo la sensación, María, de que me ha enseñado más usted que los avanzados congresos de neurología a los que asisto. Ahora vámonos, solo quería que lo viera. ¿Le importaría tomar un café conmigo?

—¿Cómo va a importarme, doctor?

Se fueron a su despacho, que ya estaba oscuro, cerrado y algo frío. Pidió café y té a una enfermera, encendió la calefacción y cada uno ocupó su sitio habitual. María notó que Javier no tenía prisa por irse, como si nada lo esperara fuera del hospital, como si su mundo fuera únicamente su trabajo.

—Como le dije, creo que he aprendido más de usted en cuatro días que en muchos años. ¿Sabe que hace tiempo que estoy trabajando en una investigación basándome en mi experiencia con los pacientes y que esto de hoy ha echado por tierra gran parte de la teoría que vengo desarrollando? — Javier sonrió con un gesto que no denotaba amargura, pero sí una cierta frustración.

—Doctor, es una obviedad que ni mi sobrina ni la madre ni el hijo seguirían vivos sin su intervención. A veces a las cosas se les debe dar un cambio de perspectiva para maximizar resultados. Yo no soy médico, pero ¿puedo hablarle con sinceridad absoluta?

—Por favor —asintió Javier.

—Pienso que los seres humanos somos complejos, pero somos un todo, un conjunto. Muchas veces, los especialistas se centran tanto en su campo que tienden a olvidar o a pasar por alto ciertos aspectos que forman parte de ese conjunto de cada ser.

»Usted es un hombre de buen corazón, pero tengo la impresión, y discúlpeme la intromisión, de que en su vida personal desconecta el corazón de su cerebro, como si aplicara la misma técnica dentro y fuera de su trabajo. Lo cual resulta, a priori, contradictorio o desconcertante, porque sé que es una persona sensible y como le digo, de buen corazón.

»La cuestión es saber por qué. Saber si su forma de proceder es por sus propias experiencias, como si necesitara preservarse, una suerte de autodefensa o simplemente porque se ha acostumbrado a aplicar a todos los aspectos de su vida la misma lógica, eso lo sabrá usted.

»Yo sé de sentimientos, de corazones, sin razones científicas, sino empíricas, fruto de mis años, por supuesto. Y algo he aprendido en este tiempo: la razón y el corazón no pueden escindirse, no pueden ser tratados como compartimentos estancos e inconexos. Mírese usted: ¿es consciente de que ama tanto lo que hace que podría ser parte del éxito que tiene en salvar vidas?

Javier quedó atónito ante esa reflexión, María lo leyó en su rostro y continuó hablando.

—Sofía sólo le ha respondido a usted y a mí. Ni a su madre ni a su hijo, a los que me consta que los ama profundamente, sino a su vínculo con ella y a su permeabilidad en cuanto a considerar las sugerencias de una vieja que no conoce. Fíjese, ahora mismo son las diez de la noche y está aquí conmigo porque quiere entender y porque supongo que sabe que, si Sofía muere, yo no llegaré ni al velatorio.

—Pero eso no va a pasar, la sacaremos adelante — se apresuró a replicar Javier—. Es muy sabia, María, es admirable, me acaba de abrir una ventana.

—Gracias por su consideración, ojalá fuera cierto, yo solo le acabo de sugerir una perspectiva nueva, un conjunto, si queremos sintetizarlo. Pero ahora debería ir a descansar, dormir nos trae claridad de pensamiento.

Así concluyó la conversación y se despidieron hasta el día siguiente.

*****

Javier entró a su apartamento frío, sin señales de Laura. La nota de despedida seguía allí, casi en la posición en que ella la había dejado.

En su cabeza, la conversación con María giraba de forma incesante. No quería hablar con Laura, pero creyó necesario hacerlo. La llamó. Laura lo atendió secamente, de fondo se escuchaba ruido de gente reunida, un bar, una cena, no estaba claro.

—Te llamo para decirte que lamento no haber sido capaz de estar a la altura de nuestra relación, que sé que ha sido culpa mía, que no es por ti, y te pido disculpas por no haberte tenido en cuenta como merecías.

Laura abandonó su actitud hostil ante el gesto de humildad que encerraban las palabras de Javier.

—Gracias por lo que me dices, Javier. No eres mal hombre, pero yo no puedo competir con tus pacientes. Ellos son tu vida, y he sido yo la que ha tardado en aceptarlo, así como en entender que necesito otra vida: la mía.

Instintivamente, Javier asentía con la cabeza como si Laura lo estuviera viendo.

—Igualmente, nos debemos un café, y me gustaría no perder tu amistad.

—Llámame cuando quieras, me encantará saber de ti. Te mando un beso —se despidió Laura, y cortó sin más,

Javier se sintió aliviado, un tanto nostálgico quizás, pero encender la calefacción, comer un pollo estofado con patatas que había comprado en el bar de la esquina y beber dos cervezas le llenaron el espíritu de tranquilidad. «Dormir da claridad a los pensamientos», recordó las palabras de María, y cayó rendido en la cama, aprovechando mejor el espacio que ya no ocupaba Laura.

*****

La rutina siempre era la misma, o casi la misma. Ahora no estaba Laura, no había olor a café, pero ello no representaba, en realidad, más que un ínfimo cambio en su día a día. Javier salía de la habitación ya duchado y preparado, abría la puerta y era en ese momento cuando el olor a café le daba los buenos días junto al beso escueto de Laura, si es que estaba despierta y se había levantado antes que él. Por lo demás, el ascensor, el garaje, el recorrido autómata al hospital y allí, un día que aportaría situaciones diferentes.

En eso pensaba durante el trayecto a su trabajo, esquivando hasta el más mínimo bache que había incorporado inconscientemente: «Lo mecánico, a veces, nos ausenta de nosotros mismos y de nuestro entorno, sin lugar a dudas. Cada paciente es un mundo, cada uno despierta un desafío, algo nuevo que cubre los espacios e, incluso, por qué no aceptarlo, nuestras propias carencias. "No se debe separar el cerebro del corazón", había dicho María. Los bebés dejan de llorar cuando nacen y se apoyan en el pecho de su madre y sienten sus latidos, la reconocen, no es nada nuevo. "Somos un conjunto", "A veces solo hay que cambiar la perspectiva", había dicho también. Cuánta razón tiene esta mujer».

Inmerso en sus pensamientos, llegó casi sin darse cuenta al hospital.

—¿Buenos días, Anne, cómo se encuentra?

—Muy bien, doctor, gracias. Y no, no hay ninguna novedad. ¿Le llevo un café?

—No, hoy no, Anne. ¿El doctor Martin ha llegado?

—Sí, está en su despacho.

—Gracias, voy un momento a verlo.

—Si quiere, puedo llevarle un café allí, ya le estoy preparando uno a él.

—Se lo agradezco.

No era su trabajo, pero Anne sentía un verdadero cariño por esos dos médicos, los conocía, los admiraba y los mimaba siempre.

—Buenos días, María. En un rato paso a verla, hoy voy con prisa —dijo al pasar por la habitación, sabiendo que ella se tranquilizaba al verlo.

—Aquí estaré.

—Eso no lo dudo —le sonrió.

Golpeó la puerta del despacho de Martin y entró.

—¡Hombre, al fin me visitas! —se sorprendió Martin—.

¿Tomas un café conmigo?

—Ya está en camino, ahora nos lo acerca Anne.

—Pues estoy impresionado con lo de los pacientes Cobbs, ha sido una maravilla esa decisión, Javier.

—¿Cobbs? —Ese era el apellido de la madre y el hijo,

no los tenía interiorizados—. Ah, sí, ha ido bien, al parecer.

—Ha ido más que bien, Javier. Pero, dime, ¿era de ellos de lo que querías hablarme?

—No, bueno, en parte sí, porque guarda relación, pero en realidad quería comentarte el caso de Sofía Walker.

—Sí, ese está siendo un caso raro. Va más lento en comparación con el otro, pero, bueno, ya sabemos cómo es esto, cada paciente es un mundo.

—Tiene gracia, de ayer a hoy esa frase ha salido cuatro veces por lo menos, y no es que sea de las complejas, médicamente hablando.

Javier comenzó a comentarle las reacciones de Sofía en el registro de estímulos detectadas en las curvas con la tía y con él y la falta de respuesta con otros parientes, incluidos su madre y su hijo. Le expuso, una vez más, el vínculo entre sobrina y tía, sin entrar en los detalles de la conversación mantenida con María. Anne entró con los cafés, interrumpiéndoles, pero aquello no enfadó a Javier.

—Por todo ello —continuó—, y dado que clínicamente está estable, quisiera probar bajarla a la habitación donde está la tía, que a su vez es la más cercana a las enfermeras.

—Después de lo de los Cobbs, amigo mío, quién puede negarse, pero habrá que hablar con las enfermeras, porque tienen que estar dispuestas y preparadas para una reacción rápida en caso de que surja alguna complicación.

Anne terminó de apoyar el café de Javier y mirando a ambos, dijo:

—Creo que tenemos un personal más que preparado, doctor Martin, al fin y al cabo, trabajamos con los mismos pacientes que nos envían de la UCI. Por mi parte, puede

contar conmigo, y sé que mis compañeras también lo aceptarán. Se trata solo de bajar los equipos necesarios para monitorizar permanentemente, y además, está la tía, que no se despegará de su lado. Disculpen que haya intervenido —dijo Anne, que se disponía a salir del despacho.

—Anne, por favor, nos conocemos hace años... Usted no interrumpe, usted aporta siempre, y le agradecemos su implicación más de lo que imagina —le aclaró Martin.

Anne salió reconfortada, emocionada, se sentía valorada y en su opaca vida, era agradable esa demostración de cariño.

—Por mi parte, Javier, no hay ningún problema.

—¿Pues darás las indicaciones para la preparación del traslado?

—No, eso lo harás tú. Dudo que te pongan pegas, pero, llegado el caso, ya me dirán algo y quién se atreva recibirá una respuesta contundente. Tienes que ir pensando que serás quien me sustituya cuando me marche, y eso ocurrirá más pronto que tarde, es necesario que comiences a marcar claramente esa firmeza.

Javier lo sabía, lo habían hablado muchas veces y no le resultó nada nuevo, pero en esta oportunidad la venia estaba dada.

—Te agradezco la confianza, Martin.

—No me vengas ahora con chorradas, la apuesta y su riesgo los asumí hace años. Ahora eres un médico extraordinario, eso es mérito tuyo.

Terminada la reunión con Martin, Javier se presentó en la UCI, comprobó que todo seguía bien y comenzó a dar las instrucciones para que se preparase el traslado de Sofía a la planta de neurología. Las miradas de recelo dejaban a la vista la incertidumbre del equipo de trabajo, incluyendo la del médico que en aquel momento estaba de guardia.

—¿Está seguro, doctor? —lo interpeló este.

—Por supuesto que lo estoy si no, no lo estaría pidiendo, ¿no cree?

Javier se acercó a Sofía, cogió su mano y le habló con dulzura. Estaba feliz, no podía determinar por qué, pero así era.

—Sofía, he decidido que la bajaremos a planta, allí podrá estar con su tía y tendrá todos los cuidados que tiene aquí. Ahora comenzarán a preparar el traslado, en el transcurso del día lo concretaremos.

*****

—¡Qué maravilla de sitio! Creo que estoy soñando — exclamó Sofía.

—Uy y eso que aún no ha visto nada. La ciudad resulta un tanto caótica, pero a medida que nos alejemos verá. De momento, escuche la respiración, el doctor Edward ya está dormido.

—Es verdad —dijo Sofía bajando la voz.

—Ah, no, no se preocupe. Puede seguir hablando naturalmente, no lo despierta nada, ya le avisaré cuando lleguemos a donde se despertará.

—Tiene gracia, ¿de verdad es para tanto?

—Sin exagerar. Al parecer, el doctor tiene su forma peculiar de reencuentro con su amada Costa Rica, como un ritual, como si se recostara en un regazo y luego comenzara a saludarla despierto y siempre en el mismo sitio. Dice que le ocurrió desde la primera vez que vino que se enamoró tanto de esta tierra que, a la hora de partir, sintió que su alma se rompía en ese punto y cada vez que regresa, pues lo dicho, se despierta allí.

—Me resulta increíble, y hasta tierno.

—Lo es, por eso muchas veces no vengo en persona a recogerlo. Hoy sabía que vendría usted y era mi intención no dejarla sola en el viaje.

—De verdad es todo un detalle por su parte, se lo agradezco.

A medida que se alejaban de San José, la capital, se adentraban en una naturaleza casi mágica. Durante el viaje, las conversaciones fueron variando entre la ciencia, el proyecto, los colaboradores e informaciones concretas que le daba el doctor Butt y otras cuestiones triviales.

«Qué apuesto es, tan atento, con un aplomo seductor y una sonrisa franca», pensaba Sofía.

Javier denotaba solvencia y ella se sentía como hipnotizada en aquella atmósfera embriagadora con el calor y la humedad justos, con la belleza soberbia del paisaje que descubría bajo las explicaciones cordiales de Javier.

—Estamos a punto de llegar.

—¿Tan pronto? —inquirió Sofía, quizás con un punto de ansiedad por que se rompiera el encanto de ese recorrido.

—No —le aclaró Javier—, me refiero al punto donde el doctor Edward se despierta. ¿Ve aquella zona verde de palmeras?

—Sí.

—Pues allí es donde comienza un sinfín de vegetación espesa, allí es donde nuestro amigo saluda a su otra mitad.

Y así fue, el doctor Edward abrió los ojos en el instante

en que se adentraron en la espesura más maravillosa que Sofía jamás habría imaginado, interminables kilómetros de árboles y plantas que hacían imposible retener la infinidad de imágenes que se presentaban ante sus atónitos ojos.

Edward se incorporó en el asiento trasero sin decir nada, bajó la ventanilla y simplemente observó la selva con una expresión similar a la de Sofía, como si también fuera su primera vez. Sin embargo, los sentimientos de ambos, a pesar de las expresiones similares de sus rostros, eran bien distintos. El asombro de Sofía nada tenía que ver con el silencioso reencuentro de Edward, a quien las imágenes cargaban sus ojos de contenida emoción, tornándolos rojos.

El viaje llegó a su fin en un lugar encantador, un hotel colonial rodeado de exotismo. Flores, plantas y pájaros envolvían jardines decorados con asientos y algunas mesitas aisladas entremezcladas con el entorno.

El hotel, idílico, antiguo, elegante pero sin lujos innecesarios, parecía salido de un cuento: lámparas sencillas pero de gran tamaño colgaban de los altos techos, los suelos de madera lustrada y ambiente acogedor pero nada recargado daban sensación de frescor, además de que los enormes ventanales permitían integrar el entorno exterior de un modo natural, como si de cuadros se tratase.

—Mientras preparan las habitaciones, tomemos algo en la terraza, si les parece —ofreció Javier.

—Magnífica idea, echo de menos los zumos naturales.

¿Le parece bien, Sofía?

—Por supuesto.

Y allí se dirigieron los tres. En el trayecto de la recepción a la terraza del jardín, Javier era saludado con cordialidad y afecto por todo el mundo que se encontraba a su paso, ya fueran el botón, la recepcionista, el personal de limpieza, los camareros o el jardinero, al que trataba como un amigo más.

Una vez acomodados, la conversación era interrumpida por sonidos de aves y una especie de música de fondo, un murmullo indescriptible que provenía de la selva.

—Cuánto echaba de menos su voz —dijo complacido Edward, dando un sorbo a su zumo de frutas. Viendo el desconcierto en la cara de Sofía, aclaró—: La de la tierra, amiga mía, ¿no la oye? La tierra también habla, los humanos somos unos aturdidos que no sabemos escucharla.

Había pasado un buen rato en relajada y agradable compañía y Javier propuso que fueran a acomodarse para descansar un rato y quedar a cenar en un par de horas.

Así lo hicieron. Cuando Sofía entró en la habitación asignada, sentía las pulsaciones de la felicidad, de la plenitud. El lugar era precioso, un cuarto enorme con una cama enorme, sofás, escritorio y grandes ventanales que daban a un balcón pintoresco. Todo estaba decorado con muebles antiguos pero encantadores.

Deshizo su equipaje y se duchó largamente sin dar crédito a la belleza de cuanto la rodeaba, incluido el espacioso baño que tenía una bañera antigua con cuatro patas de metal que la separaban unos pocos centímetros del suelo.

Se vistió cuidadosamente, prestando una inusual atención a su aspecto, con un vestido rosa palo, sencillo, siempre sencillo, pero que le sentaba francamente bien. Lo acompañó con un discreto chal de seda de florecillas casi difuminadas en un fondo beige.

Estaba embobada ante la certeza de volver a ver a Javier en un rato. Se avergonzó de sí misma ante ese pensamiento, pero no podía remediarlo, era un impulso que no podía controlar.

*****

Arreglado el traslado y a la espera de este, Javier hizo su ronda habitual de pacientes. Los Cobbs progresaban satisfactoriamente y los ingresos que se habían producido durante la noche no presentaban ninguna gravedad especial, por lo que, terminada su ronda de seguimiento, se fue a ver a María. Lógicamente, ella lo esperaba sentada recta en el borde de la cama. A su lado estaban Carmen y Aliosca junto a los tuppers de comida que llevaba a María. Javier entró y les comentó la decisión de bajar a Sofía.

—¿No será muy pronto, doctor? —objetó inmediatamente Carmen, ajena a todo lo que su hermana y él habían experimentado esos días.

—Estará completamente monitorizada y el personal estará pendiente. Sofía se encuentra estable y queremos probar esta alternativa. Pero no se preocupe, ante la más mínima reacción negativa, la subiremos otra vez.

María lo miraba complacida, él sabía que Carmen no tenía ni idea de nada de lo que ocurría y no se mostró enfadado, sino todo lo contrario, dio una serie de explicaciones más que sonaran, a oídos de la madre, como una decisión suya para evitar que le pidiera explicaciones a María.

En el transcurso del día, se fueron realizando los preparativos: traslados de aparatos, desinfección de la habitación y puesta a punto de todo lo necesario.

Francisco, Michel, Juan, Daniela y Rebeca pasaban en distintos momentos por el hospital y se fueron enterando de la noticia. Fue en una de esas visitas cuando Francisco encontró la oportunidad de hablar con María para comentarle, aunque de forma escueta, el seguimiento que estaba realizando en la empresa. No entró en detalles, veía a su tía agotada y volcada en su hermana y no era cuestión de agregarle más preocupaciones.

El traslado de Sofía a la habitación donde estaba María se llevaría a cabo al día siguiente, ya que el acondicionamiento resultó más complejo de lo previsto. Javier estuvo pendiente de todo el proceso hasta verla en su nueva cama y comprobar el correcto funcionamiento de los monitores.

Sofía se veía más pálida que nunca, la luz que se colaba en esa habitación oscura había sido tamizada por las líneas del estor que aislaba el ventanal del mostrador de la enfermería.

Aquel día los familiares y amigos se acercaron intercaladamente para comprobar la nueva situación de Sofía, en quien, salvo por el lógico cambio de escenario, no se detectaba ningún cambio en el cuadro clínico.

Javier se presentó en la habitación cuando todos los familiares, a excepción de María, se marcharon.

Volvió a comprobar los equipos, examinó sus ojos y sin darse cuenta, se la quedó mirando detenidamente. A medida que la hinchazón del rostro iba bajando, se abría paso su belleza. «Una belleza suave, sofisticada e inerte», pensó para sí Javier con cierta decepción o quizás tristeza, ya no sabía definir muy bien sus sentimientos.

—Bueno, aquí estarás más tranquila —le dijo apoyando su mano sobre la de ella—. Si eres la mitad de guerrera que tu tía, saldremos rápido de esta.

El monitor marcó claramente unos picos más profundos que las curvas manifestadas hasta ese momento. Javier sonrió por un instante, hasta que notó que la piel de Sofía se erizaba suavemente, pero, al segundo, no había rastro de esa señal. ¿Se lo había imaginado? ¿Había sido un engaño ocular por la escasez de luz? «María no ha podido haberlo visto, se encuentra sentada en la butaca, dándome espacio para examinarla», pensó Javier aturdido.

—¿Pasa algo, doctor? —preguntó María, más por notar la expresión de su rostro que por lo que acababa de ocurrir.

—No, bueno, nada grave, parece que está contenta, mire los picos en el monitor.

A María se le iluminó el rostro.

*****

Como una adolescente, Sofía bajó a la hora acordada para la cena y allí estaba él, de pie, esperándola. Edward llegó dos minutos después.

—¿Qué tal todo? ¿Le gusta la habitación? —la saludó Javier.

—Es preciosa, muchas gracias.

—Si necesita cualquier cosa, me avisa y enseguida lo

arreglamos.

—Oh, no, por favor, está todo perfecto. Solo le pediría que no me trate de usted, llámeme Sofía, si no le importa.

—Me importará si no me llamas Javier —le respondió sonriente.

Al llegar Edward, los acomodaron en una terraza diferente a la que habían visitado un par de horas antes. Cenaron y hablaron distendidamente. El ruido de la selva había bajado considerablemente su intensidad, dando lugar a otro tipo de sonidos.

—La naturaleza duerme, no toda, claro, se turna en su trabajo —comentó Edgard, reflexionando para sí mismo en voz alta.

La tenue música ambiental proveniente del interior del restaurante del hotel a la terraza interfería en las señales propias de la noche, pero era agradable, increíblemente agradable.

La presentación de los platos, los olores y sonidos, la conversación en compañía de esos dos hombres que tanto tenían que ver con sus perspectivas profesionales, la calidez de la noche y la embriagadora magia de Javier hicieron de la velada una noche inolvidable.

—Bueno, jóvenes, si no les importa, me retiro a descansar, que a mi edad se tarda un poco más de la cuenta en reponerse de tanto viaje —se excusó Edward.

—Por supuesto, Edward, no te preocupes. Tomáremos un café y también haremos lo propio —Le respondió Javier —. Salvo que prefieras retirarte tú también, Sofía. Por favor no te sientas comprometida, a quedarte si deseas descansar.

—Oh, no, yo aún puedo resistir un poco, no creo que pudiera conciliar el sueño entre tanto acontecimiento nuevo.

—Pues quedamos como siempre, Javier, ya te aviso mañana.

Sofía miró a Javier como buscando entender el significado de lo que había expresado Edward.

—El primer día no hay horarios, Edward y tú dormiréis tranquilamente hasta que realmente deseéis levantaros. Luego me avisáis, desayunamos juntos o no, según trabajo, y finalmente comenzamos la planificación de las tareas que acometer, haciendo una previsión general que generalmente no se cumple —rio Javier—. Es parte de una rutina que a nuestro amigo le encanta seguir, o al menos intentarlo.

Estaban solos allí, hablando. Sofía se sentía misteriosamente atraída hacia él, era un magnetismo inusual. Escuchaba a Javier como en un ensueño, se perdía en su voz, en sus manos, en el color de sus ojos, en su amplia sonrisa, pero sobre todo en esa forma de transmitir tan convincente como cálida, como si lo conociera de toda la vida.

Pasó un buen rato antes de que se dieran cuenta de que, por simple cortesía, el personal del restaurante no los había interrumpido, pero era tarde para el horario local y cuando Javier tomó conciencia de ello, se dirigió al camarero con la misma cercanía con que interactuaba con todo el mundo.

—Marcos, disculpa, vete ya si quieres, apaga todas las luces a excepción de la farolilla de la esquina, yo me encargaré de apagarla cuando nos vayamos, ¿te parece bien?

Algo así como un «usted manda» pero amigable respondió Marcos antes de desaparecer y apagar la luces.

Al oscurecerse más la terraza, el cielo ganó un brillo propio hasta ese momento enmascarado por la luz ambiental y junto con los ruidos de la selva, que también se intensificaron al silencio de la desconectada música de acompañamiento, la escena cambió drásticamente.

—¡Qué maravilla! —expresó Sofía con asombro, perdiendo su mirada en ese cielo estrellado.

Javier la miraba complacido, como quien sorprende a un niño y disfruta de ese asombro.

—Ven, te enseñaré otro sitio que vale la pena contemplar de noche.

Hicieron un pequeño recorrido por el jardín hasta aproximarse a la zona más cercana a la espesura natural de aquel edén y se detuvieron en un gran estanque ensamblado en el entorno, rodeado de plantas acuáticas e iluminado por la luna. Allí se quedaron en silencio, escuchando sonidos que los sentidos parecían agudizar.

«La selva no habla, la selva late y algo te estira hacia ella. Te llama, generando una sensación indescriptible», pensó Sofía.

—Muchas gracias, Javier, es un lugar precioso —le expresó Sofía.

Pasado un rato de encontrarse embebidos en esa paz, decidieron regresar al hotel. Javier tomó por un momento el brazo de Sofía para evitar que cayera en un pequeño desnivel que él conocía, aunque no se viera a simple vista. Sofía volvió a sentir esa corriente que le atravesó el cuerpo entero en ese breve contacto, casi efímero, pero que le despertó un inexplicable temblor interior que la hacía andar por el camino como pisando nubes.

«¿Cómo es posible?», se preguntó más tarde en su habitación. Casi no podía conciliar el sueño, la necesidad de volver a verlo le generaba cierta angustia, por más que supiera que lo haría a la mañana siguiente. La impaciencia se unió a la urgencia y las horas parecían burlarse de ella, haciéndose eternas en la misma medida que Sofía sentía nacer con más fuerza la necesidad de no separarse de Javier.

*****

—Doctor, tiene una llamada del presidente de la corporación Conservation International, el señor Sebastian Morris, que ha preguntado por el doctor que lleva el caso de la señora Walker.

—Pásemelo, Anne, gracias.

—Buenos días, soy Sebastian Morris. Le llamo, Doctor Butt, porque nos hemos enterado del accidente que ha sufrido la doctora Walker después de haberse reunido con nosotros, estamos francamente consternados con la noticia.

—Buenos días, señor Morris. Sí, estoy al tanto del contexto en el que, lamentablemente, se desencadenó el accidente, una verdadera mala suerte.

—Quería preguntarle cómo se encuentra y si es posible poder acercarnos para hablar con usted y la familia.

—Por mí no hay inconveniente en que nos reunamos, claro que poco podré informarle sin familiares presentes que lo consientan, usted comprenderá mi posición. De todos modos, le adelanto, dado su interés y preocupación, que la señora Walker está estable.

—Me alegra escuchar eso al menos. ¿Cuándo le viene bien que nos acerquemos, doctor?

—Yo estaré aquí todo el día y siempre hay algún familiar para poder consultarles o hablar con ellos personalmente.

—Pues este mediodía iremos el doctor Edward Wilson y yo. La señora Walker fue alumna del doctor Wilson y fue quien la propuso para el trabajo de Costa Rica. Está muy afectado, por ello, si no le importa, me acompañará él.

—No tengo ningún inconveniente en ello.

—Le agradezco su amabilidad, doctor, nos vemos en unas horas.

—Aquí estaré, y no tiene nada que agradecer, en lo que pueda ayudar, cuente conmigo.

Javier comentó con María y Carmen la llamada recibida y que ese mediodía irían algunas personas de la corporación para hablar con la familia e interesarse por el estado de Sofía. Ello facilitó que Carmen avisara a Francisco y Michel sobre la visita. Todo hacía prever que surgirían cuestiones que analizar y resoluciones que tomar.

Y así fue, el señor Sebastian Morris, presidente de la corporación, se presentó a la hora convenida acompañado por el doctor Edward Wilson. A María le emocionó que el doctor Wilson se hubiera acercado a ver a Sofía, ella le había hablado tanto de él que sentía en su presencia algo de la historia misma de su sobrina. El presidente y el doctor, se presentaron cortésmente a la familia y al Doctor Butt, quien ofreció que se celebrara la reunión en su despacho.

—Lamentamos enormemente lo ocurrido —fueron las primeras palabras de Morris—, es nuestro deseo ponernos a disposición de la familia y del equipo médico para cualquier cuestión que esté en nuestra mano hacer.

—Se lo agradecemos mucho —intervino Carmen, mirando también a Wilson.

—Como saben, Sofía habría comenzado a trabajar con nosotros el pasado lunes. Nos extrañó que no se presentase y comenzamos a preocuparnos y enterados de lo sucedido, decidimos venir a verla y conocer de primera mano su estado, si están de acuerdo.

—Por supuesto que sí —volvió a intervenir Carmen, que, en esa circunstancia, era la máxima autoridad entre los presentes como madre de Sofía.

Con las autorizaciones dadas, el doctor Butt comenzó a referirse al estado de Sofía y el diagnóstico reservado en cuanto a su evolución.

A Edward se le veía sinceramente preocupado. No era que el presidente Morris no lo estuviera, pero el vínculo de uno y otro con ella había sido bien distinto.

Recibida toda la información del caso, Morris se disculpó por tener que plantearles un asunto contractual en esos momentos.

—El proyecto presentado por la doctora Walker ha sido aprobado, y se hizo, como bien saben, con la intención de que fuera ella quien llevara adelante su ejecución y dirección. Los plazos que tenemos por delante no son muy amplios. Podríamos buscar otra propuesta, cosa que nos llevaría tiempo y de todas formas, dudo que encontremos uno tan completo como el presentado por la doctora. Por este motivo, nos gustaría saber si la familia autorizaría que se llevara adelante el proyecto planteado por Sofía, al cual podrá incorporarse en cuanto esté repuesta y en condiciones de asumirlo.

—¿Y si no se repone, o lo hace cuando el proyecto esté acabado? —interrumpió bruscamente Michel.

—No está en nuestro ánimo negarle a la doctora su autoría y podemos llegar a un acuerdo económico, cosa que, por otro lado, estaba arreglado con la doctora, si es la inquietud que me plantea.

—Este ha sido siempre el sueño de Sofía, y su deseo sería, sin lugar a dudas, que se lleve a cabo con o sin ella —interrumpió con una expresión gélida María, que miraba únicamente a Michel.

Francisco comprendió a dónde apuntaba cada uno y rompiendo el hielo y la tensión nacida, se dirigió a los dos visitantes muy cordialmente.

—Es de agradecer la consideración y lealtad que han demostrado hacia mi hermana. Además, comparto la opinión de mi tía, pero, si no les ocasiona ningún inconveniente, es preferible que nos den un par de días para pensarlo y yo personalmente, junto con mi madre, nos acercaremos a la corporación para darles la respuesta. No se trata de una dilación por cuestiones económicas, sino de hablar también con mis sobrinos, que, aunque sean menores, deberíamos tenerlos al tanto y escuchar su opinión.

—Por supuesto, faltaría más. —Morris le extendió una tarjeta a Francisco para ponerse en contacto—. De todas formas, lleguen al acuerdo que lleguen, no duden en contar con nosotros para lo que necesiten.

Fue entonces cuando Edward habló.

—Si no es molestia, ¿podría verla un momento? — preguntó con cierta timidez.

—Por supuesto —dijo Carmen, encantada de que ese hombre se interesara por su hija.

—Doctor Butt, ¿le importaría acompañarme? Yo no soy médico, poco entiendo de estos temas, pero, si estuviera a mi lado, quizás pudiera responderme a alguna duda que me surja.

—Será un placer —respondió solícito Javier, que se levantó y le pidió que lo acompañase en ese mismo momento.

Todos los demás entendieron que debían ir solos y a sugerencia del propio doctor, esperaron en su despacho a que regresaran.

Tanto a Edward como a Javier les sobraba estar presentes en esa reunión.

—Situaciones difíciles nos pone la vida enfrente —dijo Edward, sin aclarar exactamente a qué se refería.

—Ya lo creo —respondió Javier, aliviado de estar fuera.

Entraron en la habitación y la imagen empañó de tristeza la cara de Edward: verla allí, en ese cuarto tan oscuro, rodeada de máquinas, sin expresión, blanca como un papel. Se la veía tan frágil.

—Y pensar que estaría preparándose para ir a la vida misma —dijo con amargura.

—Háblele, doctor, dígale que es usted.

Mientras Edward le hablaba, Javier clavó su mirada en el monitor para ver si encontraba alguna reacción. No la hubo, y eso lo desconcertó tanto que volvió a sentir esa impotencia que da la frustración de no entender.

—A veces se nota alguna reacción a estímulos, sobre todo con su tía. Creo que nunca terminaremos de entender el cerebro humano —le comentó Javier una vez que habían salido de la habitación.

—Me gustaría poder quedarme más tiempo y hablar más del caso, pero me temo que no puedo abusar de su tiempo ni del de el señor Morris, además del de la familia, claro.

—Si no tiene inconveniente, a mí también me gustaría comentarle ciertas cuestiones. ¿Qué le parece si quedamos para comer mañana o cuando pueda? —lo invitó Javier.

—Me encantaría, conozco un sitio muy cerca de aquí en

el que puedo reservar, si le va bien mañana. Yo estoy casi jubilado, puedo adaptarme muy bien a sus horarios.

—Pues perfecto, mañana quedamos. Creo que me será verdaderamente útil hablar con usted de ciertas cosas, además de la posibilidad de comer con un hombre famoso.

—¡Ja! Los científicos no somos famosos, amigo mío, esos son los futbolistas, los cantantes de moda, aunque ladren, pero quienes nos dedicamos a la ciencia somos bichos que nadie entiende, y por un lado, mejor, así no nos molestan.

Se intercambiaron tarjetas y quedaron en contactar más tarde para concretar la cita.

Al despedirse los dos visitantes, la familia se retiró al pasillo. María volvió con Sofía tras haber repetido su opinión a Francisco y a Carmen. A Michel apenas lo miró.

Francisco y Carmen hablaron con Daniela y Juan, quienes entendieron los argumentos de su tío. Entre los cuatro decidieron dar la autorización a la corporación para llevar a cabo el proyecto de Sofía sin recibir ninguna compensación a cambio, eso ya lo arreglaría Sofía con la empresa cuando estuviera en condiciones, si es que aquello ocurría, aunque nadie quería pensar en la posibilidad de que no fuera así.

Michel acató sin más la decisión, tenía demasiado en juego para generar fricciones y estaba claro que su opinión no sería tomada en cuenta. Hasta Carmen se mostraba distante con él, eso le hacía prever lo peor. Sin embargo, tenía todo bien atado, dudaba que pudieran descubrir sus agujeros. Ese Francisco se creía muy listo, pero él lo era más, y sí, lo tenía todo bien atado.

Carmen, por su parte, estaba desbordada. Entró en la habitación y la imagen de su hija le resultó insoportable. María la conocía bien, sabía que su hermana no estaba hecha para estas situaciones. El mundo se le venía encima cada vez que miraba a Sofía.

—Vete, Carmina, yo me quedo —le dijo María sin pesar. Ella no la dejaría, ella no podría estar en ningún otro sitio. No era solo una cuestión de amor, sino también de carácter, de fortaleza, de necesidades diferentes, de tantas cosas que quizá no exista una palabra que englobase todo.

—No puedo verla así —se excusó Carmen con su hermana.

—Ya lo sé, pero puedes estar tranquila, yo estaré aquí y si pasa cualquier cosa te aviso. Además, puedo dormir en una cama, como bien y tengo todo lo que necesito. No te preocupes, ya vendrás mañana o pasado, cuando estés bien.

*****

Había dormido poco. El sueño la venció sobre las cuatro de la mañana y se despertó de un salto sobre las nueve. Se duchó a toda velocidad y se vistió con ropa cómoda pero cuidando su aspecto. Sentía el corazón desbocado como una adolescente sabiendo que en un rato lo volvería a ver.

Bajó al salón del restaurante que daba a la terraza. Por la mañana, todo olía a día nuevo. No encontró a Edward ni a Javier, pero el personal la saludó con cortesía y la invitó a sentarse en una de las mesas de la terraza, donde le pusieron un desayuno de ensueño.

La selva abrazaba los sentidos con sonidos, colores y olores que se sobreponían a los del café e invadían el ambiente. Sofía se perdía concentrada en el esfuerzo de reconocer cada sonido por separado, era imposible, todo estaba tan vivo que, cuando lograba identificar y aislar un sonido, la distraía un pájaro, un insecto, una flor, cualquier ser vivo que nunca había visto directamente pero que podía reconocer de entre los estudiados en sus libros con imágenes y características que le permitían poder determinar de qué familia provenía cada cosa. Era casi como un juego.

—¿Has dormido bien?

La voz sonó tras su espalda y la devolvió violentamente a la realidad. El estómago le dio una vuelta, las mejillas se sonrojaron, el timbre de su voz hizo que se le erizara la piel, todo en menos de una fracción de segundo.

Sofía se volvió hacia él, sonriente.

—Sí, no, bueno..., bien pero poco —acertó a definir, sintiendo aún la rojez de sus mejillas.

—¿Puedo acompañarte?

—Sí, claro —se apresuró a contestar—. ¿Sabes algo de Edward?

Javier miró su reloj.

—Creo que ya no tardará mucho, sobre las diez y media suele aparecer, sin mucha prisa.

—Veo que lo conoces muy bien.

—Edward es demasiado metódico, supongo que, a estas alturas, ello se debe más a un defecto profesional que a su propia personalidad.

Efectivamente, unos cuarenta minutos más tarde apareció

un renovado Edward que se sentó tranquilamente con ellos a comer todo lo que pudo mientras contemplaba ese entorno con el que toda su vida soñaba.

—¡Uno renace aquí, amigos míos! —exclamó.

Y sin lugar a dudas, él era la prueba empírica más fidedigna de aquella afirmación. Edward parecía tener diez años menos que el día anterior.

Terminado el desayuno, se pusieron en marcha para enseñar a Sofía el centro de investigación, un edificio muy cercano al hotel e independiente de la universidad a la cual pertenecía.

Allí, Javier y Edward le fueron presentando a diferentes personas que formaban el equipo.

Rita parecía ser la mano derecha de Javier, una mujer adorable que la recibió con cordialidad y se puso a su disposición.

De reojo, Sofía miraba disimuladamente a Javier, quien se movía con la solvencia de pertenecer a un sitio. Arreglaba un plan de trabajo con Edward, pero consultándole siempre a ella, más por deferencia que por lo que pudiera en realidad aportar.

Si la naturaleza la hacía feliz, recorrer la parte de laboratorios y centros de investigación llenaba definitivamente todos sus anhelos, viendo convertidos en realidad sus sueños al contacto con aquellos edificios dedicados al conocimiento que, aun careciendo de la modernidad a la que ella estaba acostumbrada, no dejaban de resultarle deslumbrantes en cuanto a contenidos.

Entre presentaciones y planificación, se hizo la hora de comer. De hecho, ya era tarde hasta para ello. Sin embargo, no había centímetro recorrido que dejara indiferente a Sofía, que parecía más preocupada en ese descubrimiento incesante que en la sed o el hambre, que sentía. Sería una vez más Edward quien reivindicara su derecho a una buena alimentación.

—Yo no he venido aquí a sufrir —le reprochó a Javier con cierta complicidad.

Javier parecía divertirse con ese personaje tan entrañable y metódico.

Después de comer algo bastante frugal, dada la hora, Edward desapareció a descansar un poco:

—Es un derecho adquirido con los años —comentó a modo de excusa—, nada de llamarlo privilegio. A vuestra edad, yo vivía de rodillas y picado por todos lados de tantos bichos que a muchos no los he llegado a identificar. Para cualquier antídoto, siempre me ofrezco como donante de plasma, ya que a estas alturas, tengo más anticuerpos que años.

Las graciosas frases como esas servían a Edward de justificación para su ritmo, el cual, sin duda, ya no era el de su juventud y el que, en realidad, nadie le reprochaba.

—¿Quieres que vayamos a dar una vuelta en coche por algunas zonas? —se ofreció Javier.

—Por mí, encantada, pero siento que te estoy quitando mucho tiempo, no quiero que te veas en el compromiso de tener que estar pendiente de mí.

—No todos los días uno recibe a una compañera como tú, y para mí es un placer, no una molestia.

Sofía logró ocultar a tiempo su rubor con sus finos cabellos negros que invadieron un lado de su rostro.

Subieron a un jeep y salieron a recorrer sin rumbo fijo la exuberancia del paisaje.

Sofía se sentía feliz y abrumada, todo le resultaba tan perfecto que se dejó llevar.

*****

—¿Has dormido bien? —preguntó Javier tocando su mano.

El monitor comenzó a dar señales claras de que Sofía reconocía su voz, las débiles curvas del principio se fueron convirtiendo en picos definidos y en su brazo se podía ver cómo se le erizaba la piel al contacto de su mano. Javier le hablaba con calma, como si estuviera teniendo una conversación con ella.

Esta vez, María pudo observar la reacción en la piel. Sí, ya no era algo casual.

Javier les comentó que comería con Edward esa tarde. María se alegró, sabía que él intentaba encontrar respuestas a cuestiones que escapaban de los métodos convencionales.

Las horas en el hospital se hacían eternas, acompañadas del monótono pitido intermitente con que el monitor marcaba las constantes de Sofía, y en el que María vivía con sus ojos clavados, observando las líneas que reflejaba la pantalla.

Cuando estaban solas, la tía se encargaba de peinarla y ponerle el perfume que Sofía siempre usaba y que había pedido a Aliosca le llevara al hospital entre las idas y venidas que realizaba a diario. Javier había notado ese aroma, que resultaba placentero y que poco a poco se fue adueñando de la estancia como una señal más de su existencia. Aunque no dijo nada, sabía que el olfato de Sofía no estaría recibiendo ese olor. De todos los datos posibles, ese era en el que más seguridad tenía, pero se lo guardó para sí y no le comentó a María esa información, no sabía si por no decepcionarla o porque últimamente dudaba de todo lo aprendido.

Javier estuvo esperando con impaciencia la comida con Edward. No tenía claro qué esperaba de aquel encuentro, ni qué pensaba plantearle. Quizás, en el fondo, solo esperaba saber más de ella de boca de alguien más imparcial que la tía.

A la hora prevista, ambos hombres se encontraron en el restaurante al que amablemente Edward había llamado para reservar.

—Doctor Butt —saludó levantándose Edward educadamente en cuanto lo vio entrar.

Por un momento, Javier dudó: no, él no llegaba tarde, Edward había sido igual de puntual.

—Por favor, llámeme Javier —le dijo mientras le estrechaba la mano a modo de saludo, con una sonrisa amistosa.

—Muy bien, así lo haré. Y usted a mí, Edward. ¿Cómo se encuentra?

Javier dio por sentado que se refería a Sofía.

—Igual, con algunas cuestiones que me tienen un tanto desconcertado.

—¿Ah, sí? ¿Qué cuestiones?

Al igual que había hecho con su colega, el doctor Martin, Javier centró su relato en cuestiones médicas para finalmente detenerse en detalles que carecían de explicación científica y en los que siempre aparecía María como una suerte de epicentro de esa área que escapaba a su entendimiento y que se había demostrado acertada no solo con Sofía, sino también con los Cobbs.

—Madre e hijo evolucionan muy bien y aún continuaban tomados de la mano —especificó Javier para remarcar que no se trató de un hecho puntual o de poca importancia para esos dos pacientes—. En cuanto a Sofía, me desconcierta la forma selectiva de reaccionar a los estímulos, ya que solo se producen con su tía y conmigo. Ni hijos, marido o madre han conectado, lo que me resulta inexplicable —le confesó Javier.

—Es curioso, sí —dijo Edward, pero no fue una expresión que encerrara incredulidad.

—¿Cómo era ella? —se apresuró a preguntar Javier antes de que Edward ampliara su breve respuesta.

—Sofía es una mujer inteligente. —Javier no pasó por alto ese es en lugar de era—. Llevo muchos años trabajando y dando clases y he tenido miles de alumnos, algunos realmente buenos. Sofía está dentro de un selecto grupo de los mejores. Podría contarle muchas cosas que no dejarían de ser subjetivas, pero me remitiré a hechos, también curiosos y más objetivos que mi opinión. El proyecto presentado por Sofía es extraordinario.

—Sí, estoy al tanto de ese asunto —dijo Javier como si quisiera expresar que él buscaba información nueva.

—Pero no es solo por el contenido —continuó Edward, ignorando la interrupción—. En su trabajo describe, proyecta e incluso propone soluciones futuras a cuestiones aún no planteadas que exceden el trabajo solicitado, y lo hace en dos sentidos: primero en la capacidad de detectarlos, y segundo previendo cómo economizar las futuras aplicaciones de estos aprovechando los esfuerzos que haremos actualmente.

»Lo realiza con una precisión fascinante, atendiendo a la biodiversidad, teniendo en cuenta un conjunto casi infinito de variantes y variables, y con ello me refiero al mar, a la tierra, a plantas, a animales, desde insectos a primates, a todo lo que existe en medio. Creo que yo no podría haberlo hecho mejor, eso requiere no sólo conocimiento, sino una sensibilidad especial que permita captar la esencia de un espacio concreto, en este caso, Costa Rica. Requiere también haber conectado la vivencia, el conocimiento empírico, pero lo que a mí me maravilló de todo es que Sofía nunca estuvo allí. Es más, Sofía nunca ha hecho trabajo de campo y sin embargo, es capaz de vivirlo desde su laboratorio.

»Si me permite una aclaración más que lo sitúe, Sofía posee una sensibilidad exquisita, altamente desarrollada, aunque, si ella estuviera aquí con nosotros, le diría que estoy exagerando, se pondría en una posición más humilde de lo que ya de por sí es y encima, no sería falsa modestia, es incapaz de reconocer en ella misma su valía.

En ese instante, los interrumpió el camarero. Los dos pidieron lo mismo a sugerencia de Edward, que conocía el sitio y la carta que ninguno de los dos había abierto hasta ese momento, concentrados como estaban en la conversación.

—Puedo comprender lo que me explica de ella —le dijo Javier—, pero ¿y la tía?

—¡Ja! —exclamó Edward—, dicen que lo que se hereda no se roba. Lejos de frases hechas, evidentemente ambas poseen esa cualidad de la sensibilidad tan efectiva en Sofía como en la tía, e incluso no me extrañaría que la tenga también el hijo menor que me ha comentado.

»Sin lugar a dudas, todos los seres deben ser analizados y estudiados como un conjunto, que es, según me cuenta, lo que le vino a decir la tía, está claro que es una mujer inteligente. Todos los seres vivos nos comunicamos por varios medios, algunos tienen más desarrollados unos que otros. Las feromonas, por ejemplo, son una suerte de lenguaje para muchos tipos de animales. De momento no tenemos estudios concluyentes, pero todo apunta a que en los primates no funcionan así. No obstante, como le digo, no se puede descartar tajantemente nada.

»Que Sofía reaccione cuando usted le habla puede tener diferentes causas, como bien sabe. Yo no tengo respuesta para ello, solo quiero sugerirle que no deseche ninguna.

—¿Usted cree que existe la posibilidad real de que a su tía y a mí nos escuche y al resto no?

—No lo sé, no lo creo. La audición es un sentido, la respuesta a ese estímulo es mecánica, no selectiva, como bien apuntaba antes. Creo que la respuesta tiene que estar por otro lado. A veces, los seres vivos, incluidos los humanos, actuamos por necesidad, me refiero a que, por ejemplo, nos movemos porque tenemos hambre o porque necesitamos algo. De no ser así, nos habríamos mantenido quietos.

»Los humanos tenemos, además, el raciocinio, una psique muy compleja. Por alguna razón, Sofía bloquea el mundo y solo está tomando lo que necesita, y lo más probable es que lo haga instintivamente, de forma inconsciente, quiero decir. Lo importante, o la buena noticia, es que responde.

—Sí, pero, cuanto más tarde en despertar, más complicada puede ser la recuperación, y eso me preocupa.

—Eso es cierto, pero, si hay respuestas a estímulos, aproveche esos estímulos para que despierte, exprímalos al máximo, a ver qué pasa.

La comida continuó sin haber sido consciente Javier del momento en que le pusieron su plato delante ni de cuándo comenzó a comer. Para ser sincero consigo mismo, tampoco recordaba cuándo había comido por última vez algo que verdaderamente lo nutriera.

Edward se detuvo en algunas anécdotas de Sofía que

provocaban en Javier la idea de movimiento y de construir a esa mujer en su cabeza con los retazos que iba descubriendo de quienes la conocían. Las palabras de Edward no hicieron más que confirmar la sabiduría de la tía y aumentar su obsesión por despertar a Sofía.

Terminada la comida, se despidieron con el compromiso de Javier de mantenerlo informado si había algún cambio significativo.

De regreso al hospital, se fue a verla directamente y comenzó a contarle la comida con Edward y la alta estima que sentía por ella. María había salido un rato y Carmen, evadiendo la situación, se había ido al bar.

Javier le recorrió el rostro con el dedo, simulando quitarle un mechón de pelos que ciertamente no existía. El monitor avisaba con intensos picos que Sofía escuchaba, su piel erizada también daba señal de lo mismo.

Se la quedó mirando. «Es bella, sin lugar a dudas», pensó ensimismado en ese encuentro, sin percibir la presencia de Anne, que, desde la puerta, observaba la escena con cierta tristeza.

*****

Sofía no podía describir lo que sentía, las emociones daban bandazos sin tiempo de asimilar unas antes de llegar las otras. La vegetación era cada vez más sorprendente, así como la cantidad de animales al alcance de sus ojos, las familias de monos que jugaban tan cerca de ellos o la playa del Pacífico bajo el telón de un atardecer dorado cuyo sol naranja se despedía para dejar paso a la noche cálida en compañía de ese hombre que cogía su mano para ayudarla a bajar del coche.

Edward andaba por ahí, hablando con unos y con otros en el hotel hasta que los vio llegar.

—Pensé que se los había comido un cocodrilo —dijo sin demasiado reproche.

—He llevado a Sofía a conocer un poco la zona.

—¿Y qué le ha parecido?

—¡Esto es fabuloso! Hemos visto una familia de monos capuchinos, otra de monos arañas, por no hablar del atardecer sobre el Pacífico. Estoy abrumada.

—Bueno, veo que os ha cundido, me alegro. Ahora será mejor que os preparéis para ir a cenar, que mañana comenzamos a primera hora.

—Sí —dijo Javier—, mañana tendremos que salir de aquí a las seis y media, conviene que cenemos pronto y a dormir un poco, que Sofía, a este ritmo, no nos durará ni una semana.

Cenaron los tres y haciendo un esfuerzo de discreción, esta vez Sofía se retiró la primera, intentando aparentar naturalidad y quitar importancia con ese gesto a la escapada de la tarde, consciente del aluvión de sensaciones que le despertaba Javier.

Ya en su habitación, le costaba conciliar el sueño y se recreaba en los momentos vividos hacía escasas horas, sin el temor de que se notase su sonrojo o ese eléctrico rayo que le recorría todo el cuerpo cuando se reencontraban.

El timbre de su voz, la forma de hablar y de escucharla... Deseaba que el tiempo se detuviese dejándola en ese estado de deslumbramiento y en ese espacio idílico que los envolvía.

Una vez más, las horas volaban durante la noche y el sueño llegaba tarde, pero el cansancio no aparecía ni se desdibujaba la ansiedad de volver a verlo. El canto de los pájaros se coló en su habitación y anunció el nacimiento de un nuevo día antes de que el sol diera muestras de su entrada.

Era muy pronto. Tal como habían quedado, Sofía se apresuró y bajó a la terraza para comenzar el trabajo de reconocimiento y exploración. Javier y Edward ya se encontraban sentados esperándola para el desayuno y hablando animadamente.

Javier estaba vestido con camisa gruesa a juego con un pantalón marrón safari y unas botas tipo ejército que le daban un aspecto incluso más varonil del habitual.

Los dos hombres hicieron el amago de levantarse a su llegada, a lo que ella se opuso con un gesto casi avergonzado.

—Oh, no, por favor, no os levantéis.

Apenas podía comer, no tenía hambre, en el estómago se había instalado un nudo, algo que la oprimía.

Un camarero sonriente y amable le puso un café y le ofreció toda clase de alternativas para acompañarlo que ella fue rehusando cortésmente.

—Debes desayunar, Sofía, que el día será largo —apuntó Javier.

Haciendo un esfuerzo, Sofía ingirió algunas frutas que ciertamente estaban deliciosas, en especial la piña y otras que jamás había probado, como la llamada mamón chino, cuyo aspecto exterior parecía el de un erizo de mar y por dentro era un carnoso fruto blanco, dulce y algo insípido como el agua de coco.

No era día para dilatados desayunos, el equipo de personas que los acompañarían ya tenían todo preparado para comenzar el trabajo, por lo que los tres fueron bastante expeditivos y evitaron dilaciones innecesarias.

Finalmente, se subieron al coche que conducía Javier, no sin antes presentar a Sofía a quienes aún no la habían conocido y saludar al resto, que habían sido presentados la mañana anterior.

El grupo lo conformaban unas doce personas, incluyéndolos a ellos, que se repartieron en tres coches todoterreno. El viaje a la zona concreta de trabajo resultó fascinante, el paisaje se descubría en una inmensidad inagotable de belleza. A esa hora de la mañana, la naturaleza se estaba despertando y los animales comenzaban a asomar por todas partes adornando ese escenario fusionado con el olor a estreno del amanecer.

Llegaron a un lugar que denominaban base. Era una construcción discreta y camuflada en el entorno. Sería la primera de las tres bases previstas para dar comienzo al desarrollo de la conservación de especies en peligro de extinción. Al verla, Sofía se quedó maravillada, y la posibilidad de tratar a varias especies se presentó muy tangible en el diseño y criterio empleado en la construcción, tal como ella había diseñado en su proyecto.

La segunda base aún no se había terminado, era mucho más complicada porque parte de ella debía construirse bajo el agua con el fin de hacer posible trabajar con animales de ese medio. La tercera y última base se encontraba en otro lugar que todavía no conocía, pero que se especializaría en flora.

La alegría de Sofía se hacía visible en su rostro. Estaba concentrada en ese reconocimiento cuando, de la nada, apareció una bola de pelos marrón amarillento que cayó sobre Javier. Sofía no tuvo tiempo de entender lo que sucedía y dio un pequeño salto para atrás instintivamente.

—Te presento a Babu —dijo Javier, intentando despegar de su cuello a un mono ardilla.

Sofía se rio con ganas y acto seguido se acercó a verlo.

—Hola, Babu —le dijo suavemente. El monito despegó la cabeza de su dueño para descubrir de dónde provenía esa voz que no conocía y soltando a Javier, extendió sus brazos hacia ella como dándole la bienvenida.

Sofía lo cogió, no daba crédito a lo cariñoso que era el animal.

—Babu vive conmigo —le aclaró Javier—. Por alguna razón, su madre lo rechazó y me lo encontré hace cerca de un año casi muerto de hambre. Lo cuidamos entre todos, pero, como es un terremoto, vive conmigo. Estos días que estoy en el hotel con vosotros se queda aquí al cuidado de quien esté de guardia.

—Sí —añadió Celia, que había hecho la guardia esa noche—, y da más trabajo él que toda la fauna de este sitio.

—¿Eso es cierto, Babu? —le preguntó Sofía divertida.

Babu se tapó la cara, acomodado en sus brazos como estaba. Todos los presentes rieron por el descaro del macaco, que entendía perfectamente lo que hablaban.

Así comenzó la etapa de un trabajo que no pesaba, las horas pasaban volando en un mundo nuevo que se descubría segundo a segundo y hacía perder la noción del tiempo.

Pasado el mediodía, Javier extrajo de su mochila algo de comida, bastante variada, en realidad.

—Sofía, te he traído algo para comer, visto que casi no has desayunado. Normalmente comemos algo ligero, pero desayunamos mucho.

Sofía se lo agradeció un poco avergonzada de su falta de

previsión, pero era su primer día y seguramente no sería aquella su primera novatada.

Edward, que ya había comido de todo sin mucho miramiento, se acercaba al resto del equipo a quitarles algo que le interesara acompañado por Babu, que conocía la dinámica. De hecho, era como una suerte de reloj: cuando Babu se le acercaba, significaba que era hora de comer y allí salían los dos a supervisar al resto y confiscar lo que les apeteciera. Era el único momento del día en que el mono se alejaba de Javier, ya sabía que, cuando regresara a su hombro, su amigo le daría un plato especial para él.

El interés común de Edward y Babu por la variedad gastronómica ajena divertía al resto. Nadie se ofendía, a nadie le importaba el descaro de ambos primates, todo transcurría en una divertida cordialidad y en el caso de Sofía, con una felicidad absoluta.

Así comenzaron a pasar los días. Cuando regresaban al hotel, el cansancio no existía, era despedirse por un rato y reencontrarse para cenar, conversar o dar un pequeño paseo al que rara vez Edward se apuntaba.

La complicidad entre Javier y Sofía iba en aumento, parecía que a los dos les costaba separarse. Sin embargo, una noche Javier le explicó a Sofía que dejaría el hotel para regresar a su casa. Al comentarlo, notó cómo se ensombrecía el rostro de Sofía. Estaban dando un paseo antes de la hora de la cena, adentrados fuera de los límites ajardinados del hotel.

—No te preocupes —la tranquilizó—, yo vivo cerca. Para cualquier cosa que necesites, me llamarán de inmediato.

Sofía sintió un vuelco en su estómago y para cuando pudo asimilarlo, se esforzó por mostrarse indiferente, aunque dudaba haberlo conseguido con verdadera convicción.

Durante la cena, Javier volvió a comentar el asunto de su partida del hotel, esta vez para informarle a Edward.

—Bueno —respondió este—, te has esforzado mucho esta vez, nunca te habías quedado tanto tiempo, pero nosotros estaremos bien y ya estamos más que aclimatados, ¿no es verdad, Sofía?

—Oh, sí, por supuesto. Muchas gracias, Javier, por toda la atención que nos has brindado.

—Bueno, no me estoy despidiendo, que mañana estaré aquí a primera hora, no vayáis a creer que no me veréis más.

—Claro que no, amigo mío, más te vale, con todo lo que nos queda por delante.

Edward comía con su voracidad habitual, pero sus acompañantes casi no probaron bocado, cosa que en Javier era más que extraño.

Una tristeza silenciosa se apoderó del encuentro y oprimía el pecho de Sofía a tal punto de tener ganas de salir corriendo a su habitación. Se despidió de ambos con una sonrisa forzada y excusándose en el cansancio sin esperar al postre.

—¿Te encuentras bien, Sofía? —preguntó Edward un tanto preocupado.

—Sí, sí, es solo cansancio, prefiero aprovechar ahora a dormir un poco más.

—Te lo dije, Javier, me vas a descalabrar a la doctora con ese ritmo tuyo que nunca para —lo riñó cariñosamente Edward.

Ya en su habitación, Sofía no pudo contener las lágrimas, solo se calmó un poco al recordar la observación que hiciera Edward: «Nunca te habías quedado tanto tiempo».

El sueño llegó pronto como forma de evadirse de aquello que

rompía esa felicidad que la embargaba.

*****

Los días pasaban y la situación de Sofía parecía eternizarse bajo el incesante y monótono ruido del monitor que anunciaba que seguía con vida.

A Francisco el tiempo se le ponía en contra. Sabía que debía regresar a su casa y su trabajo, pero encontró el apoyo de Alicia, quien lo convenció de que ella podría con los niños y el trabajo, permitiéndole que se moviera con tranquilidad y dadas las circunstancias, se dividiría entre un sitio y otro para no abandonar ninguno. Para ese entonces, Francisco había detectado un sinfín de irregularidades y gastos en el bufete que no encontraban justificación, pero tenía que seguir investigando el verdadero origen de ese agujero financiero del cual no había hablado con nadie, a excepción de con su mujer, por no agravar más el estado emocional de la familia, que bastante tenía con la situación de su hermana. Debía esperar y seguir investigando, apoyándose en sus ausencias en uno de los socios que fuera gran amigo de su padre.

Daniela y Juan intentaban cumplir con sus obligaciones como podían. Iban muy poco al hospital. La nueva realidad se les presentaba como una pesadilla, aunque el accidente de su madre afectaba de forma bien distinta a uno y otro.

Michel no daba muestras de un genuino interés por el estado de su esposa y las obligaciones laborales le sirvieron de excusa para no estar a la altura de lo que todos los demás entendían como una verdadera tragedia. Cuando los hijos se quedaban en casa de su abuela, Michel aprovechaba la ocasión para perderse en bares o en encuentros fugaces con su amante. No era momento de llamar la atención con situaciones que hubiesen comprometido aún más su precaria relación con la familia.

Carmen, a instancia de sus amigas, decidió retomar algunas reuniones, a veces en el golf y otras en su casa. Todas estaban pendientes de lo que pudiera necesitar su amiga en momentos tan difíciles, siendo Margaret la más activa en mostrarse incondicional.

Ya había pasado más de una semana desde el fatídico día y Sofía, aunque clínicamente estable, no mostraba mejorías relevantes.

María seguía empeñada en no despegarse de su sobrina más que para ir a ducharse y hacer cambios de ropa. El relato que le hiciera Javier de su comida con Edward reforzó sus creencias instintivas de la importancia de estar al lado de su sobrina con todo el cariño y sin dejar de pensar que ella lo percibía de una u otra forma.

Javier se mostró más atento si cabía en sus visitas y le hablaba a Sofía con naturalidad y en positivo de su estado, aunque en el fondo estaba preocupado por el cuadro.

Por lo demás, poco a poco la gente fue espaciando sus visitas. María en realidad lo agradecía y alguna vez se consideró egoísta por ese sentimiento.

Anne, la enfermera, dedicaba el tiempo que podía a hacerle compañía a María y algunos días se quedaba finalizado su horario de trabajo hablando con ella de muchas cosas. Anne era una mujer profunda y de un carácter especial y un corazón noble que, a ojos de María, era lo único que podía darle esa fortaleza para afrontar el día a día de un trabajo tan ingrato como el que realizaba desde hacía años.

—No siempre es ingrato —la corrigió Anne la vez que tocaron el tema—, mucha gente sale adelante, la mayoría, le diría. El proceso es difícil, pero a veces más para los familiares que para los pacientes.

No era tan así, en realidad, pero fue la manera que encontró Anne de fortalecer las esperanzas de María, a la que veía apagarse entre la tristeza y el agotamiento acumulado en el transcurso de aquellos días y que delataban las ojeras de sus ojos.

Javier comenzó a sentirse incómodo consigo mismo, algo más retraído, contrariado en el fondo. Él sabía a qué se debía, aunque se negara a asumirlo y mucho menos a admitirlo delante de nadie.

Unos golpecitos en la puerta lo devolvieron a la realidad.

—Doctor Butt, tiene una llamada. Sé que es tarde, pero creo que debe atenderla.

La mirada de Javier expresaba desconcierto.

—Pásemela, Anne, no se preocupe.

Era su hermana, Nataly dos años menor que él, con la que, como con el resto de la familia, no se hablaba desde hacía más de un año. Sus otros dos hermanos, Simón y Rose, eran los que completaban la prole de cuatro hijos que había tenido el matrimonio Butt-Colins, que amasaba una respetable fortuna proveniente de una importante empresa familiar.

Cuando Javier decidió rebelarse y estudiar medicina en vez de cumplir con el tradicional papel que cabía esperar del hijo primogénito, cuyo destino final era convertirse en el presidente de la empresa después de los años que hicieran falta o fueran necesarios para aprender su papel a la sombra de su padre y hasta que este decidiera retirarse o el destino se encargara de ello, la familia montó en cólera, en especial sus padres.

Desde entonces habían pasado muchos años, más de veinte seguramente ya había perdido la cuenta, y en el alma de Javier pesó, al principio, esa orfandad a la que lo sometió la familia, hasta que paulatinamente se fue enfriando el vínculo para convertirse en una relación distante y gélida con aquellos que fueron su núcleo primario en la niñez y parte de su juventud.

—Hola, Nataly ¿qué sucede?

Solo por alguna situación concreta y normalmente desagradable era puntualmente llamado por alguno de sus hermanos. Su padre y su madre jamás volverían a hacerlo de forma directa.

—Es papá, ha fallecido esta tarde —le respondió.

Javier notó cómo la voz de su hermana se quebraba a medida que se escuchaba a sí misma decir esa frase que aún era incapaz de asimilar.

—¿Qué ha pasado? —preguntó escuetamente Javier.

—Ha sido un infarto, no se pudo hacer nada.

La noticia lo trasladó ipso facto a su infancia, un recorrido familiar que hacía tiempo no transitaba, y menos con la nitidez que, de repente, aparecía en su mente. Los sentimientos encontrados de Javier no fueron desvelados en su actitud pausada y tranquila con la que continuó la conversación con su hermana.

—Estamos todos en shock —prosiguió Nataly—, y Richard, el abogado de papá, se está haciendo cargo de organizar el sepelio.

«Es de esperar que los lacayos de la gente acomodada sean

muy serviles hasta después de muerto su jefe», pensó con cierto resentimiento Javier, sin dejar traslucir tampoco ese sentimiento.

—Supongo que me llamas para que vaya.

Nataly se quedó asombrada con la pregunta que encontró como respuesta a la noticia que acababa de darle y a su propio estado.

—Bueno, es tu padre. Te aviso porque supuse que debías enterarte por mí y no por los periódicos —respondió mordaz.

—Y te lo agradezco. ¿El resto cómo está? —preguntó sin especificar a su madre y a sus hermanos.

—Mamá está siendo atendida con tranquilizantes y todo es un revuelo, ha sido tan rápido...

El llanto atragantado luchaba por no salir ante la frialdad de su hermano. Javier se percató de ello, no era su intención mortificarla. Para ella, Robert había sido un buen padre, no podía reprocharle que lo echara de menos. Lo que le dolía a Javier era el hecho de que ninguno de sus hermanos hubiera tomado la iniciativa de mantener lazos con él, con independencia de la ofensa a sus padres. Al principio eran demasiado jóvenes, pero luego fueron demasiado complacientes con la postura familiar. No pensaron más allá de sus propias circunstancias o comodidad, y no tuvieron en cuenta que el motivo de tal injusticia venía dado por la imposición arbitraria de unos padres cuya mentalidad había quedado enconada en sus propios tiempos a costa de todo, incluido el amor incondicional que se espera de aquellos que te han dado la vida. Elegir un camino distinto había sido la falta familiar que justificó su destierro.

Sí, el resentimiento de Javier hizo acto de presencia en su alma, y se mezclaba con la eterna incredulidad y aquella vieja esperanza de que un día lo llamaran, de que sus padres aceptaran la elección que había hecho para su vida, esperanza que también se fue perdiendo poco a poco ante el hermetismo inamovible respecto de un cambio de posición.

—Bueno —dijo finalmente Javier, reponiéndose de todo lo que de pronto lo embargaba y rompiendo el silencio prolongado en el teléfono que su hermana supo mantener sin cortar la llamada, quizá dándole tiempo a que el corazón y la razón se equilibraran—, mañana iré para allá. He tenido mucho trabajo y llevo mucho tiempo sin dormir, necesito reponerme un poco.

—Está bien. De todas formas, todo es muy reciente, y faltan la autopsia y otros trámites, ya sabes...

—Sí, gracias por llamarme, Nataly. Y lamento que te encuentres en esta situación, mañana nos vemos.

La despedida de Javier dejaba claro que el tema no iba con él, que la afectación de su hermana era algo de ella y del resto de la familia, pero no suya.

Colgado el teléfono, se quedó un buen rato mirando la pared. No sería difícil encontrar un vuelo a Texas y en poco más de tres horas llegaría al rancho familiar. No, no era lo que le atormentaba, sino el tener que ir y... hundido en sus pensamientos como estaba, cayó en la cuenta de que debía dejar su trabajo para ir al funeral, de que sus pacientes..., no, de que Sofía quedaría sola a cargo de otro médico, que no estaría él para hablarle, que...

«Debo estar volviéndome loco, o demasiado obsesivo», pensó. Sin embargo, no podía evitarlo, la imagen de Sofía siempre le venía a la cabeza. Su rostro relajado, ya sin los moratones del accidente, a excepción de unas muescas en su ojo izquierdo, dieron paso a una tez blanca de cara angulosa y definida, en facciones armoniosas que la hacían parecer una adolescente.

Por lo visto, ninguno de sus hijos había heredado su belleza, y ningún miembro de la escasa familia que conocía parecía ser el responsable genético de esa fisonomía tan bella. El recuerdo de la foto de aquel periódico que encontró en las búsquedas que había hecho de ella parecía cobrar vida. La imaginaba riendo, dulce, tímida, una construcción mental a la sombra de los retazos de información que fue recabando desde que entró en su vida, bueno, en el hospital, se corregía internamente, que ciertamente venía a ser lo mismo, pero sonaba diferente.

Tenía que irse unos días y dejarla. Más que molestarle, eso le preocupaba, pero debía hacerlo.

Se levantó de su silla y recorrió el pasillo en busca de Anne, de María, de Martin, de alguien, de nadie. Entró finalmente a ver a Sofía.

Se encontró a María leyendo y sus ojitos se clavaron en él con una tímida sonrisa, una sonrisa tierna, entrañable, de la que emanaba calidez y agradecimiento cada vez que él se acercaba a mirar a su sobrina. Javier sintió la necesidad de abrazarla, de que ella lo cuidara un rato como a un niño, de dejar de ser el salvador y que lo rescatasen de ese estado que no sabía definir. Por supuesto, se contuvo.

Se acercó a la cama, examinó los monitores, el suero, la alimentación, buscaba asegurarse de que todo estaba en orden como si ello fuera a dejarlo más tranquilo.

María había recibido como respuesta una forzada sonrisa que le alertó de que algo pasaba y al verlo tan meticuloso en la revisión de todo lo que rodeaba a su sobrina, se preocupó un poco.

—¿Va todo bien, doctor?

—Sí, sí, sólo quería asegurarme —mintió, pero, al levantar la cabeza y mirarla, sabía que a ella no podría engañarla—, es que tengo que irme un par de días.

—¿Un par de días?

—Sí, me acaban de informar de que mi padre ha muerto y tengo que ir al funeral.

María se quedó sopesando lo que acababa de escuchar y la forma en que lo había escuchado.

—Lo siento mucho, Javier —dijo María, levantándose de la butaca y cambiando el trato por uno más cercano.

—Sí..., bueno..., era mayor —dijo como restándole importancia, cosa que, en una persona como María, producía el efecto contrario.

Se acercó a él y cogiendo su mano, clavó sus ojos en los suyos.

—Lo siento mucho, Javier —repitió, como llamándolo a una realidad a la que al parecer el médico no quería descender.

—Gracias, María —respondió, colocando también una de sus manos sobre las de ella.

*****

Los días transcurrían plagados de sorpresas y descubrimientos. La marcha de Javier del hotel provocó que los momentos en que estaban juntos trabajando se hicieran más intensos. Cualquier excusa resultaba válida para provocar un encuentro, formular una duda o emitir una opinión, y para que ello diera lugar a un mínimo roce o hiciera nacer una sonrisa ante alguna explicación.

Fuera de ese incremento en la intensidad de su relación, la marcha de Javier, en realidad, resultó ser un hecho sin demasiadas consecuencias en el día a día. Él llegaba muy pronto por la mañana a recogerlos, trabajaban todo el día juntos y a la tarde bajaba a tomar algo al hotel o iba más tarde y cenaba con ellos. Javier vivía muy cerca, aunque Sofía no lo supiera, y ciertamente, su permanencia allí como huésped era un sinsentido.

Una de esas tardes, al llegar de trabajar, el encargado del hotel los estaba esperando con un rostro marcado por la seriedad que también se dejó notar en los saludos que esbozó, lejos de la simpatía habitual.

—Buenas tardes, ¿cómo están? Doctor Edward, hace unos diez minutos han llamado de su casa en Washington, nos han informado de que su mujer no se encuentra bien y de que, por favor, se comunique con ellos. He llamado a la base inmediatamente, pero me informaron de que estaban de camino hacia aquí.

A Edward se le ensombreció el rostro, llevaba casi cuarenta años casado y la unión con su esposa había sobrevivido a toda clase de obstáculos, incluida la frágil salud de ella. Sin dilación, Edward se adentró en la recepción para hacer la llamada. Javier y Sofía se quedaron a la espera de noticias.

La mujer de Edward había sufrido una caída con fracturas de cadera y clavícula. Se encontraba ingresada a la espera de ser operada, cosa que era arriesgada en su estado de debilidad.

Edward estuvo hablando con una de sus hijas, que lo puso al tanto de la situación. Al colgar el teléfono, se acercó a sus compañeros de viaje, que esperaban en el exterior para respetar su intimidad.

—He de volver cuanto antes —dijo un afectado Edward, que se explayó en comunicar la situación.

—No te preocupes, amigo mío. Prepara tus cosas, yo voy a ducharme y paso a buscarte en una hora. Te llevo a San José.

—Muchas gracias, Javier. Lamento este contratiempo, pero no me perdonaría no estar allí.

—Oh, no diga eso, doctor —intervino Sofía inmediatamente—. Lo lamentamos todos, por su mujer y por usted.

—En cuanto pueda, regresaré, si es eso posible antes de que acabéis vosotros.

—Ahora hay cosas más importantes en que pensar. No se preocupe, lo haremos bien —trató de tranquilizarlo Sofía.

—No tengo dudas de ello, estimada doctora. Bueno, voy a prepararme, si me lo permiten.

Una hora más tarde, Javier llegó a recoger a Edward, que lo esperaba en la puerta de entrada del hotel junto a Sofía, con la que había estado hablando con mucho cariño, dándole la confianza y seguridad de que ella lo haría perfectamente sin él.

Se despidieron con un abrazo que le dio Sofía, y que rompió la distancia habitual, ciertamente emocionada por la situación.

Javier le explicó que al día siguiente la recogerían los del equipo, porque él difícilmente llegaría a tiempo.

—Una cosa más, Sofía, ¿te importaría cuidar esta noche a Babu?, porque si no se quedaría solo en casa y es mucho tiempo para un ser tan creativo.

—¡Claro que no! —exclamó Sofía.

—No te dirán nada, en el hotel ya están avisados. Acercándose al asiento del coche, Sofía llamó a Babu, que se mostró encantado con el cambio de manos y de aires.

—Ten cuidado a la hora de cenar y del desayuno, porque, si tiene rienda suelta, acabará con el bufé entero —Le advirtió mientras que Babu parecía no entender a qué venía esa calumnia.

Y allí quedó Sofía, viendo cómo se marchaban rumbo a la capital para coger un vuelo, con Babu haciendo equilibrio en su huesudo hombro, tan distinto al de su dueño, en el cual podía acomodarse plácidamente.

—Bueno, Babu, aquí estamos tú y yo... —dijo Sofía resignada, apoyando su mano sobre el pequeño macaco y acercándolo a su cuello para darle más estabilidad mientras entraban al hotel—. Hueles a él, Babu, esto será complicado. En los cuentos, los príncipes se convierten en sapos, ¿sabes? Lo de mono viene siendo una novedad —bromeó con su parasitoso amigo, que se aferraba cada vez más a su cuello a cada paso como si se tratara de una garrapata, pero solo por intentar conseguir algo de estabilidad.

La noche resultó larga para Sofía, en la cena, tuvo que estar pendiente de su acompañante, lo que le impedía centrarse en sus pensamientos. En la habitación, cuando Babu se durmió a su lado después de intentar despegarle los lunares, no lograba conciliar el sueño pensando en Edward, en la tarea y en la responsabilidad que debía asumir a partir de ese momento, y sobre todo, en el hecho de que estaría con Javier a solas en más ocasiones de las que había tenido hasta ese momento. Eso la asustaba y la complacía al mismo tiempo, y así se fue sumergiendo entre nebulosas horas de sueño entrecortado rodeada del perfume de Javier que, irónicamente, desprendía el mono.

A la mañana siguiente, el cambio de situación hizo que no se despertara con la energía que le insuflaba el hecho de encontrarse con él. Desayunó a desgana y soñolienta junto a Babu y su cuenco de frutas.

El camino de reconocimiento previsto ese día se le presentaba tedioso, aunque el grupo de trabajo seguía siendo igual de encantador. Sobre el mediodía, unas nubes negras que prometían descargar con fuerza provocaron que redoblaran el paso de regreso a la base. No se detenían en ningún momento y el ritmo que llevaban impedía tomar las precauciones debidas.

Fue entonces cuando Sofía sintió un repentino dolor en el costado de su pierna derecha, a la altura del gemelo. No había logrado percibir la presencia de la serpiente que, agazapada o asustada, se lanzó hacia ella.

—¡Ay! —exclamó Sofía, y la comitiva se paró en seco.

Lo imaginaron al instante y resultaba fundamental saber a qué variedad pertenecía la atacante. Cuando descubrieron a la autora, las miradas se cruzaron silenciosas. A partir de ahí, gritos y carreras. Las hojas de los árboles giraban sobre la cabeza de Sofía, la llevaban en el aire. Por suerte, faltaba poco para llegar a la base y la inmediatez de acción se vio beneficiada por este hecho. «Torniquete», «Al coche, rápido» o «Llama, avisa que estén preparados» eran algunas de las órdenes que Sofía podía aún percibir.

La velocidad del vehículo provocaba impactos secos por lo irregular del terreno. «Ya casi estamos, aguanta, aguanta», escuchaba. Pero no escuchó nada más, todo se hizo confuso hasta terminar negro.

A pesar del esfuerzo del equipo, el antídoto logró suministrarse bastante tarde. La reacción fue virulenta y

Sofía quedó inconsciente. La fiebre comenzó a subir y para la medianoche, su estado general era preocupante.

*****

De camino a reencontrarse con su familia, menos con uno de ellos, su padre, Javier fue desgranando mentalmente los borrosos recuerdos que le quedaban de cuando compartía la felicidad de un niño junto a él. «¿Cuánto tiempo me llevará esta situación?», pensaba con cierto fastidio, hasta que las malas pasadas de la mente arrastraban otro recuerdo que se suponía olvidado.

Al llegar a la gran casa familiar, su hermano Simón salió a recibirlo junto con Nataly.

—¡Qué bien que hayas venido! —le dijo su hermano como si de un entrañable amigo se tratara.

—Sí, gracias por venir —se sumó Nataly y le dio un beso.

—Supongo que es lo que tenía que hacer —apostilló Javier sin ironía, más bien con cierto halo de resignación, mirando los tres escalones que lo introducirían en la casa donde estaba su madre y el fantasma de su padre, que, sin duda, continuaría agazapado en algún rincón.

—Pasemos, pasemos, mamá está esperando —insistió Simón, como si de repente la presencia de Javier tuviera alguna importancia.

¿Cuánto tiempo llevaba sin entrar? Podía reconocer los espacios, aunque quizás los recordaba más amplios, pero los cuadros y adornos que lo recibían eran los mismos. En el enorme salón se encontró a su madre visiblemente afectada, pero lo que más le sorprendió fue constatar el paso del tiempo en su imagen.

—Hola, mamá.

—¡Javier...! —dijo esta con cierta incredulidad, extendiéndole la mano—, qué suerte verte aquí en estos momentos.

Javier se quedó secuestrado por la mano que su madre le había tendido y se agachó a darle un fugaz beso.

—Lamento lo que ha pasado, mamá, Nataly me llamó ayer para informarme. ¡Hola, Rose! Disculpa, no te había visto —dijo Javier dirigiéndose a su otra hermana y escapando sutilmente de la mano de su madre, se acercó al sofá donde se encontraba ella junto a su marido.

Rose se levantó para saludarlo y Javier extendió la mano a su cuñado, que continuaba sentado. Fue un apretón formal, distante, como si aquel hombre temiera que su presencia echara por tierra sus intereses, que no eran otra cosa que sacar partido de lo que para el resto era una tragedia.

Fuera de ese detalle, el recibimiento fue cálido. Los ojos enrojecidos de su madre y hermanas daban cuenta de una noche en vela.

—¿Para cuándo está previsto el funeral? —se interesó Javier.

—Pues será mañana —le informó Nataly—, ya está todo organizado.

—Sí —dijo su madre, y miró el periódico con la noticia del suceso y la información del sepelio y hora del entierro.

Le ofrecieron algo de beber y hablaron de temas intrascendentes mezclados con los acontecimientos que lo habían llevado allí hasta que su madre le ofreció si quería ir a su cuarto y acomodarse o descansar un poco, ocasión ideal para que Javier tomara aire y asimilara el primer envite del reencuentro.

—Subiré más tarde a verte —le anunció esta.

La habitación se conservaba muy parecida a cuando él se marchó, solo algún mueble nuevo, que seguramente estorbara en otro sitio, había ganado terreno al espacio amplio de su antiguo dormitorio. Los recuerdos volvieron a su cabeza, ahora se trataba de la última vez que había estado allí, recogiendo algunas pocas pertenencias y echando una última mirada antes de cerrar la puerta y tras ella, un capítulo de su vida. Se recostó en su antigua cama y se quedó dormido.

La voz de su madre desde el otro lado de la puerta lo despertó:

—¿Estás bien?

—Sí, mamá, gracias.

Habían pasado más de dos horas y la respuesta de Javier fue interpretada por su madre como una invitación a entrar.

—Se me hace tan raro verte aquí..., tanto como la idea de saber que ya no veré más a tu padre. Pero me alegra que hayas venido, hijo. —Se quedó un momento pensativa y prosiguió—: Creo que, de todo lo que me rodea, lo que más necesitaba era que estuvieras tú.

Javier la miró con asombro y emoción contenida. Habían sido muchos años de rencor absurdo y de castigo innecesario al que se había visto sometido y jamás había escuchado a su madre manifestarle un sentimiento de cariño, y ahora se presentaba con una humildad noble que la hacía parecer incluso débil, muy opuesta a la imagen que conservaba de ella e igual de desconcertante que el cambio físico que la definía como una anciana, por más que en sus recuerdos permaneciera viva la imagen joven de la última vez que la había visto.

Javier se vio forzado a admitir lo que en realidad no sentía.

—Yo también estoy contento de estar aquí, lamento que sea en estas circunstancias.

Hablaron un rato más los dos solos. Su madre lloró serenamente la muerte de su esposo y el regreso de Javier a esa habitación que su madre le confesó hizo más visible diariamente su ausencia durante todos aquellos años.

Al cabo de un buen rato, Javier la notó un tanto rara. Le pidió a su hermana Rose que le dijera el nombre del tranquilizante que le habían suministrado, su hermana buscó el medicamento y le pasó el nombre a Javier.

—Pues ese tranquilizante no va bien para la tensión alta.

—¿Qué tensión? —preguntó su hermana, incrédula—, mamá no sufre de alta tensión.

—No tengo un tensiómetro, pero te digo que tiene la tensión alta. Habría que buscar uno para tomársela y comprar otro tipo de ansiolítico.

Así se hizo y efectivamente, Javier estaba en lo cierto. Las horas pasaban lentas a la espera de los diferentes actos fúnebres y Javier llamó a Anne para saber si había alguna novedad.

—Todo está en orden —le dijo—, y sin novedades — aclaró.

Él le había pedido que cuidara bien de Sofía y que ante cualquier cosa le avisara, dándole el número de teléfono de la casa de sus padres. «Pero no está de más llamar», se justificó a sí mismo. «Será otro síntoma de mi recientemente asumida obsesión», rio también para sí.

Llegada la noche, durmieron todos en la casa, aunque algunos se despertaban y bajaban a matar las horas en diferentes sitios.

Él no salió del cuarto, no quería enfrentarse a la posibilidad de encontrarse inmerso en alguna conversación que pudiera disgustarle o simplemente coincidir con el marido de su hermana Rose. Lo mejor era quedarse a buen recaudo.

El día siguiente fue agotador: gente, llamadas, flores, tanatorio, misas y entierro que dejaron a la familia sin cuerpo.

Durante el funeral, Javier fue colocado, para recibir las condolencias, de forma lógica y natural, al lado de su madre como el nuevo jefe de familia que la tradición le mandaba a ser y que los presentes asumieron como tal. «Esta sociedad sigue igual de retrógrada que siempre», pensó Javier con fastidio.

Su hermano Simón se mantuvo en la posición de hermano menor, lo que, aunque pareciera una tontería, para Javier no lo era. Simón llevaba toda su vida al lado de su padre, acompañándolo también en la empresa, en las reuniones y en todas las gestiones sociales. ¿Qué pintaba él ahí recibiendo unas condolencias que, en realidad, a nadie le importaban, empezando por él mismo?

Al regresar de nuevo a la casa, Javier anunció que al día siguiente se marcharía.

—No puedes irte ya —expresó Nataly.

Ese reproche, en realidad, era compartido por toda la familia.

—No puedo quedarme más tiempo, tengo pacientes que atender. Últimamente estamos un poco colapsados —exageró—, y aquí poco o nada puedo hacer yo.

—Bueno, hay cuestiones que debemos tratar, pero ahora no es el momento —interpuso Simón.

Su madre lo miraba en silencio.

—¿Qué cosas? —preguntó Javier con cierta malicia.

—Hay una empresa que dirigía tu padre —intervino su cuñado, que parecía un florero que invadía la privacidad familiar en ese salón.

El mensaje tenía un doble sentido: referirse a la actividad de su padre, como si él la desconociera, y de paso, dejar claro que Javier no había estado allí.

Ese fue el momento que se había mantenido latente desde que había llegado, o quizás sería más justo decir, desde que se marchó hacía años.

Lo que Javier no esperaba fue que lo pusiera sobre la mesa su cuñado, a quien ciertamente no conocía, aunque habían coincidido casualmente un par de veces en veinte años. La ira recorrió la sangre de Javier, quien, en lugar de estallar, se manifestó con calma, una calma glacial que se reflejaba en su mirada y en la lenta formulación de las palabras que salieron de su boca como una sentencia.

—Como bien dices, mi padre dirigía una empresa que, de estar en mi ánimo, continuaría yo, que soy el hijo mayor, pero yo no he venido aquí para discutir con terceros cuestiones que únicamente atañen a mi familia —dijo, y continuó mirando a su madre y hermanos, dulcificando la expresión—: En cualquier caso, Simón ha estado trabajando en la empresa con nuestro padre y lo creo muy capaz de continuar con el buen curso de esta, salvo que todos estén de acuerdo en tomar otra decisión. Por mí, no hay ningún problema, solucionaremos lo que haya que solucionarse, firmaré lo que decidáis, teniendo bien en cuenta, desde ahora mismo, que no espero ni pretendo absolutamente nada.

La cara de sorpresa de todos los presentes fue, comenzando por la del cuñado, lo que puso en evidencia los temores que les acechaban. La madre, que se había mantenido callada en todo momento, calibrando como siempre, a unos y a otros, finalmente intervino.

—Estoy de acuerdo con Simón, este no es momento para tratar estas cuestiones, que, como ha manifestado Javier, son estrictamente familiares —subrayó clavando la mirada en su yerno—. No voy a permitir el más mínimo conflicto o interferencia en este asunto, y no voy a permitir que un hijo mío quede excluido de lo que legalmente le corresponde por herencia. Simón podrá llevar la empresa si ese es su deseo. —Y luego de esas palabras, se dirigió a Javier directamente—: Si tienes que regresar, regresa sin pena, hijo. Solo te pediría que vuelvas para cuando se abra la herencia, para firmar lo que se tenga que firmar. Te avisaré con tiempo para que puedas organizarte.

Sin más comentarios, su madre se levantó lentamente de la butaca dispuesta a abandonar el salón y al pasar por delante de Javier, apoyó una mano en su hombro a modo de saludo para luego, refugiarse en su cuarto.

Aquella noche, Javier se despidió en privado de su madre, después de comprobar su tensión. Le había sorprendido su intervención aquella tarde en la que dejó claro a su cuñado el sitio que debía ocupar. Rose se había sentido dolida ante lo que consideraba una ingratitud por parte de su familia con su marido, pero su madre resultó tajante.

—Javier, quisiera que vinieras más a menudo. Creo que ha pasado demasiado tiempo enquistándose un rencor que ya no tiene razón de ser —le manifestó su madre.

—Nunca lo tuvo —se defendió Javier, dolido.

—Es probable, la vida enseña a golpes, tarde y mal, la mayoría de las veces. Pero creo que sería inteligente recuperar el tiempo perdido. Hoy sé que, de haberme tocado a mí y no a tu padre, habrías venido también. Eres mi hijo, no quisiera que tuvieras que despedirte de mí como lo has hecho hoy con él. Puede que tengas más razón de la que soy capaz de reconocer en lo absurdo de este distanciamiento, pero necesito que sepas que nunca he dejado de llorarte.

—¿Y por qué no me llamaste?

—Porque una mujer no es tan libre de hacer siempre lo que desea.

—¿Ni siquiera por tu hijo?

—En algunas cuestiones, ni siquiera por él. Los matrimonios tienen estas cosas...

—Esas son posiciones del pasado.

—Lo que tú llamas pasado ha sido siempre una realidad a mis setenta y ocho años. En todo caso, no se puede volver atrás, pero sí modificar el adelante, si estás de acuerdo.

Javier se mostró contento con esa actitud. Una vez más, confirmó que las tragedias unen más que las alegrías, que tuvo que morir su padre para que su madre reaccionara de una forma sensata en relación con él.

—Vendré más a menudo, no te preocupes.

Su madre cayó entonces en un sueño profundo.

La despedida con el resto de la familia fue cortés y casi distante, quedaban años de silencios en suspensión flotando en los cruces de miradas que expresaban aquello que no sabían decir con palabras.

De regreso a su vida, Javier le fue dando vueltas a esos pensamientos cargados de nostalgias y sinsabores.

Al llegar a Washington, se sintió cálidamente bienvenido por su cotidiana existencia y por supuesto, se encaminó directamente al hospital sin pasar por su apartamento.

Anne no lo había llamado en ningún momento, pero eso no lo tranquilizaba en absoluto. Tras recoger su coche en el aeropuerto, se habló en voz alta de camino: «Sí, ya, soy obsesivo, lo asumo».

*****

Sofía se encontraba inconsciente. El sudor que le ocasionaba la fiebre empapaba las sábanas blancas del modesto centro hospitalario que dependía de la universidad. La enfermera y Rita, su compañera del equipo de trabajo, iban colocando sobre su frente paños de agua fría de forma incesante.

El suero antiofídico resultaba de vital importancia para combatir los efectos de una mordedura de serpiente.

Al llegar Javier de dejar a Edward, le informaron de lo ocurrido.

—¿Qué tipo de serpiente? —preguntó al compañero de expedición, cortando en seco la explicación de este sobre lo ocurrido.

—Una terciopelo —se vio obligado a resumir.

Javier salió disparado al hospital universitario. El panorama que se encontró resultó inquietante. Sofía temblaba, bañada en sudores. Su tez blanca se había tornado amarillenta, se la veía débil e incómoda, como queriendo defenderse, y entreabría los ojos afiebrados y vidriosos para luego sumirse al instante en un inexistente sueño.

El médico lo tranquilizó al ver la expresión de su cara, que parecía no dar crédito de lo que estaba sucediendo:

—Al parecer, va respondiendo bien, Javier. Aún es pronto, pero he visto reacciones peores.

—¿Cuándo considera que saldrá de peligro?

—Pues debemos esperar esta noche.

Javier se quedó toda la noche en vela al lado de su cama, sintiéndose responsable de haberla dejado sola.

Era una sala grande, rectangular, con ocho camas blancas, metálicas y antiguas y con cuatro ventanales enormes sellados herméticamente con mosquiteras y dos ventiladores de techo que hacían circular un aire agradable en las noches sofocantes como aquella.

Por suerte, no había nadie más ingresado y la presencia de Javier hizo que el personal no tuviera que estar en vela toda la noche, él les avisaría de cualquier cosa que ocurriera.

Rita, su amiga y compañera, se quedó en el hospital hasta tarde para seguir el estado de Sofía y de paso, hacer un rato de compañía a Javier, a quien consolaba razonando que habría ocurrido de todas formas.

Sin embargo, él no pensaba lo mismo. «Debí suspender el trabajo hasta mi regreso, o hacer que otra persona acompañara a Edward», se reprochaba.

La luz de la mañana sacudió el cansancio de Javier tras la larga noche de vigilia, no se había movido de su lado. Sofía parecía más tranquila, aunque la fiebre continuaba presente y Javier mojaba sus secos labios con pequeños trozos de gasa sumergidos en un cuenco de agua fresca.

Dos días pasaron hasta que Sofía despertó. Lo hizo lentamente, con algunos brotes de fiebre que reaparecían de tanto en tanto.

—Estoy aquí, Sofía, te pondrás bien, ya pasó —se apresuró a

consolarla en el primer atisbo de consciencia.

Ella logró abrir un poco los ojos, que parecían los de un bebé que acaba de terminar de llorar.

—Has vuelto —logró susurrar, y volvió a dormirse.

Al quinto día, notablemente respuesta, le dieron el alta y Javier apareció en el borde de la cama con una sonrisa, apoyando un par de botas de cuero de caña media como regalo antes de informarle que la dejarían salir.

Sofía sonrió al verlo, su rostro blanco se encontró de pronto iluminado por unos pómulos que pasaron a una tonalidad sonrosada de forma casi automática.

—¡Qué botas tan bonitas! Y qué sutil el mensaje... —le dijo como agradecimiento.

Ambos rieron.

*****

Al entrar en su planta, Javier tardó solo un par de segundos en comprender lo que ocurría: el mostrador vacío de enfermeras, María parada en el pasillo y a través del estor, se podía comprobar el movimiento de batas blancas arremolinadas en torno a la cama de Sofía.

Corrió los pocos metros que lo separaban de lo que allí ocurría sin mirar siquiera a María y entró como una exhalación en aquella habitación oscura. Sofía convulsionaba a causa de una fiebre inexplicable que había aparecido repentinamente hacía un par de días.

Javier no fue consciente de cómo llegó a hacerse un sitio en medio de las cuatro personas que la estaban asistiendo para intentar contener el temblor de ese cuerpo hasta entonces inerte.

Prácticamente se tiró a su lado, cogió su cabeza abrazándola con una mano y se la llevó lo más cerca que pudo hacia su pecho:

—Ya estoy aquí, Sofía, ya estoy aquí —le repitió.

Javier levantó su mirada buscando a Anne, quien, como el resto, quedó paralizada ante la imagen. Comenzó a dar instrucciones para que se le suministrara la medicación que estaba solicitando, pero Anne era incapaz de moverse y en su cara comenzó a dibujarse una sonrisa que el médico no podía encajar en el contexto en el que, precipitadamente, había hecho acto de presencia.

—¿Me está escuchando, Anne? —inquirió Javier casi gritando.

Anne clavó sus ojos en los suyos y con un movimiento de mentón, le hizo seña de que mirara a Sofía. Javier, desconcertado, miró el rostro sostenido en su brazo y pudo ver las lágrimas que se deslizaban desde el extremo opuesto al lagrimal y que iban a morir en su mano.

Javier sintió un vuelco en el corazón y esbozó una expresión de sorpresa, una sonrisa plena. Después le habló con dulzura, sin soltarla:

—Puedes oírme, ¿verdad? Sé que sí. No te preocupes, solo tienes un poco de fiebre, ya averiguaremos por qué.

Pasaron algunos minutos de silencio, en los que Javier simplemente la observaba. Los temblores casi habían remitido, si bien la temperatura al tacto era notoriamente alta.

La soltó suavemente, luego se giró al personal, que seguía sin moverse, y volvió a pedir, de forma más calmada, la medicación y una serie de analíticas que determinaran la causa de ese cuadro. Todos comenzaron a moverse y lo dejaron solo mientras que él hacía un esfuerzo por recomponerse, tratando de mostrar algo de compostura.

María estaba dentro de la habitación, nadie sabía desde cuándo. Lo miró sin poder hablar. Javier le hizo un gesto para invitarla a ubicarse al otro lado de la cama. Las lágrimas habían cesado, pero aún podía verse la humedad del recorrido.

—Hola, cariño, ya pasó —la consoló María, acariciándole el rostro a la vez que le acomodaba el pelo.

María vio cómo llegaban Carmen y Francisco en ese momento y decidió salir y dejar a Javier allí un rato solo mientras ella los detenía para explicarles lo ocurrido. Él se quedó haciendo la exploración rutinaria, en especial la de los ojos. Levantó sus párpados, pero nada, seguía la mirada ausente de cada día.

Al cabo de un rato, con todo estabilizado, Javier decidió ir a su despacho un momento y hablar con Anne para que le explicara qué había pasado. Saludó de pasada a Carmen y a su hijo, habló rápidamente y se excusó en el cúmulo de trabajo atrasado.

—Lamentamos su pérdida, doctor —manifestó Carmen.

—Se lo agradezco —respondió Javier, que por un momento no entendía a qué se refería, hasta que los días anteriores regresaron a su mente como un rayo.

Ya en su despacho, se dispuso a hablar con Anne.

—¿Qué ha pasado, Anne? ¿Cuándo comenzó la fiebre?

—A la mañana siguiente de haberse ido usted.

—¿Y por qué no me dijo nada cuando hablamos?

—Porque no quería molestarle en el funeral de su padre y preferí llamar al doctor Martin, que me pidió que no le preocupara con esto, que él se ocuparía, y así fue.

—Entonces, tendremos analíticas, entiendo...

—Sí, pero no desprenden nada concluyente. Se las dejé en la carpeta que tiene en el escritorio. Lamento que esté molesto —añadió la mujer.

—No, Anne, por favor, no se preocupe. La entiendo y se lo agradezco, igual que a Martin, yo habría hecho lo mismo.

Anne sonrió y se relajó ante esa respuesta.

—Lo que no logro entender es qué ha pasado. No tiene lógica, estas analíticas no muestran nada. ¿Las volvemos a repetir? —preguntó Javier.

—Si ya están en curso, las acaba de pedir —le recordó Anne—. Tengo una pregunta, si me permite.

—Por supuesto, dígame.

—Antes de irse, ¿usted habló de ello con alguien cerca de Sofía?

Javier retrocedió mentalmente y ciertamente, le vino a la memoria su conversación con María al lado de la cama.

—Sí, con la tía, le expliqué que me ausentaría unos días por el funeral. ¿Por qué lo pregunta?

—No, por nada, es que me pareció tanta coincidencia que una ya se imagina cosas. ¿Le traigo un café?

—Sí, por favor, Anne, que iré a hacer la ronda en unos minutos, después de mirar los informes.

Anne se retiró, dejando a Javier más desconcertado con

aquella pregunta, que con todo lo que acababa de vivir.

Intentó centrarse en sus otros pacientes. Los Cobbs, por ejemplo, evolucionaban muy bien. Ambos respondían a estímulos y el hospital entero quedó maravillado con la historia de cómo Javier los había juntado, las felicitaciones eran diarias. No había tenido tiempo de comentarlo con María, ya lo haría en cuanto tuviera oportunidad.

*****

Las fuerzas que naturalmente le faltaban a Sofía después de la fiebre eran suplidas por la emoción de estar con Javier. Le dieron el alta y él se ofreció para trasladarla al hotel.

Rita le había llevado un cambio de ropa a Sofía que, con su permiso, recogió de la habitación, un ligero vestido floreado que le sentaba muy bien a pesar de los kilos perdidos.

Sofía terminó de cambiarse y salió de la enorme sala, de camas ahora todas vacías. Se despidió de la gente que la había cuidado y Javier le ofreció su brazo para acompañarla al coche que había colocado en la puerta.

El contacto sostenido de sus brazos hizo que apareciera, una vez más, esa corriente que le atravesaba el cuerpo, pero, pasada esa primera sensación, un cosquilleo en el estómago se instaló plácida e indefinidamente.

—¿Cómo te encuentras?

—Estoy bien, pero lamento las molestias que te he causado.

Quiero darte las gracias por todo, también por las botas.

Los dos rieron en ese pequeño trayecto hacia el coche.

—No tienes por qué. Yo me he sentido muy mal, debí haber dejado que Edward se fuera con alguna otra persona, pero me costaba dejarlo en esa situación.

—No, no digas eso, hiciste lo correcto, y lo mío fue un descuido, íbamos muy rápido y no miré bien. Por cierto,

¿sabes algo de Edward y su mujer?

—No, aún no me ha llamado. Estoy preocupado, pero quedamos en que lo haría cuando tuviera el panorama claro.

La ayudó a subir al coche y otra corriente hizo acto de presencia, como cada vez que se acercaban circunstancialmente más de la cuenta.

El hotel estaba muy cerca y Javier la acompañó hasta la habitación, ayudándola y llevando su pequeño bolso.

La hora de la comida había pasado y el calor se hacía notar recién comenzada la tarde, pero, al abrir la habitación de ese edificio antiguo, sus paredes anchas y sus ventanales abiertos refrescaban el ambiente haciendo la estancia aún más agradable. Las cortinas blancas traslúcidas permitían apreciar los jardines colindantes y la espesura de la selva trás ellos los delimitaba como un mapa.

—¿Te apetece que te pida algo para comer? —le preguntó Javier.

—¿Tú tienes hambre? —le respondió ella.

—Bueno..., un poco.

—¿Por qué no pedimos algo y comemos juntos?

—Me parece una buena idea. Necesito ir un momento a la

habitación para cambiarme y en diez minutos estoy. — Sofía se quedó mirándolo sin entender a qué se refería—. He cogido la habitación de al lado por unos días, hasta saber que estás bien —le aclaró.

Una vez más, Sofía sintió que debía hacer un esfuerzo por contener su emoción.

—No era necesaria esa molestia, ¡por Dios!, estoy bien. __ atinó a decir ocultando su alegría.

—Pero yo estaré más tranquilo si estoy cerca unos días. Es que le prometí a Edward devolverte de una pieza, ¿sabes? Y de ser posible, viva. Ahora regreso, tú pide por los dos.

Se quedaron comiendo en el balcón de la habitación, que contaba con una pequeña mesa y dos sillas muy cómodas. Allí estuvieron largo rato hablando y riendo. Sofía sentía la necesidad de detener el tiempo, todo era perfecto, hasta las ensaladas y frutas estaban decoradas con tan sensual presentación que daba pena comérselas.

Pasaron un par de horas y Javier decidió marcharse.

—Descansa un rato y si te apetece, más tarde damos una vuelta antes de cenar. —Sofía reprimió el deseo de pedirle que no se fuera—. Si necesitas algo, me llamas —le ofreció.

Sofía se quedó mirando el balcón vacío, que ahora no decía nada. Decidió acostarse, pero el hecho de saber que él estaba al otro lado de la pared la perturbaba. «¿Qué voy a hacer?», se dijo a sí misma con cierta angustia. Unas horas más tarde, la despertó el timbre del teléfono.

—¿Cómo te encuentras? ¿Te sientes con fuerzas para un paseo en coche?

—¡Claro! Llevo ya mucho tiempo quieta.

Salieron media hora más tarde a pasear por los caminos que

bordeaban las playas. El sol iba perdiendo fuerza y una vez más, la imagen de su despedida resultó soberbia ante sus ojos, casi no hablaron en ese instante en que el espectáculo se presentaba como un inmenso privilegio. Al rato se sentaron en un pintoresco y humilde bar de playa a tomar una cerveza hasta la hora de cenar.

La noche continuó en esa sintonía, sin ganas de que pasara el tiempo. A esas alturas, Sofía conocía cada gesto, cada movimiento de sus manos y sus distintas expresiones, pero en realidad, no sabía nada de él y tampoco se atrevía a preguntarle cuestiones personales, más que por la prudencia que en un primer momento la embargó, por temor a la respuesta.

Cenaron en el hotel, con la ligera música de fondo que peleaba sutilmente con el sonido natural del entorno que no perturbaba la conversación en la que Javier era capaz de comentarle cada detalle con un conocimiento que hacía que Sofía lo admirara cada vez más.

Alargaron el tiempo hasta quedar los últimos y se retiraron a descansar para no abusar del personal ni del estado de Sofía, a quien, salvo por la venda del gemelo donde recibió la picadura, se la veía muy recuperada.

Javier le había dicho que esa semana no reanudarían la tareas y se despidió de ella en la puerta de la habitación.

—Nos vemos mañana y ya sabes, si pasa cualquier cosa, me despiertas.

A las diez de la mañana, Sofía abrió los ojos. No podía estar segura de cuándo se había dormido después de dar vueltas en la cama, lo que comenzaba a ser un hábito desesperante.

Se encontró a Javier en la zona donde servían el desayuno. Su beso de buenos días dejó a flor de piel los deseos de Sofía, envueltos en el perfume que perduró un rato en sus sentidos.

—Ya me estaba preocupando —le dijo él sin reproche, dejando el periódico que leía.

—Lo siento, me costó dormirme y después levantarme.

—No, no pasa nada. Si dormías, mejor, es lo que debes hacer: descansar y comer bien —agregó viendo lo poco que se servía como desayuno—. Hoy quiero llevarte a un par de sitios a los que hace mucho que no voy.

—¿Ah, sí? ¿Cuáles?

—Ya los verás... Si te apetece, claro, si prefieres quedarte, no hay problema.

—¡¿Qué dices?! Yo encantada de dar vueltas y conocer más.

Se encaminaron al coche. El viaje resultó largo, se adentraron en una montaña cuyo camino era, a ratos, más intuitivo que real, descendieron por el lado opuesto y llegaron a un pueblo de pescadores pintoresco, aislado de todo.

Javier conocía a las pocas familias que vivían allí. Las casas se adentraban en el mar elevadas sobre unos largos postes sumergidos en el agua a los que se amarraban pequeñas barcas. Era un sitio cerrado, una bahía de agua clara y tranquila donde las crecidas de las mareas se presentaban de forma serena. En aquel refugio natural del mar, los miembros de las cinco familias que eran en total fueron saliendo a saludarlo con cariño y esperando a que Javier presentara a su acompañante.

—Les presento a Sofía, una colega que ha venido desde América para trabajar en el proyecto de protección y conservación que ya os he comentado alguna vez.

A Javier lo conocían y le apreciaban en aquella pequeña aldea por su actuación en una plaga que unos años antes asoló la vegetación de la zona. Su intervención había resultado un éxito: se había trasladado hasta allí junto con un equipo de colaboradores y trabajaron incansablemente para sanear la situación. Una vez controlada, dedicó un buen tiempo a formar a los vecinos para que aprendieran cómo reaccionar ante situaciones similares. Además, respondió a todas las dudas y preguntas que le hicieron sus habitantes sobre cuestiones que ignoraban de su entorno.

Para esa gente aislada, y en cierta forma abandonada de la mano de Dios, la implicación de Javier merecía agradecimiento eterno. En las visitas que cada cierto tiempo les hacía, comprobaba cómo se encontraba la zona, era un seguimiento preventivo que hacía con mucho gusto.

Terminaron siendo invitados a comer con ellos un rico pescado acompañado de plátano frito y arroz. Como postre, frutas exóticas que eran parte irrenunciable de cada comida. La belleza se encontraba precisamente en esos humildes gestos de cortesía y sencillez que llenaban a la vez el estómago y el alma.

Se despidieron de la aldea y de sus gentes entrañables para poner rumbo de regreso por caminos que casi nadie transitaba y en los que, de vez en cuando, se descubría una casa pequeña con algunos niños correteando en ese edén desconocido. En esos pensamientos andaba Sofía cuando Javier paró el coche en un santuario de piedra en honor a la Virgen de los Ángeles, patrona de Costa Rica. Era un lugar simple, con una imagen pequeña rodeada de velas y arreglos florales con formas de animales o cruces.

—La gente cree más en los milagros de esta imagen que en la que encuentre en cualquier iglesia. Las formas de las ofrendas suelen revelar el motivo de la visita de los creyentes —le explicó Javier. Y allí se quedaron un buen rato, envueltos en la paz que emanaba de ese sitio. Luego, retomaron el camino de regreso al hotel.

—He pensado si te apetece venir a cenar a mi casa — dijo Javier como si tal cosa mientras conducía.

A Sofía la propuesta la cogió desprevenida y sin pensarlo, le preguntó directa y bruscamente:

—¿Estás casado? O, quiero decir, ¿vives con alguien? —aclaró intentando suavizar su impulso.

Javier rio con ganas.

—No, ya bastante complicado resulta con Babu. ¿Crees que podría hacer esta vida si estuviera con alguien?

Era cierto, pero necesitaba saberlo. Inmediatamente, Sofía sintió un alivio.

—Eso significa sí o no —insistió Javier—. No has salido del hotel, te terminarás aburriendo de comer allí —añadió como pretexto.

—Estaré encantada de ir, muchas gracias.

Llegaron al hotel y Javier se despidió de ella acordando la hora en que la recogería.

Sofía no hizo más que prepararse para el encuentro, sintiendo que el corazón se le salía por la boca. Eligió para la ocasión un vestido de gasa verde largo hasta los pies que se anudaba con un lazo al cuello, con dos aperturas en los laterales que producían el efecto de descubrirse y taparse con el propio vaivén de sus suaves movimientos. Él la iba a recoger pronto, cuando aún quedaba luz solar.

Sofía apareció irradiando felicidad a la hora convenida por las escalinatas de entrada del hotel, Javier, desde el coche, la miraba deslumbrado, se apresuró a su encuentro.

—¡Pero qué elegante estás!

_ Gracias _ respondió en un susurro, desplegando una sonrisa franca que ocultaba su timidez.

Sofía pudo constatar lo cerca que vivía en realidad del hotel, en una cabaña de madera rodeada de porches, unos cubiertos y otros, no. El mar se veía, a cierta distancia desde el ventanal y por supuesto, la vegetación que rodeaba el sitio era embriagadora. Dentro de la casa, una iluminación cálida presidía un salón amplio y despejado, con un juego de sofás en un extremo y una mesa con cuatro sillas en el otro. La cocina se integraba en un lateral por medio de una barra americana. Una tenue música acompañaba el encuentro.

—Esta casa es un sueño, Javier —dijo Sofía, mientras la recorría con la mirada.

—¿Te gusta? La hemos hecho un par de amigos y yo.

—Pues sí, me parece maravillosa.

Salieron al porche principal a ver el atardecer y beber una copa de vino blanco. Desde allí, se oían los últimos cantos de los pájaros y a medida de que la luz se desvanecía, el ambiente era más acogedor.

Javier había entrado en la cocina. Había preparado ensaladas, algunas verduras cortadas para mojar en diferentes salsas, una carne que aún se hacía lentamente en el horno y la guarnición de arroz, infaltable en el menú costarricense.

Sofía se acercó a él y se ofreció a ayudarlo. En ese momento, el pequeño espacio de la cocina hizo que se quedarán enfrentados, con los cuerpos bien juntos, entre la pared y la punta de la barra americana. El imprevisto encuentro provocó el instintivo movimiento de dejar pasar al otro y la inevitable torpeza de los dos, provocó un nuevo choque que los acercó aún más. El impulso fue descontrolado, ninguno podría determinar quién fue el primero. Se besaron con la desesperación y la urgencia de un deseo contenido. Javier la atrajo hacia sí con una mano en la cabeza y la otra rodeando su espalda.

Ella, apoyada en la pared, hizo lo propio prendida con los brazos a su cintura, recorriéndole la espalda, besándolo sin poder pensar en nada.

Javier podía sentir la corriente que recorría el cuerpo de Sofía y en esa vorágine, comenzó a besarle el cuello sin soltar su cabeza, a la que acompañaba en todos sus movimientos.

—No puedo estar ni un minuto más sin ti, me estoy volviendo loco —le susurró Javier con la voz entrecortada.

Esas palabras excitaron más a Sofía, que se aferró más fuerte en una clara entrega sin matices.

—Yo tampoco —logró responderle casi gimiendo.

No había espacio para más. Allí mismo, Javier la levantó y la colocó en la barra americana de la cocina mientras Sofía lo rodeó con sus largas piernas, completamente entregada al deseo que a esas alturas estaba desbocado. En un momento dado, Javier se quedó quieto. Haciendo un esfuerzo por contenerse, se despegó un poco de ella, la cogió suavemente del mentón con un dedo y mirándola a los ojos, le dijo:

—No, aquí no.

Sofía bajó sus piernas y lo liberó mientras Javier se rascaba la cabeza como luchando consigo mismo. Apagó el fuego y volvió a acercarse para estrecharla entre sus brazos. Era imposible frenar aquel impulso, la cogió con firmeza y la alzó para llevarla a su habitación.

La colocó sobre la inmensa cama sin dejar de besarla y deshizo el lazo ceñido a su cuello. El vestido se deslizó sin resistencia, dejando al descubierto el armónico cuerpo de Sofía. La pasión recorría sus cuerpos, se descubrían, se exploraban con todos sus sentidos.

—No puedo dejar de pensar en ti —susurró Javier mientras la besaba. Sofía no podía controlar las vibraciones que una y otra vez aparecían en todo su ser como oleadas—. Desde que te conocí, no vivo —logró decirle mientras penetraba su cuerpo y se lanzaba a un mar desconocido en el sexo húmedo de Sofía.

Los gemidos iban acompañados de una sensación de paz y de urgencia. Llegaron al clímax, pero no resultaba suficiente: Sofía se sentó sobre él, despojada de cualquier vergüenza.

—Necesito tenerte dentro de mí otra vez.

Javier se excitaba solo de oírla y sin haber recuperado su respiración, volvía al desenfreno del deseo, que se alimentaba aún más de las palabras ardientes y los jadeos de Sofía. El ambiente embriagador se extendió durante horas, sus cuerpos se amoldaban para abandonarse al delirio que revelaba el sudor que los inundaba.

—Eres tan hermosa...

—Dime que no es un sueño.

—No, no lo es, estoy aquí contigo.

El amanecer los sorprendió dormidos, abrazados, exhaustos.

Javier se levantó a preparar café y lo llevó a la cama. Sofía recuperó algo de consciencia con el aroma que venía de la cocina.

No podía dejar de mirarla. Verla en su cama arrastraba su mente a la noche anterior, a su entrega absoluta, al huracán que surgía en cada acercamiento, y tras esos pensamientos volvió a excitarse.

Sofía sonrió al verlo, bebió rápidamente de su taza de café, comió una tostada y se tiró a sus brazos nuevamente.

Ese día no salieron de la casa.

*****

Francisco había regresado de Nueva York con Alicia. Habían dejado a sus hijos al cuidado de los padres de ella una vez que Francisco le comentara todo lo que había descubierto. De momento, si bien estaban claras las irregularidades, quedaba pendiente conocer el alcance de estas y encontrar las pruebas suficientes para acreditarlas, por lo que iba a necesitar de la agudeza de su mujer para poder hacer una investigación y un análisis acertado de lo estaba sucediendo en el bufete. No bastaba haber detectado lagunas en la contabilidad, era necesario encontrar el porqué que las justificara.

El matrimonio había urdido un plan: mientras Francisco recababa más información contable, Alicia seguiría a Michel aprovechando sus cada vez más frecuentes ausencias del despacho, que este justificaba como supuestas reuniones que no constaban registradas en ninguna agenda. Su secretaria que era, además, su amante, dificultaba investigar según qué cosas sin que Michel las supiera también.

Algunas de esas reuniones que decía mantener las había anunciado en presencia de Francisco, sin aclarar más tarde ningún detalle sobre su resultado. Esto le hizo sospechar y decidió que parecía un buen hilo por donde comenzar a comprobar antes que nada su veracidad.

Aquel día, Alicia alquiló un coche para no llamar la atención de su concuñado, y al salir este del edificio, estaba preparada para iniciar sus pesquisas. No era fácil hacer de espía. Aunque la distancia entre los coches era bastante corta, el tráfico en pleno centro de Washington podía dejarla atascada en un cambio de semáforo, mientras Michel se alejaba flanqueado por más vehículos. Por otro lado, debía ser prudente, si la descubriera Michel, todo se iría al traste. Al salir del centro, la dificultad se hallaba en conservar distancia sin perderlo de vista debido a la notable disminución de tráfico y su consecuente mayor exposición. No obstante, había elegido un coche modesto de color blanco que le permitió no llamar la atención.

El trayecto, de unos cuarenta minutos, terminó en un barrio despejado, muy agradable, de casas pintorescas, donde Michel aparcó en la entrada de un garaje. Tocó el timbre y entró en la vivienda cuando le abrieron la puerta. Alicia, en el lado opuesto, no logró ver a quién le franqueó la puerta.

Media hora más tarde, Michel salió de la casa y se fue caminando un par de calles hasta alcanzar una zona de comercios y algunos bares. Entró en uno de ellos, saludó a sus clientes con la familiaridad de alguien conocido por todos y viceversa. Pasado un tiempo, salió del bar y entró en una farmacia que hacía esquina en la misma calle y salió con un paquete discreto en las manos. Regresó a la casa donde había dejado aparcado el coche. Tocó el timbre, se abrió la puerta y una vez más le fue imposible a Alicia ver quién lo recibía. Allí se quedó montando guardia, atenta a todo lo que la rodeaba, en especial, la casa. Una hora más tarde, Michel salió con semblante serio, subió a su coche y cogió la carretera de regreso al centro, pero, en un determinado momento, se desvió por una calle que lo alejaba de la oficina. Esta vez Michel aparcó en un garaje privado de un local de ocio y apuestas, una especie de antro de esos abiertos las veinticuatro horas.

«¡Ah, te pillé!», exclamó Alicia, hablando sola en el coche.

Pasaron casi tres horas antes de que volviera a aparecer. Ahora, Alicia podía ver la imagen de un Michel desaliñado y un tanto errático. Se pasaba una mano por la cabeza como peinándose, y su andar era más pausado que en las horas anteriores, algo tambaleante.

Eran casi las cinco de la tarde cuando decidió volver a subir al coche rumbo a la oficina, aunque, se detuvo en una gasolinera que se encontraba a dos calles del bufete.

«¿Y ahora qué?», pensó Alicia. Michel, que no repostó, aparcó el coche en un costado de la explanada cercana a donde lavaban coches y se quedó allí sentado, casi inmóvil. Unos diez minutos más tarde apareció Lisa, su secretaria, con paso apresurado. Llevaba un bolso bastante grande, en el que, una vez sentada en el coche, buscó en él y le entregó a Michel unas carpetas que este dejó en el asiento trasero del vehículo. Luego, puso el coche en marcha y arrancaron.

En esta ocasión, se dirigieron hasta un barrio mucho más modesto. que en el que había estado aquella mañana, aparcó en un parking bastante precario, rodeado de coches viejos en consonancia con un vecindario que, a todas luces, se notaba habitado por trabajadores humildes y niños mocosos arremolinados en calles sucias.

Alicia, desde la distancia, le pareció avistar una discusión entre ambos dentro del coche, aunque finalmente bajaron juntos. Michel había cogido las carpetas que Lisa le había entregado y entraron en un triste edificio, rodeado de vecinos que mataban el tiempo en la acera. La secretaria extrajo unas llaves del bolso y Alicia dio por terminado el seguimiento, con todos los datos meticulosamente apuntados en una libreta.

Alicia y Francisco volvieron a reunirse, casi de noche, en la casa de Carmen e hicieron un intercambio de información. Analizaron los documentos que Francisco se había llevado de la oficina, en su mayoría, relativos a anotaciones contables, balances y listados de personas involucradas en los mismos. A ello, adjuntaron algunos detalles que le aportó el abogado, amigo de su padre y socio de la firma, encargado del rastreo de datos e información en su ausencia.

Alicia, por su parte, le explicó a Francisco los detalles del día y los lugares visitados por su cuñado, completando el relato con las direcciones apuntadas y los horarios en que se realizaron las diversas paradas.

Con todo, el matrimonio comprendió la necesidad de cotejar algunos datos en el propio bufete, por lo que decidieron que se personarían allí a primera hora de la mañana siguiente.

Ingresaron en la corporación casi de noche, unas dos horas antes de que lo fueran haciendo los empleados y abogados, e indagaron sobre los diferentes asuntos que, a la vista de los documentos revisados la noche anterior, habían suscitado algunas dudas.

La primera sorpresa fue constatar que las direcciones a las que se había trasladado Michel el día anterior pertenecían a dos mujeres relacionadas con la empresa. La primera se llamaba Claire, una abogada que había entrado en la firma como pequeña accionista a instancias del propio Michel. Claire era una mujer extremadamente llamativa, con un carácter arrollador y divertido que hizo que, en poco tiempo, se desdibujara de la mente del resto de los socios su inicial negativa a aceptar más competencia. En poco tiempo, Claire había consolidado su posición y recibía un cierto trato de favor por parte de Michel, quien le adjudicaba los casos más relevantes atraídos por el nombre de la firma y que, normalmente, debían repartirse de forma equitativa entre los socios. Madre de una niña pequeña, Claire compaginó ambas responsabilidades y supo sacar provecho a esa ventaja siendo implacable en los litigios, lo que disipó cualquier objeción sobre ese reparto.

La segunda dirección efectivamente se correspondía con la que diera la secretaria a la hora de rellenar sus datos personales en la contratación. En cuanto a la casa de apuestas, no hacía falta averiguar mucho más sobre la naturaleza del local.

Cuando llegó Lisa para ocupar su puesto, Francisco y Alicia la esperaron junto a un empleado de seguridad y a una compañera de trabajo, también secretaria, que, por los nervios que mostraba, parecía estar al tanto de todo. Lisa llevaba el mismo bolso del día anterior, lo que alivió en parte el temor a equivocarse que invadía a Alicia, quien había basado en él toda su intuición.

—Disculpe, señorita Lisa —se interpuso el empleado de seguridad—, le voy a pedir que nos acompañe a la sala de juntas.

El rostro de la secretaria se descompuso.

—¿Qué pasa? —protestó sin mucha fuerza.

—Acompáñenos y en un momento se lo explicarán en privado.

Todos se encaminaron a la sala y una vez allí, Francisco habló con mucha tranquilidad.

—No queremos incomodarte, Lisa. Sabemos que eres una buena trabajadora, pero hay un tema muy delicado que debemos aclarar.

—¿Qué tema?

—Se trata de Michel. Tú eres su secretaria y como hemos

detectado algunas cuestiones que no están muy claras, necesitamos tu ayuda.

—¿Por qué no le preguntáis a él? —se defendió.

—Ya lo haremos en su momento, ahora se trata de rearmar este rompecabezas para así detectar oportunamente cuando nos miente. Esta noche hemos estado revisando documentación y hemos notado que faltan algunos datos contables. Como están organizados por temas, intuimos que se trata de unas carpetas con libros de asientos. ¿Tú sabes algo?

Lisa se revolvió incómoda.

—Yo no sé nada —se esforzó por defenderse agarrando instintivamente su bolso.

—Pues, por el contrario, nosotros pensamos que sabes mucho, y va a haber una gran diferencia entre si nos lo cuentas o si tenemos que averiguarlo por otros medios. Si terminamos en un juzgado, serás cómplice, ¿me entiendes?

Lisa parecía a punto de desmoronarse, le temblaban las manos y la voz.

—Lisa —interrumpió Alicia—, entendemos que tu situación es comprometida, y no queremos perjudicarte. Por favor, ayúdanos, porque esa será la única forma de poder mantener tu empleo. En caso contrario, no solo lo perderás, sino que terminarás siendo imputada, permitiendo además que Michel te endose más responsabilidad de la que tienes.

—Él no haría eso.

—¿Ah, no? ¿Y cómo puedes estar tan segura? No hace falta más que ver cómo se comporta ante lo que le ocurre a su mujer, ¿por qué crees que contigo va a ser diferente? Solo te pedimos tu colaboración, hay mucho en juego.

—¿Y qué queréis que haga?

—Para empezar, que nos entregues las carpetas que llevas en el bolso y nos expliques por qué te las pidió Michel —dijo Alicia, dando todo por sentado.

Lisa se vio perdida ante esa última afirmación. Sabía que no tenía escapatoria y por lo que le habían dicho hasta ese momento, comprendía que era la única forma de no terminar involucrada en problemas mayores que no podría asumir. Seguía aferrada al bolso intentando asimilar la situación. Lo sabían, era inútil negar los hechos, Michel se había vuelto descuidado y ahora ella se encontraba en esa situación, en parte, por verse obligada a cumplir todo lo que le pedía.

A fin de cuentas, la relación con su jefe era monótona y fría desde hacía un tiempo, y había llegado a pensar que solo se había acercado a ella para que encubriera todos aquellos gastos.

Lisa rompió a llorar.

—Oh, no —la atajó Francisco—. No tienes que ponerte mal, entendemos que tu posición es difícil, que estás a sus órdenes. Tómatelo con calma.

Lisa se detuvo un momento en los ojos de Francisco, le parecían sinceros y eso la tranquilizó un poco. Abrió su bolso y efectivamente, extrajo de él dos carpetas con asientos contables.

—Muchas gracias —dijo Francisco, cogiéndolas con cierto alivio—. ¿Para qué las quería?

—Para modificar conceptos de gastos.

—¿Y tú recuerdas los conceptos que eran en realidad?

—Algunos sí, pero no todos, son muchos.

—¿Muchos?

—Sí —volvió a asentir entre lágrimas.

Francisco se dirigió al empleado de seguridad y a la compañera de Lisa, que estaban allí, en un discreto segundo plano, presenciando una situación tan embarazosa.

—Bueno, creo que ya no es necesario que os quedéis, solo pretendíamos que vierais la entrega voluntaria de la documentación. Os pido absoluta discreción con lo aquí ocurrido, no queremos que trascienda de ninguna de las maneras. Entraremos en una investigación y de filtrarse algo de esto que pueda alertar a Michel, les supondrá un despido fulminante de la empresa.

Ambos asintieron y se marcharon, dejando a Lisa con Francisco y Alicia.

—Bueno, ahora estaremos más tranquilos —dijo Francisco mientras se acomodaba en una silla.

—¿Cómo podríamos encontrar los asientos reales? —preguntó Alicia a Lisa.

—No podrán, él borra todo rastro.

De repente, el rostro de Lisa cambió a una expresión de sorpresa, como quien se da cuenta de algo obvio que ha pasado por alto.

—Pero yo los tengo en mi casa —dijo—, es desde mi ordenador donde se realizan los cambios.

—¿En tu casa? —exclamó Francisco sorprendido.

—Sí, bueno, Michel hace los cambios desde un ordenador que me regaló, pero... —se interrumpió, a medida que hablaba se daba cuenta de que no podría justificar todo sin confesar también su relación con él.

—Estamos al tanto de que tenéis una relación —aclaró Alicia

para ahorrarle más problemas de los que ya tenía.

Lisa se puso roja. Frente a ella tenía al hermano y la cuñada de la mujer de su jefe y para colmo, la pobre esposa estaba ingresada luchando por su vida. Eso la ponía en una posición tremendamente incómoda.

—Yo... lo siento, señor Francisco, comenzamos mucho antes de que su hermana tuviera el accidente. Él decía que iba a separarse, que su matrimonio continuaba por simple apariencia, y sí, ya lo sé, nada original, pero le creí, aunque, en las circunstancias actuales, me siento doblemente culpable.

—No seré yo quien juzgue esas cuestiones, al menos no a ti. En todo caso, juzgaré a quien se casó con mi hermana. ¿Podríamos ir a tu casa? —preguntó a continuación.

—Sí, pero, si Michel no me encuentra aquí, va a sospechar de mi ausencia. Anda bastante preocupado, les diría que hasta paranoico, desde que usted anda por aquí.

—Llámalo y dile que algún familiar te ha llamado de urgencia, no sé, invéntate algo. Dile que has venido pronto, que ya has dejado las carpetas en su sitio y que ahora debes salir, así se quedará tranquilo.

Y así lo hizo Lisa, alegando que la urgencia era por su madre.

Alicia fotocopió las dos carpetas y salieron los tres hacia la casa de Lisa. La información que se almacenaba en el ordenador no se limitaba a las carpetas en cuestión. Cuanto más descubría Francisco, más sentía a Michel como un completo desconocido.

*****

Los días de trabajo resultaban aún más estimulantes. Cualquier excusa era válida para acercarse el uno al otro: los roces, las miradas, la piel erizada de Sofía cuando disimuladamente Javier le rozaba el cuello con sus labios haciéndole algún comentario técnico, todo ello convirtió sus ocupaciones en un juego sensual y excitante que culminaba en la cama, donde las horas de las noches se consumían entre cuerpos sudados y gemidos de plenitud solo silenciados por el sopor del agotamiento.

Aquella mañana, Sofía preparaba café mientras Javier terminaba de vestirse para comenzar una larga jornada de trabajo. El cansancio por la falta de sueño no parecía hacer mella en su ánimo.

Sofía preparó un cuenco de frutas para Babu: plátano, manzana y mango, que le entregó sobre la barra americana, y que, Babu, somnoliento, mordisqueaba lenta y pausadamente con cierto desinterés ante el temprano desayuno mientras seguía con la mirada los movimientos de Sofía.

Javier apareció en la cocina abrazó y besó apasionadamente a Sofía, que le correspondió con igual entrega, mientras que Babu, emitiendo un sonido extraño, se colocó de espaldas a ellos girando la cabeza, tapándose los ojos y entreabriendo sus dedos como quien espía lo que no quiere ver. Al observarlo, Sofía y Javier rieron con ganas ante la expresión de celos del macaco, al que decidieron hacer más caso para mitigar el objetivo desplazamiento que sufría. Desde que la relación había comenzado, Babu fue relegado en un montón de situaciones que, hasta ese momento, constituían su vida. La más dura de asumir fue la de no dormir con Javier, cosa que generó sus quejas mientras reivindicaba su espacio a su manera, como la noche que se escapó por la ventana de la cocina y se plantó frente a la cristalera de la habitación de

Javier. Al verlos en plenas danzas amorosas, decidió chillar y aplaudir como si de un espectáculo en vivo se tratase. Babu llamaba así la atención de la pareja y comenzaba su enérgico día de travesuras colmando cada espacio con su minúsculo cuerpecito y sus inagotables ocurrencias.

Sofía seguía mirándolo con ternura y asombro y la complicidad de ambos aminoraba sus ataques de celos. Babu se pasaba más tiempo sobre ella que con Javier. Se sentaba a su lado en los descansos de las exploraciones, viajaba en su hombro en las caminatas, habiendo perfeccionado su equilibrio en sus delgados hombros, y la molestaba todo lo que podía en su trabajo. Sofía parecía tener con él una paciencia infinita. En el laboratorio ya le había provocado tener que rehacer varios ensayos, hasta que le habló con cariño y contundencia:

—Babu, si no te quedas quieto, no te dejaré entrar.

A partir de aquel momento, cuando Sofía estaba inmersa en algún trabajo de precisión, solo le decía suavemente:

«Babu, ahora no te muevas», y él se metía en el bolsillo de su bata y descansaba un rato como si estuviera en una hamaca paraguaya. A Sofía el grado de inteligencia del primate no dejaba de fascinarla y divertirla a partes iguales.

Los días libres, la pareja, los aprovechaba para compartir su amor en escenarios naturales, cascadas de ríos, lagunas, playas preciosas y toda clase de parajes exuberantes rodeados de una naturaleza soberbia e imponente que enmarcaba la pasión con la que se fusionaban en cada escena.

Sofía se sentía inmensamente feliz, plena, única, mientras Javier se esforzaba por convertir cada experiencia en un momento inolvidable.

*****

—Buenos días, María —dijo un sonriente Javier asomado al marco de la puerta—. ¿Quiere tomar un café conmigo?, hay algo que quiero enseñarle.

—¡Claro que sí! —respondió una envejecida María, que, saliendo de la habitación, ya se dirigía al despacho de Javier.

—No, no, María, vayamos al bar del hospital.

María se paró confusa con un reflejo dubitativo que revelaba su contradicción mental: quería ir, pero dirigió su mirada a la habitación como excusándose.

—No se preocupe, María, está Anne. Ella la cuidará, y no será mucho tiempo.

—Ya, ya —respondió María. «Tiempo, qué término tan impreciso», pensó con amargura, y se encaminaron hacia el bar.

Javier se acercó a una mesa donde dos personas estaban en sillas de ruedas.

—Bueno, esta es la señora María —dijo con una sonrisa. La mujer que estaba en la silla comenzó a levantarse suavemente mirando a los ojos de una descolocada María—. Ellos son la señora Cobbs y su hijo —terminó la presentación Javier.

—¡Oh, Dios mío! —exclamó María tapándose la boca como si hubiera visto una aparición—. No, por favor, no se levante.

La señora Cobbs, ya en pie, cogió sus manos, las lágrimas corrían por sus ojos.

—¡¿Cómo no levantarme ante usted?! El doctor Butt nos ha

contado la sugerencia que le hizo y créame, eso nos salvó la vida.

El hijo miraba la escena también emocionado.

—Lo que mi madre dice es cierto. Muchas gracias, señora María.

—¡Qué feliz me hace verles! Pero, de no haber sido por el doctor, ¿quién sabe? Yo solo lo sugerí, pero la vida se la deben a él, al menos por haberme hecho caso —aclaró sonriendo a Javier.

—Pues no queríamos irnos sin conocerla. Tenga fe, María, su sobrina también saldrá adelante.

—Gracias —dijo María agachando la cabeza—. ¿Puedo preguntarles algo?

—¡Claro! —contestaron al unísono.

—¿Se siente dolor estando en coma?

—La verdad es que no —se apresuró a responder el hijo.

—En absoluto —afirmó la madre.

Entonces, quedaba otra pregunta, aquella que María temía formular por miedo a la respuesta y a cómo esta podría afectar a su menguada esperanza.

—¿Y escuchaban, podían sentir lo que ocurre alrededor?

—Yo sí —volvió a afirmar la madre— pero mi hijo no. También hay que decir que, por lo visto, él estaba más sedado.

—Así es —interrumpió Javier— Cada caso es un mundo con necesidades diferentes.

—Comprendo —acertó a expresar María.

Se quedaron un rato más hablando y se despidieron con gran emoción hasta que dos celadores entraron a buscar a los Cobbs para llevarlos a la entrada del hospital, donde esperaba la ambulancia que los llevaría a su casa. Un grupo de empleados del hospital, sobre todo enfermeras pero también algunos médicos, incluido Javier, acompañado por María, los aplaudieron en el corto trayecto de salida.

El médico de guardia que los recibió en su día, recordó lo que Javier le dijo: «En esta profesión estoy preparado para todo menos para decirle a una madre que su hijo ha muerto». El médico novato, entendió el alcance de aquel mensaje, en ese momento en que los veía salir, Reconoció, para sus adentros que había recibido una de esas lecciones que te acompañan el resto de tu vida.

La ambulancia se fue alejando, mientras María, la seguía con la mirada. Esa sirena suena a esperanza, pensó, mientras la veía perderse en el espeso tráfico.

Por su parte, a Carmen los días y la vida le pesaban. Ni Francisco ni sus nietos ni sus amigas lograban en verdad aliviar la angustia que la consumía, una angustia mezclada con el cargo de conciencia ante su esquiva naturaleza que la conducía a delegar en otros lo que moralmente le correspondía a ella. Era una lucha interna que se agravaba aún más, ante la evidencia del deteriorado estado de su hermana. María seguía empecinada en cuidar de Sofía como solo una madre hubiese hecho, su cuerpo frágil se iba apagando en la suma de los días y en esa espera de final incierto. Sí, Carmen se sentía culpable también por ella, y por su rotunda negativa de abandonar los cuidados de Sofía. Pero aquella tozudez resultaba un alivio para una persona como ella, de carácter huidizo ante las tragedias. Sabía que mucha gente la criticaba a sus espaldas, aunque los más cercanos, los que en verdad la conocían, lo respetaban y lo asumían como parte de su forma de ser.

Así y todo, la prolongada espera en ver algún indicio de recuperación en su hija comenzó a sumirla en una desgana inusual que se apreciaba en su descuidado aspecto y en la ausencia de los hábitos sociales que siempre la habían acompañado.

Francisco, consciente de ello, mantuvo en secreto todo lo que iba averiguando de su cuñado. Aún quedaban muchos cabos sueltos y la prudencia le hizo cauteloso e incluso lo llevó a asumir personalmente el riesgo que implicaba que Michel se enterara de la puesta en marcha de su plan.

*****

Era sábado y Javier había organizado ir a casa de Enzo, un buen amigo que alquilaba caballos.

Se despertaron como era habitual, entre besos y arrumacos hasta terminar haciendo el amor sin prisas. Sofía fue la primera en ir al salón, le dio el desayuno a Babu y salió a dar de comer a unos tucanes que ya se habían acostumbrado a ese regalo matutino. Había ido dándoles comida, primero debajo del árbol donde vivían y poco a poco, fue alejándola hasta dejarla más cerca de la casa. Ahora los pájaros confiados se posaban en la barandilla de madera y ella podía sentarse cerca y verlos comer y andar con sus saltitos tan graciosos y característicos.

—Sabes que no debes hacer eso —le reprochó con cariño Javier.

—Sí, lo sé, pero será nuestro pequeño secreto. Tú tienes un

mono y yo mis tucanes, y el ecosistema no se verá afectado —se defendió ella mientras le daba un abrazo.

Desayunaron juntos mientras Babu buscaba la forma de recuperar algo de su sustento, cosa que los prominentes picos de los tucanes evitaban.

Luego se prepararon y partieron rumbo a la casa de Enzo, quien vivía en un rancho pintoresco a una hora de viaje de donde se encontraban. En el trayecto, le fue contando la relación que los unía, la pasión de su amigo por los caballos y cómo él había intervenido en el comienzo de la relación que terminó en la boda de su amigo con Mariana, una profesora que trabajó con él hacía unos quince años.

Los caminos, los relatos, detener el coche cuando veían algo que llamara su atención: perezosos, monos, aves, mariposas extraordinarias..., todo era parte de su propia historia.

Javier tomó un desvío por una carretera de tierra que, como era habitual, parecía ser un bosque, aunque, pasados un par de kilómetros, se abría un gran campo y al fondo aparecía una casa grande rodeada de plantas. En la entrada había una tranquera y un cartel que anunciaba el nombre de la finca: «El Rancho».

Enzo vislumbró a lo lejos el todoterreno y se quedó esperando su llegada. Al bajar del coche, Javier le dió un abrazo a Enzo y acto seguido le presentó a Sofía. Mientras, salí de la casa Mariana, quien abrazó cariñosamente a Javier con una sonrisa de bienvenida y se acercó a Sofía muy solícita y afable. Mientras los saludos y presentaciones se sucedían, se vio aparecer a unos cuantos metros a un niño de unos diez años subido a una bicicleta que conducía como si fuera una moto, y que fue saltando por el terreno irregular hasta detenerse en un montículo de tierra bastante elevado.

Enzo lo miró con una sonrisa de satisfacción y lo llamó:

—Vaquero, ven, mira quién ha venido a visitarnos. El niño se acercó a toda velocidad con la bicicleta.

—¡Javier! —gritó, y saltó de la bicicleta para salir corriendo a saludarlo.

Javier lo alzó en el aire y le hizo cosquillas. Pasadas las risas y el revuelo de defensa, lo dejó en el suelo.

—Saluda a Sofía, bandido —le reprochó su padre.

—Hola. —Sofía se acercó inclinándose un poco para estar a su altura—. ¿Y tú cómo te llamas? No creo que tu nombre sea bandido.

—Me llamo Juan —le respondió sonriendo.

Sofía sintió una especie de flash en su cabeza. Su sonrisa desapareció, se incorporó, se rascó la frente y por un momento, se quedó mirando a la nada.

—¿Te encuentras bien? —se apresuró a decir Javier al notarla extraña.

—Sí, sí, estoy bien, creo que me he mareado un poco.

—Ven, pasa por aquí y sentémonos un rato, ahora mismo te traigo agua —ofreció Mariana, y la condujo a un juego de jardín dispuesto entre las plantas.

—Estoy bien, no os preocupéis, creo que me he mareado al agacharme, pero algo pasajero.

Se quedaron un rato hablando y Enzo los llevó a las cuadras para que eligieran los caballos. Al rato Sofía y Javier salieron montando. Recorrieron el campo hasta encontrar un angosto camino que los sumergió en un bosque que moría a los pies de una playa que parecía infinita. El mar estaba calmado a esas horas y el galope de los animales añadía una sensación de libertad y plenitud. Descansaron un rato a la sombra, para dar también sosiego a los animales.

Sofía miraba el mar desde los brazos de Javier. De repente, su rostro volvió a adoptar la misma expresión que antes. Su mirada perdida en la nada ahora se centraba en el recuerdo de la cara del hijo de Enzo: Juan.

*****

Los picos que marcaba el monitor eran más agudos de lo habitual. María dejó en un costado el libro que leía para pasar el tiempo y se acercó a su sobrina. Algo pasaba, la imagen inerte e inexpresiva de Sofía contrastaba con esas repentinas señales marcadas en la pantalla. María se preocupó y llamó a Anne, que fue inmediatamente, comprobó todas las conexiones y llamó a Javier.

Javier estaba haciendo su ronda de visita a los pacientes cuando un enfermero le avisó que Anne necesitaba hablar con él. Dentro de los miles de motivos por los que su enfermera de confianza podría llamarlo, siempre se le pasaba por a la cabeza la posibilidad de que fuera por Sofía, ello le generaba un cierto sobresalto que lo acompañaba los pocos metros que debía recorrer hasta llegar al teléfono. Siempre le ocurría lo mismo, hasta que le explicaban el ingreso por urgencia de algún paciente, o le avisaban de que Martin lo buscaba, o tantas otras cuestiones, y sin embargo, él seguía esperando que fuese por ella.

Ahora Anne lo había llamado por Sofía y sin pensar en las

miradas indiscretas, salió corriendo.

Las pupilas parecían estar fijas en un punto, no podía determinar aún si era algo sostenido en el tiempo. Sofía seguía sin responder a estímulos, a excepción de los suyos y de María, pero no pensaba decir nada que pudiera dar falsas esperanzas sin estar seguro. Tenía que hacer un esfuerzo por ocultar su propia desilusión.

—Puede que haya algo de actividad cerebral, pero no podemos determinarlo. En todo caso, ha sido algo pasajero, no hay ninguna otra señal que nos diga lo contrario.

—Perdone por haberle molestado —se disculpó María.

—Por favor, no me diga eso. Ha hecho bien, y no dude en volver a hacerlo a la primera señal que vea.

Con la excusa de seguir su ronda, Javier se retiró, aunque en realidad fue a refugiarse a su despacho, necesitaba aplacar la euforia que se había adueñado de él y que había despertado la esperanza.

Comenzó a apuntar desganadamente en la historia clínica lo ocurrido, más tarde, en aquellas horas robadas a su escaso descanso en su casa, valoraría si tales señales eran relevantes para su trabajo de investigación que avanzaba con cuentagotas.

Por su parte, María volvió a simular que retomaba su lectura, aunque ya no pudo concentrarse en la trama: ¿a qué se debían esas señales que rompían las monótonas ondas y que conectaban a su sobrina con este mundo?

Un rato más tarde, María bajó al bar a despejarse un poco mientras las enfermeras auxiliares realizaban el cambio de sábanas y el personal de limpieza se encargaba de la habitación. Tres enfermeras eran necesarias para movilizar por partes a los pacientes y sustituir la ropa de cama por otras limpias. En medio de la faena, las despreocupadas enfermeras hablaban de cuestiones triviales:

—Bueno, aquí está la preferida... Parece la bella durmiente —dijo una de ellas bajo las discretas y cómplices risitas de las otras.

No se percataron de que Anne las estaba escuchando desde la puerta.

—Señoras —dijo severamente para llamar la atención de las involucradas que se quedaron de piedra y se volvieron hacia ella—, terminad en silencio y venid a reuniros conmigo en cuanto acabéis.

Así lo hicieron. Anne las esperaba furibunda. Se colocaron en línea, una al lado de la otra, como colegialas a punto de recibir una reprimenda.

—Quisiera un motivo por el cual no hacer que os despidan ahora mismo —comenzó diciendo—. Sabéis de sobra la prudencia que se tiene que emplear en lo que se dice delante de pacientes en estas circunstancias, es un tema explicado hasta la saciedad en esta planta y veo que no estáis reparando en ello. No tenéis el respeto de actuar con empatía, ni siquiera os preocupa que el paciente os esté escuchando.

—Bueno —intervino la autora de los comentarios—, hace más de un mes que no reacciona.

—Aunque llevará más de un año —la cortó Anne en seco.

En ese momento pasó Javier junto con dos colegas y sin detenerse, vio que algo había sucedido.

—Aquí os he puesto un parte por lo ocurrido —prosiguió Anne.

—¿Un parte? —expresaron todas a la vez.

—Me parece que te estás excediendo —dijo la promotora del conflicto.

—¿Y a mí por qué? Yo no dije nada —se defendió una de las otras dos.

—Por eso mismo, por no haber dicho nada —zanjó Anne sin más explicaciones.

Las involucradas firmaron el parte a regañadientes pero aquel asunto marcó un cambio en la relación y en la mirada de las enfermeras hacia ella.

A pesar de la antigüedad y del cargo de jefa de enfermeras, Anne era afable de trato y nunca marcaba diferenciación respecto del resto, trabajaba como una más, sin delegar las tareas más fastidiosas. Esa forma de ser había resultado beneficiosa para el ambiente de un trabajo de por sí pesado. Pero rápido se olvidarían las compañeras de esa actitud, y la tirantez en el trato y el distanciamiento hicieron acto de presencia.

Más tarde, Javier preguntó qué había pasado. Anne no podía mentirle, los partes seguirían su curso administrativo y tarde o temprano él se enteraría, de modo que lo puso al corriente intentando no hacer demasiada inquina en el asunto. Javier sintió que la ira le subía al conocer los hechos.

—Ha actuado correctamente, Anne, me alegra saber que, en estos temas que escapan por completo a mi alcance, esté usted como parte complementaria no solo de un equipo, sino de un concepto en el modo de actuación.

Anne se sintió, una vez más, halagada y reconocida, lo que la ayudó a llevar mejor las consecuencias que no tardarían en manifestarse en el trato hacia ella por parte de sus compañeras.

Javier se acercó a ver a Sofía entrada la tarde, sentía ganas de consolarla, como si una parte de él no se resignara a aceptar que lo más probable fuera que no se hubiese enterado de lo ocurrido por la mañana. Al entrar en la habitación, le inundó el alma el perfume de Sofía con el que su tía la mimaba cada día. La habitación olía a ella, era un olor cítrico y suave que daba la sensación del frescor de una mañana primaveral. «Sí, ella huele a primavera, a tierra mojada, a comienzo, a despertar», pensó para sí Javier.

*****

Sofía se movía incómoda entre los brazos de Javier. Más de una vez se había apartado para luego volver a abrazarlo en el transcurso de la noche. Parecía que una pesadilla estaba perturbando su sueño.

Las imágenes eran difusas, inconexas, y el nombre de Juan resonaba en una voz lejana pero que, a su vez, Sofía reconocía como propia. Sí, era ella quien llamaba a Juan. Pero, por esas cosas de los sueños, se veía también como espectadora del sueño que la involucraba.

La imagen de Juan aparecía difusa y lejana.

—Estoy aquí —le respondía el niño.

Sofía lo reconocía y se acercaba a buscarlo, pero él se iba corriendo, se reía, la imagen se apagaba. Luego la voz de Juan retumbaba en la oscuridad:

—¿Por qué te fuiste? ¿Cuándo volverás? —le preguntaba.

Ahí ya no había rostro en el cual centrar la vista y Sofía

lo buscaba sin acertar una dirección concreta, sin poder determinar de dónde provenía aquel reclamo.

Se angustiaba.

De pronto, aparecían jugando en una cama.

—Tienes que dormir, que ya es tarde —le decía Sofía.

—Un rato más.

—No, no, que mañana hay colegio. Venga, es hora de dormir.

Un abrazo, unos besos...

—Te quiero, Juan.

—Y yo a ti, mamá.

El sobresalto llevaba contenido la intención de un grito que nunca apareció.

—¿Te encuentras bien? Creo que has tenido una pesadilla

—la consoló Javier.

—Sí, estoy bien —respondió ella algo dormida, y cerró los ojos.

Todo continuaba como en una película, solo que ahora ella era una niña de la mano de un hombre que la llevaba por una feria de atracciones llena de colores. Iban en dirección a un hombre que vendía globos.

—Charles, deberías dejar de malcriarla —decía una voz femenina sin rostro pero que le resultaba familiar.

—No nos entiende —reponía esa cara impregnada de cariño, a la vez que le guiñaba un ojo.

Unas sonrisas cómplices y traviesas se cruzaban entre ellos.

Sus manitas pequeñas finalmente cogían una fina cuerda cuyo extremo opuesto estaba coronado por un globo con la forma de un elefante plagado de colores brillantes celestes y rosas. Ella lo miraba, caminaba distraída, perdida en la magia de aquellos colores que se fusionaban en el azul celeste de un cielo despejado. No vio el pequeño bache en la calzada y allí se tropezó. El globo se fue alejando, ocultándo se entre las copas de los árboles como jugando al escondite. Ella lo perseguía, tenía que alcanzarlo, pero se fue alejando.

«¡Regresa!», le gritaba, y las lágrimas anunciaron algo que su mente aún no lograba aceptar: ya no volvería. El globo siguió su viaje, entremezclándose con ese cielo limpio hasta desaparecer difuminándose su contorno.

Se levantó angustiada. El calor era húmedo, hacía una noche densa. Necesitaba despejarse. La oscuridad de la selva fue invadida por la tenue luz del salón. Sofía recorrió con la mirada el entorno hasta posar su vista en la foto de un portarretratos ubicado en una mesilla pequeña situada al lado de los sofás. ¿Por qué no la había visto antes? En la imagen aparecían una niña y un niño a los que ella abrazaba en lo que parecía ser una fiesta. Al fondo, dos mujeres sentadas cuya conversación parecía haber sido interrumpida por la toma de esa foto. Medio cortado, un hombre joven reía en un extremo. El resto eran solo piernas a las que les faltaba el torso.

Un flash volvió a invadir su cabeza como el día en que fue al rancho a montar a caballo.

Se sentó con el retrato entre las manos. Otro flash, imágenes sueltas e inconexas.

—¿Qué pasa, amor mío? —la sacudieron las palabras de Javier.

—No lo sé —dijo levantando la cabeza y dejando al descubierto sus lágrimas.

*****

Carmen había llegado al hospital con sus nietos. A Juan se le hacía cada día más difícil asumir lo que sucedía y se postró al lado de su madre:

—Mamá, ¿por qué no regresas? Estoy aquí y necesito que vuelvas —le susurró el niño en el oído.

Mientras, el resto abandonó la habitación para dejarlos a solas.

—Me tiene preocupada —le dijo Carmen a María—. Lo está pasando mal y yo no sé cómo darle fuerzas para que retenga las esperanzas —dijo en voz baja con los ojos llenos de lágrimas reprimidas.

—Se está haciendo muy duro, pero no debemos perder las esperanzas —dijo María, para quien, a pesar de todo su empeño, los temores pasaron a ser parte de su compañía diaria.

Por primera vez, Carmen solicitó ver a Javier a solas. Anne medió para que pudieran reunirse y finalmente logró que el encuentro se llevara a cabo en el despacho.

—Pase, señora Walker —la animó Javier al verla en la puerta.

—Buenas tardes, Doctor Butt.

El trato entre ambos era formal y cordial, muy lejos del grado de confianza que existía entre María y él.

Carmen se sintió un tanto incómoda. No sabía por dónde empezar, no tenía por dónde hacerlo en realidad y Javier lo notó e inmediatamente le allanó el camino.

—Dígame, Carmen, ¿qué dudas tiene?

—Dudas, unas cuantas, doctor, pero, de saber usted las respuestas, no estaríamos aquí, ¿no? Me preocupa mi nieto, está cada vez más afectado y me preguntaba si usted podría hablar con él, al menos para prepararlo para lo peor. No sé, creo que hemos sido muy optimistas y ahora no tengo el modo de plantearle otro posible escenario —dijo una Carmen mucho más afectada de lo que podía transmitir—, porque el caso de mi hija no tiene buena pinta, ¿verdad?

Allí estaban ella y su forma de expresar lo que en el fondo eran sus miedos además de los del nieto. Javier había aprendido a leer más allá de las palabras y a ocultar esa cierta ternura que le despertaban los adultos cuando se esforzaban por esconderse tras ellas.

—Carmen, me encantaría poder decirle algo concreto, sea para bien o para mal. Llega un momento en que las personas necesitamos tener claro cuál será el camino, con independencia de cuál sea este, pero no puedo asegurarle nada, no puedo decirle nada. Si así lo hiciera, le mentiría. Esto tiene su parte buena en realidad, porque, si tuviera claro que no hay vuelta atrás, se lo diría. —Esas palabras reconfortaron un poco a Carmen, devolviéndole algo de esperanza—. En cuanto a su nieto, ahora me acercaré y veré qué puedo hacer, pero lo más sensato sería que el equipo de psicología hiciera un seguimiento de contención. Si lo desea, puedo ayudarla a ponerse en contacto con ellos.

—No es algo que dependa de mí, doctor, pero hablaré con su padre y con el niño a ver si logro convencerlos.

«Está claro que la abuela no es María, de haber sido ella, ya habría puesto el asunto en vereda», pensó Javier.

Se acercaron a la habitación. Juan seguía al lado de su madre, mientras que Daniela estaba sentada hablando con María de forma un tanto desganada. Cuando Juan vio entrar a Javier, su rostro mostró alivio.

—Hola, campeón —lo saludó Javier.

—Hola, doctor.

—¿Cómo te encuentras?

—Aquí —dio Juan por respuesta levantando sus hombros.

Javier simuló revisar un poco a Sofía bajo la atenta mirada del niño.

—Ven, mira, ¿sabes qué es esto? —dijo Javier señalando el monitor.

—Un poco —respondió Juan mientras se acercaba hacia el otro lado de la cama, donde se encontraban Javier y los aparatos en cuestión.

—¿Ves los dibujitos?

—Sí, son los latidos.

—Son mucho más que eso —lo corrigió Javier—, son las frecuencias cerebrales de tu madre. Desde aquí podemos ver si su cabecita trabaja, y mira, parece que trabaja mucho, cada piquito nos cuenta que su cabeza está funcionando.

—Y entonces, ¿por qué no responde?

—Porque tuvo un accidente que le generó un golpe en su cerebro y el cerebro debe estar plenamente recuperado para cumplir sus funciones. Tú, cuando te golpeas fuerte una pierna, ¿no te sale un moratón?

—Sí.

—¿Y a que tarda como quince días en irse?

—Sí.

—Pues con tu mamá pasa lo mismo, solo que el cerebro es más sensible y el moratón es más grande, y por ello tarda más en desaparecer que el que uno se hace en una pierna.

—¿Eso significa que se va a despertar cuando se vaya el moratón?

—Eso significa que puede ser la causa más probable por la que aún no se ha despertado. No sabemos qué ocurrirá cuando el moretón desaparezca, pero sabemos que estamos dentro de los tiempos normales del proceso, aunque se nos haga larga la espera.

La explicación de Javier, aunque adaptada a Juan, fortaleció las esperanzas cansadas de todos los allí presentes, incluyendo a María.

Después de la visita de Javier, Juan no quería irse tan pronto del hospital, por lo que Carmen avisó a Michel para que recogiera a los niños allí. «Quizás también pueda aprovechar para abordar el tema de la ayuda psicológica de Juan», pensó.

Se quedaron todos reunidos en la habitación, incluido Francisco, que a esa hora de la tarde estaba más liberado de cuestiones laborales interminables. A las propias responsabilidades de su empresa se sumaban las del bufete, lo que hacía que pasara largas horas al teléfono con Alicia gestionando diversos asuntos, sin olvidar los que, al fin y al cabo, correspondían a su madre.

En ese momento, al estar todos juntos, hablaban entre ellos moderando el tono para que no les llamaran la atención. Las palabras de Javier flotaban en el ánimo de todos y el ambiente resultaba ser una especie de encuentro familiar en el que se hacían compañía y nutrían sus almas de cariño.

Fue María quien, a pesar de la distracción del momento, echó un vistazo al monitor, quizás, a esas alturas, más por costumbre que por intuición. Los picos de los que hacía un rato Javier había hablado comenzaron a ser más frecuentes y más agudos. María se acercó sin decir nada para cerciorarse de lo que creía ver de lejos. Sí, el monitor volvía a marcar de una forma diferente las señales.

—Francisco, llama a la enfermera —dijo con calma sin apartar la vista de su sobrina.

María podía ver unas finas lágrimas que comenzaban a deslizarse por el rostro de Sofía y al poco, un ligero temblor en su cuerpo. Anne entró solícita, como siempre, y en pocos minutos constataron que esos temblores iban a más.

La preocupación hizo que todos los presentes se quedaran en su sitio. Anne volvió a llamar a Javier, quien, al entrar en la habitación, vio los movimientos casi espasmódicos y las lágrimas cayendo de los ojos, ahora de forma más profusa.

En aquel instante llegó Michel a recoger a los niños y el cuadro con el que se encontró hizo que se detuviera en el pasillos. Se quedó fuera, apoyado en la pared mirando hacia el interior sin dar crédito. Por las ventanas había visto a la familia, pero era imposible entrar en ese momento en el que el personal entraba y salía a toda prisa.

Javier no tuvo tiempo de reparar en la familia allí reunida, sino que se centró en Sofía y comenzó a dar las directrices a un personal que rápidamente se puso a disposición.

—Tomar tensión. Electrocardiograma. Grabar secuencia.

Preparar desfibrilador.

Las indicaciones eran cortantes, directas, dirigidas a nadie en concreto. Cada quien parecía tener claro a quién se dirigía. Sofía continuaba en ese estado de shock bajo la mirada de los presentes, que continuaban asistiendo a todo lo que acontecía con el corazón en un puño.

La cabeza de Sofía comenzó a moverse de un lado a otro como negando, y parecía lejos de estabilizarse.

—Mamá —atinó a pronunciar Juan espantado.

*****

Sofía parecía haber congeniado de un modo especial con la familia del rancho, en especial con el hijo de Enzo, y le había sugerido a Javier regresar para pasar un día en la playa y recorrer la zona. A Javier le pareció una buena idea y Enzo se mostró encantado con la propuesta.

De ese modo, regresaron unos cuantos días después. Era un día muy caluroso, de cielo despejado. A Sofía se la veía contenta hablando con Juan y Mariana.

La familia conocía la zona muy bien y fueron a caballo a un lugar de difícil acceso. Era una playa extraordinaria donde, en un lateral, caía desde un acantilado una cascada de agua dulce que moría en una piscina natural muy cercana a la orilla del mar. El resto estaba rodeado de vegetación y en su conjunto, la playa adquiría la forma de media luna. Al frente, el Pacífico se veía interrumpido por una especie de pico de rocas era como un muelle donde el mar parecía romperse en dos.

Allí se instalaron todos a pasar el día, incluido Babu, al que habían llevado y que estaba pletórico explorando la zona y jugando con Juan. Pasadas unas horas, el hambre hizo acto de presencia. Comieron ensaladas, pescados fritos y frutas mientras hablaban distendidamente de cuestiones de trabajo a las que Mariana prestaba mucha atención, como si reviviera su antigua relación laboral con Javier.

Se bañaron en el mar y Sofía y Javier aprovecharon para hacerse arrumacos que inmediatamente despertaban su pasional instinto.

A cierta hora, Mariana sugirió que era hora de regresar, aunque todos los dos hombres protestaron al unísono.

—Es que a esta hora comienza a subir la marea —dijo Mariana a modo de explicación mirando a Sofía.

—Pero si es la mejor hora —protestó Enzo, a quien le encantaba pelearse con las olas.

—Bueno, un rato más —dijo Mariana—, mientras recojo el campamento.

Sin perder tiempo, salieron corriendo Enzo y Javier a tirarse desde el pico y nadar bien adentro hasta ser expulsados por las olas.

—¿Tú no vas? —le preguntó Sofía a Juan.

—No, a mi madre no le gusta que me meta cuando la marea va subiendo, y a mí tampoco, la verdad, porque el mar es muy fuerte.

—Pues haces bien. Quédate aquí con Babu mientras ayudo a tu mamá a recoger todo.

Allí se quedó Juan, un poco jugando con el mono y otro poco riendo al ver a Javier y a su padre divirtiéndose como niños en el agua.

Al cabo de un rato, solo faltaban los dos adultos. El Pacífico, cada vez más enrarecido, llamaba a la prudencia a retirarse. Mariana vio salir a Javier y se quedó esperando ver a Enzo. Javier también lo buscaba detrás de sí, suponiendo que su amigo habría seguido sus pasos, pero Enzo no salía y todos comenzaron a preocuparse. Javier corrió hacia el pico de donde se tiraban y volvió a sumergirse en su búsqueda.

Los minutos pasaban lentos y angustiosos y las dos mujeres y Juan iban de un lado a otro con la esperanza de verlos mientras las olas se tornaban más violentas. De repente, apareció Enzo con cara de susto y agotado, apenas podía hablar y buscó con la mirada a todos los acompañantes, pero no encontraba a Javier.

—¿Dónde está? ¿Dó..., dónde está Javier? —alcanzó a decir.

—Se tiró al agua a buscarte —le gritó Mariana con reproche y desesperación.

Sofía no prestaba atención a lo que hablaban, con el agua a la altura de sus rodillas, esperaba entre las olas a que apareciera Javier. Juan se quedó estupefacto mirando desde la arena todo lo que estaba aconteciendo, con Babu en uno de sus hombros.

—¡Javier, Javier! —gritaba Sofía mientras temblaba de los nervios.

Enzo pareció reponerse de su susto y salió corriendo hacia el pico nuevamente.

—Ni se te ocurra volver a tirarte —le gritó Mariana.

No se veía nada, las olas se estrellaban contra las rocas arremolinando y dispersando su espuma blanca.

Sofía gritaba y seguía dando vueltas sobre sí misma llamando a gritos a Javier. Lo mismo ocurría con Enzo, que intentaba localizarlo desde lo alto de las rocas. De repente Javier apareció desde la cara opuesta de esa acumulación de rocas que conformaban el pico y que dividían la playa en dos.

*****

Una especie de salto hizo que Sofía se incorporara de golpe hasta quedar sentada en la cama. Javier estaba a su lado, ella lo miró con sus ojos llenos de lágrimas se aferró a su brazo. Y dijo:

—Estás aquí, amor mío, no vuelvas a asustarme de este modo.

Todos los presentes quedaron desconcertados, impactados, asustados, felices, una mezcla de todo. Javier la cogió suavemente de la cabeza y la atrajo hacia sí.

—Estoy aquí, tranquila, estoy aquí —trató de consolarla.

Sofía perdía la fuerza de su mano y Javier la llevó despacio a la posición horizontal sin dejar de acompañarla bien cerca en su movimiento. Sofía recorrió fugazmente con la mirada la habitación, parecía no haber tomado conciencia de las personas allí de pie que la miraban estupefactas. Luego cerró los ojos y cayó de nuevo en sueños.

Todo había sido tan rápido que nadie pudo reaccionar. Carmen miró por el rabillo del ojo a Michel, que había entrado como hipnotizado ante el espectáculo, y aclaró nerviosa:

—Es que está en coma, no sabe lo que dice —dijo intentando justificar lo que todos acababan de oír.

La cara de Michel era de entre vergüenza y asombro.

María, se había acercado temblando hasta situarse detrás de Juan y posar sus manos sobre sus hombros, no podía contener las lágrimas que surcaban sus mejillas ni apartar los ojos de Sofía y de la imagen de Javier que la cuidaba. Juan simplemente estaba paralizado, al igual que Daniela, que no logró levantarse del borde de la cama que usaba María. Francisco se acercó un poco más a su madre y le cogió suavemente el brazo para invitarla a callarse.

El silencio era absoluto. Al entrar Anne a tomar la temperatura, se encontró ese cuadro sin comprender lo que pasaba. Vio a Javier, que estaba de espaldas y casi encima de Sofía acomodando su cabeza en la almohada, y pensó que Sofía estaba muerta, hasta tal punto que Francisco, en un acto reflejo, soltó a Carmen y cogió a la enfermera, que se tambaleaba al borde del desmayo. Francisco logró sacarla hacia la puerta y le susurró al oído: «Está bien, se ha despertado». Anne hizo un esfuerzo por coordinar sus sentimientos con la imagen que acababa de ver y las palabras de Francisco.

—¡Ay gracias a Dios, qué susto! —alcanzó a suspirar con el miedo metido en el cuerpo.

Javier seguía completamente indiferente a todos los presentes. Su alegría era inmensa. La exploró con suma delicadeza, sus pupilas estaban centradas y el monitor indicaba que se estabilizaban las constantes bajo los monótonos pitidos que sonaban a modo de sentencia.

La forma en que Sofía había reaccionado demostraba que algo estaba ocurriendo en su cabeza, pero Javier no lograba determinar si reconocía a su familia. Estaba claro que debía estar soñando a tenor de las palabras que había formulado, sumadas al anterior cuadro de espasmos y lágrimas.

En todo caso, sus palabras habían sonado bonitas y su voz, aunque seguramente más rasposa de lo que era en realidad, le había gustado, pero sobre todo sus ojos, esos ojos ocultos que aparecieron con fuerza desde la oscuridad de su mente.

Javier se movió lentamente buscando con la mirada a María. En su recorrido se topó con la cara de Juan y más arriba, asomaba ella, frágil y chispeante. La miró y le sonrió de forma tenue. Luego giró su cabeza hacia Anne, quien, ya repuesta, se encontraba a su lado a la espera de lo que mandara.

—Anne, compruebe la tensión y desaloje la habitación, que solo quede María —dijo con un susurro de máxima discreción.

Sofía había regresado a su estado anterior, sólo interrumpido por esos segundos en los que parecía emerger de otro mundo. No obstante, todo había cambiado tras aquella pequeña aparición, dado que ésta descartaba la afectación en el habla, una de las zonas comprometidas, así como un coma irreversible, es decir, un estado vegetativo.

Javier se sentía optimista, aunque poco podía decir en aquel momento. Pasó un rato antes de que saliese de la habitación y se encontró con los rostros de los familiares, que esperaban alguna noticia o explicación a lo que acababan de presenciar. Lo pillaron desprevenido, inmerso como estaba en sus pensamientos.

—Por favor, Anne, llame a Martin —pidió a la enfermera cuando pasó a su lado. Luego se dirigió a los familiares de Sofía—: Bueno, tenemos que esperar un poco más, pero esta reacción invita a ser más optimistas. Sofía puede despertar en cualquier momento y lo más aconsejable es que esté con una sola persona de los familiares, conviene no agobiarla con muchas caras juntas.

—Pero se ha despertado —dijo Carmen, sin poder definir si lo hacía a modo de pregunta o afirmación.

—Parece que sí, pero aún hay que esperar un poco y además, tenemos que evaluar el grado de reconocimiento que tiene.

—¿Quiere decir que puede que tenga amnesia?

—Quiere decir que tenemos que esperar, mamá —la interrumpió Francisco, rescatando al médico del cuestionario de su madre.

—Sí, ahora lo más prudente es esperar y así sabremos a qué atenernos.

Pasado un largo rato, fueron abandonando el hospital y dejaron a María en su ansiada soledad. Se sentía tan feliz que parecía haber rejuvenecido de pronto. Se la veía vital, pegada a la cama de Sofía y hablándole con dulzura, preparando el camino para cuando decidiera regresar, porque eso era lo que estaba pasando, María lo había comprendido esa tarde al verla emerger de una especie de mundo paralelo al que, sin saber por qué, parecía que le costaba dejar atrás.

Antes de dar por terminada la jornada, Javier pasó a verlas. Encontró a María pegada a la cama y con la mirada clavada en Sofía con la ansiedad de quien espera el reencuentro con un familiar muy querido a quien no se ve desde hace tiempo.

—Buenas noches, María.

—Hola, Javier. —María lo miró sin saber qué decirle—.

Está volviendo, Javier, lo sé, puedo sentirlo.

—No dudo de lo que sientes, me fío más de ti que de ese monitor —dijo con una sonrisa cansada—. Yo ya me voy pero es importante estar atentos a lo que ocurra, puede despertar en cualquier momento. He avisado de que me llamen si así es.

—Muchas gracias, Javier. Entonces, tú también piensas que puede suceder pronto, ¿no?

—Sí, es lo más probable. Debes estar preparada, no me ha quedado claro si es capaz de reconocer a las personas.

—Ya, parecía como si se hubiese despertado de una pesadilla por cómo actuó.

—Algo así, sí, pero eso no nos aclara si realmente pudo vernos.

—Entiendo. Ve y descansa, Javier, yo estaré pendiente. Y allí se quedó María sin que las horas le pesaran, recorriendo una vez más con la mirada el cuerpo y el rostro de Sofía. El pitido del monitor parecía calmado. María sonreía.

*****

Después de semejante susto, a Sofía le costó recuperarse. Javier no se separaba de ella, que, traumatizada, volvía a llorar una y otra vez cuando recordaba lo ocurrido.

Ya de vuelta en casa, se acostaron pronto y Sofía, más callada de lo habitual, se quedó pensativa a su lado mientras

poco a poco la vencía el sueño:

—Hoy te he visto —susurró entre el límite de la consciencia y el sueño.

—Siempre me ves.

—Hoy estabas con los míos y…

*****

Sofía abrió los ojos sobre las doce de la noche. No hizo nada, solo abrió los ojos y se encontró a María a su lado, sentada en una silla, mirándola atentamente con su sonrisa cálida.

—Tía —susurró, y las lágrimas volvieron a desprenderse de sus ojos con tristeza, con nostalgia.

—¡Tesoro mío, has vuelto!

—¿Dónde estoy?

—En el hospital, cariño, sufriste un accidente.

La mente de Sofía comenzó a buscar a toda velocidad registros de aquel dato, imágenes que se superponían entre diferentes realidades sin lograr determinar a qué ámbito correspondía cada una.

—¿Y Juan? ¿Dónde está Juan?

—Estuvo aquí esta tarde, ahora está durmiendo, pero está bien.

María solo respondía sin agregar ningún dato más allá de lo que Sofía preguntaba. Miraba a su sobrina y sus incesantes lágrimas sin comprender el alcance de lo que ellas significaban en realidad. Le agarró la mano y sintió que suavemente ella le correspondía apretándola un poquito.

—Estás cansada, tía, ¿cuánto hace que esperas?

—Unos cuarenta días, tesoro, pero estoy bien. La respuesta la sorprendió.

—Cuarenta días es mucho tiempo... ¿Qué ha pasado?

—Entraste en coma, cielo.

Sofía cerró por un momento los ojos, como si esa respuesta le hubiese dolido más de la cuenta.

Fueron hablando con calma y María fue respondiendo a las preguntas de Sofía, que a veces resultaban inconexas pero que, a medida que pasaba el tiempo, se ceñían más a la coherencia de esta realidad.

Por su parte, Sofía se dio cuenta de que había una realidad diferente, aunque cargada de sentimiento, que ahora no sabía dónde colocar en su malograda consciencia.

A ratos las lágrimas eran más caudalosas y a ratos se aplacaban.

—¿Por qué lloras, cariño? Ya pasó, estás bien, que es lo que importa.

—Era tan feliz... —dijo Sofía sin más.

María no siguió preguntando, ya llevaban un tiempo hablando y decidió que era hora de avisar a las enfermeras.

—Voy a avisar de que te has despertado.

—No tía, estoy bien, no quiero que venga nadie.

Al poco, se durmió sin darse cuenta y María se quedó a su lado, apoyada en la cama y agarrada a su mano.

Por la mañana, bien temprano, comenzó el despertar del hospital y con él, los ojos de Sofía se abrieron nuevamente. María sabía que debía avisar, pronto se produciría el cambio de guardia y Anne y Javier aparecerían más expectantes que nunca.

TERCERA PARTE

El despertar

Javier se despertó solo, sin que su sueño fuese interrumpido por ninguna llamada. Esto le generó una cierta desilusión, contaba con que Sofía hubiera reaccionado y las indicaciones que había dejado eran claras, debían llamarlo cuando ello ocurriese. No obstante, su curiosidad hizo que se presentara en el hospital más pronto de lo habitual.

Al llegar a planta, las enfermeras lo esperaban sonrientes, comenzando por Anne, que esperaba ansiosa su llegada.

Javier entró directamente en la habitación y encontró a Sofía semisentada en la cama articulada y despierta.

—Hola, Sofía, ¿cómo te encuentras? —le preguntó cercano y con una sonrisa que delataba la alegría ante el acontecimiento.

Sofía se quedó mirándolo como si de una broma de mal gusto se tratase. Ya se había sorprendido cuando María le había dicho que su nombre era Javier, pero no imaginaba que fuera él. En realidad, el episodio de la tarde anterior lo había interpretado como parte del sueño, no había sido real.

A la tristeza de constatar que todo lo que había vivido era inexistente se sumaba ahora un casi todo, pero, en cualquier caso, ese casi tampoco le pertenecía.

Sofía se puso rígida y sus preciosos ojos se cristalizaron en lágrimas que ella luchaba por retener. Se lo quedó mirando sin ser capaz de decir nada y a Javier poco a poco se le fue borrando la sonrisa.

—Él es Javier, cariño, el médico del que te hablé — intervino María.

Pero Sofía era incapaz de reaccionar y el monitor comenzó a emitir unos pitidos más acelerados. Sofía quedó ausente y Anne entró en la habitación para tomarle la tensión una vez que Javier la llamara.

—Creo que es todo muy reciente —dijo Javier algo perturbado. Se acercó un poco a ella y empleando un tratamiento algo más distante, le dijo—: Sofía, no se preocupe, esto es normal, pero es una buena noticia que haya despertado, volveré más tarde a ver cómo evoluciona.

Javier disimuló su decepción mientras daba algunas indicaciones a Anne y se marchó a su despacho.

María se quedó tan desconcertada que no supo qué hacer, no entendía que la presencia de Javier hubiese generado esa reacción en su sobrina.

Sofía comenzó a llorar una vez que él abandonó la habitación. Sin decir nada, solo mirando al vacío, las lágrimas le cayeron en gotones pesados y continuos.

Javier, por su parte, se encerró en el despacho y se acercó a la ventana pensativo. Se sentía confuso y decepcionado.

«La culpa es mía, ¿qué esperaba?», se reprochaba mentalmente. A fin de cuentas, ella era para él lo que el entorno le había contado, no la conocía. Pero esa reacción era extraña, a no ser que se estuviera apresurando y en realidad fuera igual con todo el mundo. No, no podía ser que todo el mundo describiera a una persona de la forma que los hacían y estar equivocados

Llamó a Anne para que lo informara de lo que sabía. Anne apareció de inmediato, parecía estar esperando esa llamada de emergencia, aunque Javier nunca lo expondría de ese modo.

—¿Cómo está?

—Bien. Ha sido extraño, doctor.

—¿Cuándo despertó?

—A medianoche, me han dicho. Se quedó hablando con María un largo rato, preguntó dónde estaba, qué había pasado, cuánto tiempo llevaba aquí, y también por su familia, en especial por Juan. Estaba algo confusa al principio, pero, al parecer, reconoce a todos los suyos. Estuvo un buen rato hablando y llorando, según me dijo María, hasta quedarse dormida y fue ella quien le pidió a su tía que no avisara a nadie, que quería quedarse con ella así. Esta mañana se despertó sobre las siete y María me llamó para que la viera.

—¿Y cómo la vio?

—Muy bien en realidad. Es una mujer muy suave y me sonrió y me tomó de la mano para agradecerme todo lo que hemos hecho.

Esas palabras generaron más desconcierto y frustración a partes iguales en Javier. ¿Cómo era posible?

María no tardó en acudir al despacho, sabía que debía hacerlo. Javier adoptó una actitud de profesional indiferencia ante lo ocurrido:

—Pasa, María, ¿estás contenta?

—Ya puedes imaginarte, pero... no puedo entender la reacción contigo.

—Bueno, es muy reciente, ya se acostumbrará, vaya a saber qué siente.

—Ahí está el tema justamente.

Javier arqueó una ceja, estaba claro que María ya tenía alguna hipótesis.

—¿A qué te refieres?

—A que Sofía ha despertado con una gran tristeza, como si lamentase haber abandonado el estado en que se encontraba.

—¿Pero en qué te basas para decir eso? Sería la primera vez que escucho algo así de un paciente después de un coma, y más cuando, al parecer, no le ha dejado lesiones, al menos en los sentidos, aunque todavía debemos estudiarla.

María no había pensado en la importancia de esa evidencia y en las futuras pruebas. «Está claro que esto no ha terminado», pensó para sí, pero continuó con su conversación con Javier:

—Pues, desde que abrió los ojos, no para de llorar, y en un momento dado le pregunté qué pasaba. «Era tan feliz», me respondió sin dudarlo y de una forma cargada de nostalgia. Y cuando saliste de la habitación, comenzó a llorar otra vez. No sé, la veía bien y ahora está como hundida.

—Creo que hay que darle tiempo, María. A veces, al despertar, los pacientes no tienen claro lo que dicen, incluso hay quienes reaccionan con violencia. Este no ha sido el caso, Anne me lo ha comentado, pero dejemos que vaya poco a poco y si ves que hay alguna cosa, la hablamos luego.

María regresó con Sofía. La familia no tardaría en llegar, hacía poco que la había avisado.

Sofía dormía nuevamente. «Es como si le costara mantenerse

despierta durante mucho tiempo, pero seguramente en el transcurso del día se animará un poco», pensó María.

A Sofía la despertaron los pasos atropellados e infantiles de Juan, que parecía un terremoto hasta llegar a la puerta. Sofía abrió los ojos y le sonrió abriendo sus brazos. Juan se fue directo a ellos y así quedaron por un momento. Detrás entró Daniela, que también fue recibida con un fuerte abrazo. A los pies de la cama, Carmen y Francisco miraban la escena emocionados.

—Mis amores —susurró Sofía.

Daniela se apartó para dar paso a Carmen.

—Hija mía —dijo Carmen llorando, no pudo decir más.

Francisco directamente no pudo emitir sonido, la besó, cogió su mano y fue recorriendo con los dedos sus venas azules.

Sobre el mediodía, Javier pasaba por el pasillo en dirección a la salida y Carmen lo paró a la altura de la puerta, desde donde Sofía podía ver lo que ocurría.

—Doctor Butt, muchas gracias —le dijo sin más, y directamente lo abrazó. Era un gesto que nadie hubiese esperado nunca de Carmen.

Javier la abrazó también un poco.

—No tiene por qué, Carmen, esta batalla la ganamos todos.

Sofía miraba desconcertada desde la cama y por un momento, su mirada se cruzó con la de Javier.

—Tía, pídele al doctor que entre, por favor.

María saltó como un resorte y le trasmitió el mensaje.

—¿Se encuentra mejor, Sofía?

—Sí, doctor. Disculpe lo de esta mañana, no sé qué me pasó.

Quiero agradecerle todo lo que ha hecho por mí, me han contado tantas cosas que de verdad debo agradecerle que me haya salvado.

Javier la miró y sonrió.

—Ha sido un placer, Sofía. Ahora piense en recuperarse, mañana la vendré a ver y le comentaré los pasos que seguir tras hacerle unas pruebas —dijo. Luego se dirigió al pequeño Juan—: ¿Y tú, campeón, qué tal estás? ¿Contento con tu mami?

Juan se despegó del lado de Sofía por un momento y lo abrazó por la cintura.

—Gracias por devolvérmela —dijo Juan, que lo soltó y se acomodó de nuevo al lado de su madre.

María, con su discreción habitual, no perdía detalle de todo lo que ocurría, y lo que veía no terminaba de cuadrarle. Javier estaba distante, ella lo sabía, claro que nadie lo diría dada su cordialidad, pero ella lo sabía.

Sofía estaba tensa en su presencia, también distante, pero una sombra de tristeza la invadía cada vez que lo veía. No quería tocar el tema, esperaría a que Sofía se encontrara preparada para comentarlo. Así y todo, el hecho de haberlo llamado era un paso importante, al menos para que Javier no pensara que su sobrina era una ingrata desalmada.

*****

Poco habían tardado las amigas de Carmen en

enterarse la buena nueva y menos aún tardaron en caer en tropel en su casa sin haberlo pactado, más bien como una carrera que medía la capacidad de reacción de cada una.

Margaret fue la primera en llegar y abrazar cálidamente a Carmen. Ambas se emocionaron y el nudo en la garganta se negaba a ceder paso a las palabras. Se separaron al eco de un griterío que venía de fuera, el revuelo era producido por Piruka, Elizabeth y Constanza, que se saludaban eufóricas a la vez que pujaban por alcanzar la entrada. Margaret y Carmen se rieron y abrieron la puerta para dar paso a las amigas, que se abalanzaron sobre ella hablando todas al unísono:

«¡Qué alegría, Carmen! ¡Gracias a Dios!». La felicidad era sincera y tan espontánea que hasta una ya madura Lourdes fue saludada con unos cuantos besos.

Se sentaron todas en el salón, quitándole de un plumazo el manto de tristeza en que se había envuelto en los últimos tiempos. Las copitas de licor aparecieron sin echar de menos el riguroso té, en torno al cual se centraban sus reuniones.

—Esto debemos celebrarlo a lo grande —propuso Margaret—. ¿Qué os parece si quedamos el viernes a cenar? Conozco un restaurante precioso.

Todas estuvieron de acuerdo y Margaret se encargaría de hacer la reserva.

Aquella tarde, las cinco amigas compartieron la alegría del regreso de Sofía.

Tres días más tarde, las amigas cenaron en un restaurante de moda donde, si bien los precios eran elevados, ello no impedía que mucha gente joven asistiera como parte de la refinada clientela, razón por la cual el grupo desentonó un poco al entrar con sus anticuadas vestimentas, sus peinados de rulos tiesos de peluquería, sus portes afectados por los años y claro está, el infaltable abrigo de piel de Carmen, que a punto estaban de bautizarlo las amigas como un miembro más e infaltable en el septuagenario grupo. De todas formas, el motivo del encuentro era mucho más importante que el lugar elegido.

Allí estaban las cinco, hablando todas juntas, pisándose las unas a las otras mientras degustaban un enorme aperitivo recomendado por el joven que las atendía, tan fuerte que, más que de comienzo, podría haber sido de despedida.

Brindaron varias veces y agotado el tema de Sofía hablaron de todo un poco. Constanza, la más tímida y circunspecta, comenzó a soltarse al calor de las botellas que se descorcharon, lo que tornó la velada muy divertida. Hacía tiempo que no reían tanto. Cuando terminaron de cenar, pidieron té y al final se sumaron licores como broche de cierre. Al rato, las amigas salieron tomadas de los brazos y disimulando la necesidad de un punto de equilibrio. Casi perdieron a dos en el marco de la puerta que, por ancha que esta fuera, hacía obviamente imposible que pasaran todas al mismo tiempo. Elizabeth se golpeó la frente y las carcajadas de todas motivaron que varías miradas las siguieran. Constanza logró salir con prisa, las demás pensaron que por vergüenza, pero se la encontraron de pie junto a la pared exterior con cara de espanto y de risa intercaladas. «¿Qué te pasa?», le preguntaron. «Yo no puedo reírme tanto, tengo incontinencia urinaria», terminó explicando. El estallido de carcajadas fue tan grande que solo se apagó cuando vieron a Piruka mucho más encorvada de lo habitual y fueron a socorrerla presagiando una desgracia, hasta que la pobre

Piruka pudo explicar entre silbidos que se le habían caído los dientes de la risa. Allí los encontraron, a punto de ser aplastados por Carmen y sus ochenta y tres kilos, más los quince del abrigo.

Tardarían tiempo en recuperarse del exceso de aquella noche que recordarían el resto de sus días.

*****

Una semana más tarde, Sofía se recuperaba físicamente. Las atenciones dispensadas por María durante el coma, los masajes y los movimientos de las piernas y los brazos, sumados a los cambios de posiciones que Anne y el resto de enfermeras iban realizando de su cuerpo para evitar infecciones y principalmente, dificultades pulmonares, permitieron una recuperación bastante rápida, dentro de su estado físico, que acusaba un debilitamiento muscular importante.

Sofía ya podía comer sólidos y las pruebas confirmaban que no habían quedado secuelas irreversibles, lo cual, de por sí, era un milagro.

Sin embargo, su ánimo era preocupante y la frialdad con la que trataba a Javier parecía encerrar un infundado resentimiento que tanto a María como al propio Javier les costaba entender.

Cuando Sofía dormía, su mente volvía a recorrer parte de los pasajes de su historia de amor en Costa Rica y aunque era consciente de que se había tratado de un sueño, al despertar se hundía emocionalmente en la nostalgia de un recuerdo vivido, cosa que delataban sus ojos ausentes durante todo el día.

Echaba de menos a Javier, y en parte a ella misma, en aquella realidad paralela que ahora la hacía sentirse ridícula y enfadada ante lo ilógico de haberse enamorado de algo que no existía pese a que sus sentidos habían captado cada instante y su cerebro lo había registrado como cierto.

Una mañana, Javier le explicó la rehabilitación que debía llevar a cabo. Su pérdida de masa muscular era fruto del tiempo que sus músculos habían permanecido inertes. Era cierto, la debilidad y la dificultad para levantarse y sostenerse se debían, por suerte, a la falta de esfuerzo y no a secuelas de mayor alcance. Las sesiones comenzarían en pocos días, una vez que terminara de coger las fuerzas suficientes.

Javier se lo había comentado con su calidez habitual, a pesar de la gran decepción que sentía al ver frustradas las expectativas que, inexplicablemente, le había generado la aparición de Sofía en su vida.

Entrar en la habitación, sentir su perfume y encontrarse frente a sus ojos negros le generaban una punzada en el estómago, una sensación muy distinta a la ansiedad y espe- ranzas que le despertaba en otros momentos. Ahora existía la contradicción entre el avance clínico, sin lugar a dudas digno de alegría, y la nostalgia de ese ideal que su mente había construido a base de relatos de los más allegados a ella, y por supuesto, estaban presentes en todo ese proceso su belleza etérea, sus manos frágiles, su piel blanca y su rostro enmarcado en los cabellos lisos y negros que le daban al conjunto una apariencia de irrealidad.

—No ha vuelto entera —le explicó María—, es como si una parte de su alma no hubiese regresado. Está ausente, distante, no sabría cómo definirlo. Ni tan siquiera a mí me cuenta qué le ocurre.

—Es normal que estos pacientes tarden en volver a ser

como eran, incluso puede que no lo logren al cien por cien nunca —intentó consolarla Javier, ocultando en esas palabras su propia desilusión, que, sin lugar a dudas, estaba mucho menos justificada que la de María.

Pero María estaba preocupada, intuía algo extraño con Juan, con Daniela y hasta con ella misma. Sofía manifestaba la dulzura de siempre, incluso en las escasas visitas que Michel le hacía y en las que, aunque lejos del amor de antaño, Sofía se mostraba cordial. En realidad, solo parecía afectarle Javier y esa tristeza que se hacía visible y la apagaba en los momentos en que no había nadie de visita.

Llegó el día en que Anne la llevaría a rehabilitación. Entró sonriente con una silla de ruedas y más por cortesía que por obligación, la llevó ella misma al área prevista. María las acompañó, pendiente en todo momento de que Sofía luciera su mejor aspecto dentro de lo posible.

Un hombre joven la recibió cordialmente y le explicó una serie de ejercicios que ayudarían a que recuperara sus músculos, y consecuentemente su autonomía. Sofía lo escuchaba atentamente mientras miraba las cintas y barras dispuestas en la sala para afrontar el reto. Las piernas de Sofía estaban débiles, necesitaba ser ayudada para llegar a esas barras y aferrarse para mover los pies.

María había ofrecido irse y dejarla sola en la sesión, pero fue la propia Sofía la que le pidió que se quedara y por supuesto, la tía accedió a pesar de la tristeza que le provocaba verla en esa guerra tan lejana a los deseos de ambas.

El ejercicio la agotaba, su debilidad, tan normal para los encargados de la rehabilitación, a Sofía la llenaban de impotencia y una cierta frustración que competía con su tenacidad. El esfuerzo la hacía sudar y le temblaban las extremidades. María la seguía estoicamente, haciendo fuerzas con su propio estómago como si de esa forma se las enviara a ella.

A media sesión apareció Javier para valorar la respuesta de Sofía, entre otros motivos, porque el trabajo de investigación que estaba desarrollando también se centraría en la fase de recuperación y seguimiento posterior de pacientes que habían sufrido un coma. Ya le había comentado a Sofía su proyecto, esperando encontrar en ella la empatía de quien también ha investigado. Incluso llegó a pedirle que, cuando se encontrara con ganas, lo ayudara aportando lo que pudiera de su experiencia.

Sin embargo, al aparecer Javier en la rehabilitación, Sofía, que estaba prendida a las dos barras, levantó la cabeza y al verlo ahí parado, miró a María con expresión gélida:

—Quiero estar sola haciendo esto —dijo para que María se llevara a Javier.

María sintió que el suelo le temblaba ante la cortante y fría actitud de su sobrina con quien tanto había hecho por ella. Javier ignoró el comentario y dirigiéndose al fisioterapeuta, comentó:

—Aquí le dejo la historia clínica y espero su informe cuando le sea posible. En cuanto acabe, avíseme, así dejo todo preparado. Es que tengo que hacer un viaje —aclaró mirando a María.

—¿Pasarás, entonces, por la habitación? —preguntó María con una timidez poco usual en ella.

—Sí —le respondió Javier, apoyando con afecto su mano en las de ella, que las tenía entrelazadas de puros nervios. María le sonrió con cierta tristeza y con todo el cariño que le tenía.

Javier abandonó la sala, Sofía se quedó impertérrita hasta

que salió. Cerrada la puerta, continuó esforzándose en dar algunos pasos.

Terminada la sesión, y una vez conducida a su habitación, una molesta María le dijo que saldría un rato.

—Claro, tía, ¿a dónde vas?

—Voy a hablar con el doctor Butt —le respondió secamente—. Puedo comprender lo difícil que es para ti esta situación, pero no logro comprender que actúes de esa forma con la persona que más te ha ayudado, que te ha salvado la vida y también la mía, que ha estado a mi lado y al tuyo, que se ha quedado horas fuera de su jornada laboral por no dejarnos, que me dio esta cama para que no me muriera en un pasillo, y así podría seguir enumerándote actitudes de ese médico que a ti parecen no importarte pero a mí sí, y tú ya eres una adulta, no soy quién para decirte cómo comportarte. Por mi parte, me voy a hablar con él.

Las lágrimas corrían por el rostro de Sofía ante las tajantes palabras de su tía y solo cuando María ya estaba saliendo, Sofía logró murmurar:

—No lo entiendes, no quiero que me vea así.

María se giró suavemente y clavó sus ojos en los suyos:

—Pienso que la que no lo entiendes eres tú si crees que Javier solo está viendo una momentánea silla de ruedas.

María se lo encontró en su despacho, revisaba papeles y organizaba carpetas de pacientes dejando pautas y recomendaciones.

—Hola, María, pasa, pasa —le dijo al escuchar los pequeños golpecitos en la puerta que ya había aprendido a reconocer.

—¿Te vas de viaje?

—Sí, es por la herencia de mi padre, necesitan que esté presente para firmar papeles y papeles.

—Oh, pensé que se trataba de algo más gratificante.

—Bueno, ya tendré oportunidad para eso, no seguiré con este ritmo toda mi vida, pero mi madre me ha insistido y ahora me toca estar allí.

—Desde luego, pero piensa que la juventud y la vida vuelan, Javier, y por norma, nunca es el momento oportuno para nada...

Él se la quedó mirando. Sabía que era cierto, así como sabía que no había ido a hablar con él de ello.

—¿Cómo se encuentra? —preguntó Javier, dándole pie a que desvelase el motivo de su visita.

—Igual, con un comportamiento que no entiendo, más propio de una adolescente. Me siento hasta avergonzada. Ahora le acabo de reprochar su actitud en la rehabilitación. Enseguida llora, como si no lo pudiese controlar a pesar de no sentirse cómoda de esa forma.

—No tienes que preocuparte, María, necesita tiempo, ya verás —le dijo a modo de consuelo—. Pero te cuento las buenas noticias: el viernes le daremos el alta y tendrá que hacer la rehabilitación aquí tres veces por semana, pero ya estará en su casa y reencontrándose con su espacio, eso la ayudará mucho, ya verás.

—Ojalá así sea.

—No te entiendo, no pareces contenta.

—Dudo mucho que su casa sea un lugar idílico para su recuperación, pero, bueno, está claro que no vivirá aquí de por vida.

Javier se quedó escuchando, pero poco podía hacer: clínicamente, Sofía estaba en condiciones de ser dada de alta.

—Bueno, tendrá que verme una o dos veces por semana después de cada sesión, ya iremos evaluando el estado y la necesidad o no de un refuerzo psicológico —le informó—. Aquí dejo todo pautado y organizado para que no haya problemas, pero también te dejaré a ti mi teléfono por si necesitas algo —añadió, y le extendió una tarjeta.

María se lo agradeció.

—Entonces, no estarás cuando nos vayamos.

—Me temo que no.

Una cierta tristeza asomó en el rostro de María.

—Pues déjame decirte que ha sido un verdadero privilegio haberte conocido, y no me alcanzará la vida para agradecerte lo que has hecho por Sofía y por mí.

Javier se levantó y la abrazó.

—Tú me has enseñado mucho más de lo que crees. Para mí también ha sido un privilegio haberte conocido, pero no te pongas triste, nos seguiremos viendo y ya sabes, para lo que necesites, tienes mí número.

El día en que Sofía salió del hospital, sus hijos, Carmen, Aliosca, Rebeca, Michel, Francisco y por supuesto, María fueron a recogerla. También estaba una emocionada Anne, que participó de aquel momento.

María recordó la despedida de los Cobbs y ciertamente la ausencia de Javier decía mucho más de lo que hubiese significado una forzada presencia. Eso entristeció a María, quien, abrazando a Anne, le dejó un beso para Javier.

—Él está aquí —le dijo Anne—. Se lo está llevando Sofía, lo

que pasa es que aún no lo sabe.

María se la quedó mirando y esas inexplicables palabras regresarían a la mente de la tía infinitas veces.

*****

Las pesquisas de Francisco no dejaban de arrojar sorpresas desagradables en cuanto al comportamiento de su cuñado. Michel había resultado ser una persona oscura, llena de secretos y comportamientos que denotaban un gran desequilibrio.

No es que fuera solo mujeriego o infiel, cosas que de por sí molestaban a Francisco por tratarse del marido de su hermana, sino que era una persona con varias vidas paralelas costeadas mediante fraudes económicos que repercutían en la sociedad que presidía y de la cual su familia era parte societaria mayoritaria.

El estupor llegó a su grado máximo al enterarse de que Claire, la última socia integrada, resultó ser una antigua amante cuya hija tenía como padre a Michel. De ahí la insistencia de su ingreso a la corporación, un comprado silencio que Michel se vio obligado a acatar para evitar el escándalo que habría supuesto la noticia.

Entre otras cuestiones, además de los escarceos amorosos, descubrieron su adicción al juego, que, según Lisa, Michel justificaba como modo de poder aminorar la cuantiosa suma que ya debía a la empresa y que, al contrario de lo esperado por él, no hacía más que incrementarse.

Por otra parte, su nivel de vida era ostentoso y las cuentas de gastos eran infladas para encubrir sus excesivos dispendios.

A Claire le compró la casa y el coche y le aportaba una pequeña manutención. Las deudas de juego constituían una suma incierta, pero, a tenor de lo detectado hasta ese momento, representaba una más que respetable suma de dinero.

La falta de responsabilidad en el desempeño de los casos que tenía a cargo provocaron, a su vez, la pérdida de clientes, aunque, en este caso, el impacto fue menor, ya que comenzó a derivarlos a Claire para que se hiciera cargo de ellos. En general, todo lo que Michel tocaba constituía un desastre.

Con los informes en la mano, Francisco tuvo que hacer un verdadero esfuerzo por demostrar normalidad ante la situación. Esperaría el momento adecuado, teniendo en cuenta la situación personal de la familia, en especial de Sofía, a la que debía comentarle todo lo descubierto en cuanto se encontrara más repuesta. En cualquier caso, Michel no estaba agravando la situación económica: rota la relación con Lisa y encontrándose Francisco muy presente en el bufete, su margen de acción era prácticamente nulo.

*****

Carmen, con la ayuda de Aliosca, había previsto que la casa estuviera en perfectas condiciones para recibir a Sofía:

flores frescas, pasteles horneados y un dormitorio dispuesto en la parte baja de la casa hasta que le fuera posible desplazarse con autonomía a la planta superior, donde se encontraba su propio dormitorio, ocupado provisionalmente por Michel dadas las circunstancias. Además, Aliosca había encargado a su marido que fabricara una cómoda rampa de madera para salvar el desnivel de la cocina y que permitía un fácil acceso a la mesa de trabajo de Sofía, pues sabía que era su rincón favorito.

Los días comenzaban a ser algo más calurosos y las plantas de la entrada anunciaban el inicio de la primavera.

La comitiva que se había trasladado a recogerla al hospital también entró en la casa. El reencuentro de Sofía con su espacio se vio amenizado por la gente que la rodeaba y los detalles previstos que le daban la bienvenida. Sofía se mostró contenta ante el esfuerzo de la familia, en especial de su tía, que la había acompañado con una entrega vital en todo su proceso.

En la casa, se sentaron todos juntos en los sofás. Francisco se encargó de trasladar a su hermana a una butaca individual rodeada de cojines que le permitieran una mayor comodidad. Aliosca sirvió té y pasteles. Juan y Daniela se sentaron cerca de su madre.

Era un momento de alegría para todos y pasaron un buen rato reunidos, hablando y riendo distendidamente. Con la prudencia de no forzar la situación más de lo necesario, las visitas se fueron retirando. María también se despidió, era momento de reponerse un poco de ese largo tiempo de agotamiento y cuando intentó convencer a Sofía de que se quedaría a cuidarla, ella se lo prohibió con cariño.

—No tía, tú también debes recuperarte. Yo estoy bien, y ya vendrás a verme todos los días si quieres, pero ahora descansa.

María no insistió, pero al poco tiempo acabó trasladándose a casa de su hermana Carmen. Al parecer, a medida que pasaban los años, a María le incomodaba más estar sola en su casa y la relación recuperada con su hermana hizo que la casa de ella fuera como la propia.

Finalmente, Sofía se acostó, mientras que sus hijos y Michel cenaron en el salón como, seguramente, habían hecho más de una noche en aquellos tiempos.

En la soledad de su nuevo cuarto, Sofía cerró los ojos con premura y con la esperanza de que sus sueños la transportaran a sus recuerdos junto a Javier, a Babu y al abrigo de aquel manto de naturaleza infinita.

A la mañana siguiente, Juan se acercó a verla, le llevó un té y le dio un beso de despedida. Luego fue Daniela quien se despidió con un abrazo, y Michel lo hizo desde la puerta:

—Aliosca no tardará en llegar, nosotros debemos irnos.

—Sí, tranquilo. Iros, que, si no, llegaréis tarde —dijo Sofía.

Y allí se quedó, en el silencio más absoluto y solo en compañía de sus inseparables lágrimas, un preludio de los días que vendrían.

*****

La falta de autonomía no era lo que más la afectaba: encontrarse en su casa, tan vacía como ella, era lo que apagaba sus ganas de seguir. Los recuerdos de su coma contrastaban con su realidad actual y a su vez, con lo que, en definitiva, había sido su vida, que ahora se revelaba burlona y le provocaba la sensación de estar viviendo una pesadilla: la casa, la rutina, la nostalgia y la soledad que se sumaban día tras día, como antes, como ahora, tan lejos de su mundo...

La alegría que siempre transportaba Aliosca la distraía de lo trágico de su realidad. La ayudaba a ducharse y la acompañaba con charlas y relatos o con mensajes de la gente de su barrio, que tanto cariño le tenían.

—A ver si se anima y aparece por allí, la están esperando, no dejan de preguntarme cuándo podrán verla.

—Aún no, Aliosca, no me siento fuerte para eso, pero ya iremos, no te preocupes.

María y Carmen fueron a buscarla para ir a rehabilitación, y esa situación se repetiría durante toda la semana. Javier no había regresado de su viaje, cosa que generaba en Sofía sentimientos contradictorios de alivio y nostalgia.

Los días fueron pasando con monotonía y lejos de mejorar, la depresión que la invadía despertaba las alarmas en Aliosca y fundamentalmente, en María. Sofía había mejorado mucho físicamente, pero seguía ausente, como pasando un profundo duelo.

Una mañana, la tía llegó en un taxi, sabía que la familia estaba en su rutina de colegios y oficinas y que Aliosca no las molestaría.

—Ha venido su tía —le anunció Aliosca nada más entrar al dormitorio oscuro del cual Sofía se negaba a salir.

—Pero si hoy no hay rehabilitación —protestó Sofía.

A Pesar de sentir cierto fastidio, Sofía se levantó, sin prestar atención a su desaliñado estado.

— Hola, tía. Es muy pronto, ¿ha pasado algo?

—Son las once de la mañana, de pronto nada. ¿Cómo te encuentras?

—Bien, un poco cansada, pero bien.

—Bueno, eso del cansancio es algo que vamos a solucionar ahora. ¡Mira cómo estás! Ven, voy a arreglarte un poco ese cabello.

—No hace falta, tía, ¿para qué?, hoy no tengo que ir a ningún sitio.

—Pues para ahorrarme la pena de verte como un espantapájaros.

María la hizo sentar frente a la ventana del salón que daba a la calle, donde se quedó mirando la soleada mañana con su imagen reflejada en los cristales sin que su aspecto pareciera importarle.

—Tienes que reponerte, Sofía. ¿Sabes?, he sido respetuosa con tus tiempos, he estado esperando desde que despertaste del coma a que me cuentes qué es lo que te está atormentando de esta forma, porque yo sé que algo te está pasando aunque no me lo hayas dicho. —Mientras María hablaba, la iba peinando con delicadeza—. Pero no he deseado y luchado por que vivas para que ahora te mueras de tristeza. —Sofía comenzó a llorar—. Tienes que confiar en mí, cariño mío, necesito saber qué es lo que te está pasando.

—Pensarás que estoy loca, tía. A veces, yo misma lo pienso.

—Eso son bobadas, Sofía, todos sabemos que de loca no tienes nada y por más terrible que sea lo que te pasa, tengo que saberlo, porque así podremos encontrar la solución. He intentado descifrarlo por mí misma, pero está claro que me falta información, aunque sé que Javier tiene algo que ver en esto.

Sofía la miró con cierto sobresalto. Sí, su tía la conocía y había sido desde siempre la única persona capaz de leerle el alma.

En aquella certeza encontró Sofía las fuerzas para sincerarse, y así comenzó un relato pausado y minucioso de todo lo vivido con una precisión asombrosa, esa que solo se obtiene en las experiencias vividas: podía describir imágenes, personas, olores, texturas. Podía recordar a Javier, su mirada, sus gestos. Podía recordar el dolor y la fiebre cuando le picó la serpiente, y la brisa del mar, y los atardeceres. Podía ahuecar sus manos para coger el pequeño cuerpo de Babu, o sentir su piel erizada al contacto con Javier. Y también podía rememorar la sensación de la selva, siempre la selva como marco, con su flora y su fauna y la tierra mojada y el pescado frito.

Sofía le habló de las bases en que se desarrollaba el proyecto de conservación, de las personas que conformaban el equipo, también de Enzo y su familia, de su hijo Juan, de cómo, a partir de él, comenzaron los flashes que la alertaron de que algo estaba pasando, del día de la playa en que creyó que Javier había muerto.

El relato se extendió por horas en las cuales a veces reían y otras lloraban.

Fue una especie de reencuentro entre ellas en el que las dos podían revivir ese viaje como cuando María le contaba de pequeña los suyos, solo que este era diferente, se trataba de un viaje por un cerebro que se temía muerto o, al menos, dormido.

María, asombrada, fue tejiendo en su mente los datos concordantes con el tiempo transcurrido en el hospital, cosas que no le había contado a su sobrina del tiempo que estuvo en coma porque los médicos aconsejaban no detenerse en cuestiones que carecieran de sentido para los pacientes.

—Imagina mi desesperación —continuó Sofía— al ver a Javier, al doctor Butt —se corrigió—, tan infinitamente lejano a lo que yo viví con él, o creí vivir, pero que, en cualquier caso, para mí era real, lo fue y aún lo es en cierto modo, porque yo lo sigo amando como no he amado a un hombre en mi vida. Me enamoré de un sueño, tía, y ahora no sé qué hacer con todo lo que siento.

Cuando Sofía terminó, fue María la que comenzó su relato. Le contó día por día lo vivido en el hospital: la preocupación inicial ante su falta de respuesta a los estímulos, la primera reacción ante su voz y la de Javier y cómo poco a poco fueron detectando que la pantalla del monitor, que pasaba horas marcando débiles ondas acompasadas y monótonas, comenzaba a marcar picos agudos cuando Javier le hablaba o cómo se erizaba su piel cuando él apoyaba su mano sobre la de ella.

—Así confirmamos que reaccionabas a su estímulo.

Le habló de la fiebre que, inexplicablemente, la acució cuando Javier se fue al sepelio de su padre. También se refirió al despertar de aquella tarde en que lo abrazó con desesperación y angustia.

María remarcaba en cada parte de su relato la implicación de ese médico, las veces que iba antes de su horario o las que se quedaba después de finalizarlo. Se detuvo en cómo la consoló junto con Anne, así como en el gesto de darle una habitación para no dejarla sentada días y días en un pasillo.

Sofía la escuchaba y las lágrimas caían serenas y constantes.

—Por lo que ahora me cuentas, hay muchas cosas que cobran sentido. Hubo parte de verdad en tu experiencia y sin lugar a dudas, existió una conexión entre ambos que no tiene explicación y que, seguramente, para muchos no la tendrá jamás. Pero eso no importa, lo importante es que no estás loca, que la experiencia es extraordinaria, y creo que debes encontrar la forma de contársela a Javier.

—¡¿Cómo voy a contarle que me enamore de él, tía?!

—Debes ayudarlo en su trabajo de investigación, esta experiencia tuya puede romper muchos prejuicios, además de ayudar a mucha otra gente en el futuro.

—No creo que pueda. Me cuesta mirarlo a la cara, es una sensación de dolor y rabia, como si me hubiese abandonado.

—Pero, en realidad, él ha hecho todo lo contrario y no es culpable de nada. Además, todo el personal de planta y los médicos tratan a los pacientes en coma como si los escucharan, aunque no estén tan seguros de ello. Probablemente, no todos tengan esa facultad, pero los doctores están investigando este tema, y Javier es uno de ellos. Por eso debes ayudarlo, al menos intentarlo, Sofía, aunque sea explicándole una parte de la historia sin detenerte en el romance, pero debes contarle tu experiencia. Se lo merece y se lo debes también.

Cuando María se fue, Sofía se sintió mucho mejor por haber podido desahogarse.

Pasó un buen rato sentada repasando mentalmente todo lo que su tía le había relatado y las posibles conexiones que pudieron establecerse entre esos dos mundos aunque no fuera consciente de ello. De pronto, algo había cambiado en su interior, por primera vez se le despertó la voluntad de recuperarse, por más vacía que se sintiera.

«No quiero que me vea así», se repetía una y otra vez, como si, en cierta manera, se negara a asumir que lo vivido no hubiera sido cierto.

*****

Dos días más tarde, Sofía asistió a la rehabilitación y una vez terminada esta, se acercó al despacho de Javier, que se había reintegrado a su trabajo unos días antes. Para ese entonces, Sofía ya utilizaba muletas, la silla de ruedas era parte del pasado. Golpeó la puerta y Javier reconoció esa forma especial de llamar que tenía María.

—Pasa María —dijo con confianza y complicidad, pero, cuando a la que vio fue a Sofía, se quedó sorprendido—. Señora Walker, disculpe, golpea igual que su tía —dijo a modo de disculpa.

—Será genético —le respondió Sofía con una sonrisa que desconcertó aún más a Javier—. Pero, por favor, llámeme Sofía.

—Pues la veo muy bien, Sofía, y los informes que me han pasado así lo confirman.

Sofía se percató de que, a pesar de su fría actitud, Javier seguía pendiente de su caso.

—Pues sí, doctor, poco a poco voy avanzando. ¿Cómo ha ido su viaje?

—Mmm, bien, bien, cosas de familia.

—Sí, mi tía me lo comentó, lamento su pérdida y le agradezco una vez más que me haya seguido atendiendo a pesar de las circunstancias. ¿Le importa si me siento?

—Oh, no, claro, disculpe, es que no me he dado cuenta. Javier no daba crédito a verla allí de esa forma, cercana, amable e increíblemente hermosa.

—Bueno, doctor.

—Llámeme Javier, por favor.

—Pues bueno, Javier, he venido porque sé que quería hacer un seguimiento de mi caso y que, además, está con el trabajo de investigación y creo que podría ayudarle. Me ha costado, y sé que en muchos aspectos me seguirá costando, pero quisiera hacer el esfuerzo de poder ayudarle en la medida que me sea posible.

—Y yo se lo agradezco, Sofía, ciertamente es muy importante para mí cualquier dato que arroje luz a un tema tan complejo como desconocido por todos.

—Si me permite, creo que lo mejor sería que pudiéramos cuadrar con antelación un tiempo, así no me solapo con sus obligaciones.

—Pues sería estupendo, ¿qué le parece la semana que viene, después de la rehabilitación?

—Sería perfecto. Pues era eso, no le robo más tiempo.

—No me lo roba. ¿Y María cómo está? —se apresuró a preguntarle mientras ella se levantaba de la silla y él acudía a su lado a intentar ayudarla. Sofía hizo un suave gesto con la mano rechazando su ayuda con delicadeza.

—Mi tía está muy bien, me está esperando abajo, ya sabe que nunca me deja sola.

—Es un ser excepcional, y sí, tiene suerte de tenerla a su lado. Mándele un beso de mi parte.

—Así lo haré. Nos vemos el martes que viene, doctor, muchas gracias.

Y se marchó, digna, elegante, dulce, dejando en el despacho la estela de ese delicado perfume tan familiar para él. Javier se quedó embobado pensando que así la había imaginado, que esa era la Sofía que todo el mundo le había descrito, y aunque no podía entender el cambio, sí podía imaginar la mano de María detrás de todo. ¿Qué le habría dicho? La voz de Anne lo sacó de su dulce momento:

—Doctor Butt, hay una emergencia, le esperan en urgencias.

*****

Los días pasaban lentos y sombríos, para Sofía nada parecía tener mucho sentido. Daniela y Michel rápidamente volvieron a su acostumbrada indiferencia, solo Juan mantenía su habitual acercamiento con su madre, pero, al irse él por la mañana, la casa se le venía encima. Aliosca la acompañaba, sí, pero su mundo se veía reducido, insignificante, falto de emociones y de perspectivas.

Sofía se esforzaba por recuperarse totalmente, sin embargo, había ciertas cuestiones contradictorias que seguían pesando en su conciencia y que, en cierto modo, la paralizaban. La más llamativa quizás fuera la imposibilidad de acercarse al laboratorio. Sentía que algo se lo impedía, la pasión que había puesto en su carrera y en su proyecto se había esfumado, o tal vez simplemente luchara por no volver a encontrarse mentalmente entre palmeras con su amado Javier. Necesitaba esa distancia para poder apaciguar el dolor que le causaba ese amor estéril que se negaba a desaparecer.

Pronto se descubrió a sí misma como en su vida pasada, con la mesa puesta y la comida preparada vacía de comensales.

Las visitas de Carmen, Rebeca o, incluso, de las amigas del golf de su madre ponían pinceladas de color momentáneas a una vida de nada.

Era domingo y su familia se había ido, cada uno con un plan diferente. A Juan, Sofía le había insistido en que se fuera con unos amigos que celebraban un cumpleaños en una casa de campo, era poca la vida social que hacía y el día prometía ser caluroso, ideal para disfrutar de piscinas y parques, aunque a Juan no le gustaba que se quedara sola. Daniela se había ido con unas amigas y por supuesto, su marido también, sin preguntarle si le apetecía acompañarlo.

Sofía daba vueltas por la casa con sus muletas y decidió aventurarse a subir las escaleras que conducían a las habitaciones, necesitaba ejercitarse. Con gran esfuerzo logró alcanzar la planta alta y recorrió las diferentes estancias intentando recordar cuándo lo había hecho por última vez. No lo recordaba claramente, pero dedujo que habría sido el día del accidente. Entró en su habitación, ahora llena de cosas de Michel, que se había trasladado nuevamente para dejarle a ella la de invitados, a la cual Sofía lo había desterrado al descubrir su relación sentimental con Lisa.

Se quedó de pie en la puerta mirando aquel espacio sin sentir nada en especial, ni siquiera nostalgia. Era cuestión de tiempo poner término a ese matrimonio inexistente, lo sabía, pero no estaba preparada aún para la conversación final.

Lo único que la alegraba y atemorizaba al mismo tiempo era saber que el martes vería a Javier. ¿Qué le diría? Mejor no pensarlo, ya saldría en el momento. Si algo había aprendido era que todo lo que llevaba proyectado se desmoronaba tarde o temprano, y tampoco sabía cómo se sentiría ella. Desde luego, no sería la que fue en sus sueños, sabía que su alma se había quedado allí, donde fuera que la medicina la ubicase, para ella, seguramente entrelazada con los latidos de la selva.

Llegó el martes y María la acompañó a la rehabilitación, como cada vez que le tocaba. Carmen había encontrado innecesario tener que acompañarlas, ya que entre las dos podían hacerlo perfectamente sin la silla de ruedas y su hermana insistía en hacerlo ella.

Los avances de Sofía eran notorios. Aquella mañana, mientras María esperaba a que terminara la sesión, Javier se acercó a saludarla. Ella sabía que en un rato se verían, pero intuyó que la repentina aparición de Javier en aquella parte del hospital tenía más que ver con alguna inquietud que querría preguntarle.

—¿Cómo te encuentras, María?

—Muy bien, Javier, qué alegría verte. Sofía está progresando muy bien.

—Sí, estoy al tanto y ciertamente, muy contento también, pero, si te soy sincero, lo que más me sorprendió fue su cambio de actitud, e imagino que algo has tenido que ver. Se ha ofrecido a colaborar con mi investigación y como bien sabes, para mí es muy importante. Dada su reticencia, no creí que fuera posible hablar con ella del tema, pero, de repente, se presentó y me ofreció su ayuda, por eso quería hablar contigo.

—Te comprendo perfectamente, pero, en realidad, poco tuve que ver, Javier, ha nacido de Sofía una vez que pudo hablar conmigo de su coma.

—¿Te ha contado lo que sintió?

—Sí, un día decidí que era hora de hacer que se enfrentase a eso que ocultaba y a partir de ahí, ha mejorado mucho, no del todo, no voy a engañarte, pero sí que ha mejorado.

Javier seguía con expresión de esperar que María le dijera

algo más sobre lo que le había dicho, María se dio cuenta de ello.

—No puedo adelantarte nada, Javier, no me corresponde y no sé tampoco qué es lo que ella quiere contar o no, pero, sea lo que sea, te resultará asombroso. Permíteme un consejo: sé paciente y cauteloso. Creo que será muy útil verla en diferentes días, unas cuantas veces, quiero decir. Gánate su confianza, será determinante para llegar al fondo.

Javier la escuchaba con mucha más atención de lo que su expresión podía dejar ver. Sabía que María le estaba marcando un camino concreto y eso, aunque no le diera detalles, lo decía todo.

Se despidieron con el cariño de siempre y Javier se fue a su despacho a la espera de que Sofía terminara su sesión.

—Anne, en cuanto venga Sofía, por favor, tráeme dos tés y que nada nos interrumpa.

—Así será, doctor.

Cuarenta minutos después, unos golpecitos familiares anunciaron su llegada, Javier se levantó y le abrió la puerta, Sofía entró un poco más tímida que la semana anterior.

—Hola, Sofía, pasa, pasa. Tu recuperación está siendo asombrosa —afirmó para romper el hielo.

Había entrado con muletas, pero ya caminaba casi perfectamente. Javier notó cómo se sonrojaba y temió haber comenzado mal la conversación. Le vino a la cabeza Edward, él le había comentado ese aspecto de Sofía, su timidez y su forma de sonrojarse.

—Toma asiento, por favor. Le he pedido a Anne un té, no sé si te apetece o si prefieres otra cosa.

—Oh, muy amable, un té es perfecto, muchas gracias.

Sofía percibió un trato mucho más cercano que la última vez. Eso la alegraba, pero una punzada se clavó en su pecho: le hacía recordarlo abrazándola.

Anne no tardó en llegar con las infusiones, saludó con cordialidad a Sofía y le avisó de que ella estaría con María también tomando un té y hablando un rato. Luego se marchó y Javier y Sofía cruzaron sus miradas por un segundo como queriendo leer mucho más allá de estas.

Sofía sintió que la punzada crecía al ver esa mirada tan familiar y a la vez, tan desconocida. Javier quedó prendado de esos ojos negros que parecían querer decir más de lo que reflejaban.

Para allanar el camino, Javier le comentó el curso de su investigación, el tiempo que llevaba en ella y su sensación de que nada innovador estaba siendo incorporado realmente, a excepción del caso de los Cobbs, que había sido mérito de María.

—Pero cuéntame con tranquilidad aquello que recuerdes y cuando quieras parar, no te angusties, tenemos tiempo y días. No quiero que te resulte una carga, ¿te parece bien?

—Gracias, Javier, por tu comprensión, veremos cómo me sale —le respondió adoptando el mismo grado de trato.

Sofía comenzó a hablar. Se centró en la preparación de la investigación para el proyecto de Costa Rica, lo hacía pausadamente, nombrando a la gente por su nombre y sin hacer mención a lo sorprendente que había resultado su trabajo. Habló de la presentación, de la comida y de cómo no recordaba absolutamente nada del accidente, ni el más mínimo rastro podía encontrar de ese hecho en su memoria.

—Después de la salida del restaurante, lo siguiente que recuerdo es estar en el aeropuerto y reunirme con Edward para tomar el vuelo a Costa Rica con una precisión tal que incluye el calor que hacía, la gente del aeropuerto o cómo iba vestida, además de las conversaciones que tuvimos en el vuelo.

Javier no daba crédito a todo lo que iba escuchando, estaba encantado y no se atrevía a interrumpirla con ninguna pregunta. Sofía era muy ordenada en su relato y seguramente las dudas que podría tener serían aclaradas por ella misma.

Mientras hablaba, Sofía parecía mirar hacia dentro. Aunque sus ojos lo miraran a él, algo parecía haberla distanciado del espacio físico donde se encontraban.

Las conversaciones que narraba del vuelo mantenían una coherencia extraordinaria, incluso denotaban sentido del humor, seguramente por el grado de conocimiento que Sofía tenía de Edward.

—Y después aterrizamos. Edward se sorprendió de que Javier nos hubiese ido a recoger en persona. Nos acercamos a él, se saludaron con la complicidad de viejos amigos y luego te conocí —dijo Sofía sin cambiar el tono, con la mayor de las naturalidades.

Javier dudó si estaba entendiendo mal o si lamentablemente Sofía había sufrido una especie de demencia como secuela. Algo percibió ella. Notó la expresión de su rostro, lo que la obligó a explicarse.

—Claro que no eras tú, de eso soy consciente, pero en mi coma eras tú, solo que, en lugar de médico, eras biólogo y el responsable de la ejecución del proyecto junto conmigo.

En ese punto, Sofía le siguió contando las conversaciones que tuvieron durante el viaje a Tamarindo: cómo Edward se había dormido y se despertó en el punto exacto que Javier le había comentado. Le narró las sensaciones, el calor, la ropa que Javier llevaba puesta, lo deslumbrante de la naturaleza y las explicaciones de todo tipo que él le daba respecto de la geografía o de los animales que iban cruzándose ante sus ojos. La llegada al precioso hotel, los zumos, la gente que los recibía y el cariño y respeto que todos le profesaban. También le detalló la habitación y aquel primer paseo que dieron por los alrededores del hotel, así como los cambios de sonidos de la selva según fuera de día o de noche.

Javier se había quedado boquiabierto, pero se había percatado de cómo, en varios momentos del relato, los ojos de Sofía se empañaban y luchaban por no llorar. Transportarse a ese recuerdo le generaba angustia, aún no podía determinar el motivo, pero parecía que algo había pasado. Javier temió que ese algo tuviera que ver con él, o su otro él. En fin, estaba confundido, impactado, el grado de precisión era escalofriante. La forma de relatar de Sofía podía transportar a cualquier oyente como si de una película se tratase.

Había pasado hora y media desde que comenzara su relato y Javier aprovechó una de las pausas necesarias que Sofía hacía para contener las lágrimas y ofrecerle continuar otro día y evitar forzarla más de la cuenta.

—Es impresionante esto que me cuentas, y te agradezco enormemente el esfuerzo que te genera.

Sofía pareció volver en sí, abandonando el mundo de su relato, y volvió a mirarlo como si estuviera presente y con cordialidad. Sí, todos sus rasgos regresaron al despacho e hicieron acto de presencia.

Quedaron en volver a verse en dos días, que era cuando Sofía debía regresar para su rehabilitación.

Javier estaba aturdido no solo por el relato, sino por ser parte de este y por la serenidad de Sofía en la forma de contarlo.

«Y entonces te conocí», le había dicho. Su mente lo había incorporado, lo había encajado en la única persona que ella no conocía con antelación. «Una mente privilegiada», le dijo María en su día, que no conocía el terreno y que, sin embargo, había sido capaz de presentar el mejor proyecto para la conservación de la biodiversidad.

Desde el punto de vista científico, era una maravilla poder conocer todo lo que Sofía le narraba. Desde el punto de vista personal, tenía miles de dudas acerca de los elementos que su cerebro había seleccionado para la construcción de su persona.

Al llegar a casa, Sofía volvió a sentirse sola, y más aún cuando, al narrarlo, había revivido ese mundo idílico del cual no hubiese querido despertar. Pronto sintió la ansiedad de contar el tiempo que quedaba para volver a verlo, y eso hizo que redoblara el esfuerzo por recuperarse, haciendo los ejercicios sugeridos y repitiéndolos una y otra vez. El resto del tiempo, se acostaba y solo se levantaba para recibir a alguna visita o atender a Juan, que era el único que regresaba a la casa una vez terminadas sus obligaciones.

*****

Javier se había ocupado de investigar detalles de Costa Rica como forma de analizar el grado de coherencia que existía con lo contado por Sofía, lo cual resultó ser de una exactitud casi milimétrica.

Ello significaba dar al traste con muchas de las hipótesis y teorías desarrolladas. Si el caso de los Cobbs había sido un acierto a la hora de plantear protocolos terapéuticos, lo de Sofía ponía de relieve un agudo nivel del inconsciente donde el cerebro era capaz de incorporar datos a través de los sentidos que se presumían prácticamente nulos en un estado de coma, por no hablar de la actividad cerebral que, al parecer, no emitía señales nítidas de su existencia, al menos no de forma constante.

Javier no veía la hora de que llegara el momento de poder seguir escuchando la experiencia de Sofía y una vez más, constató la sabiduría de María al sugerirle recorrer el camino.

A la hora prevista, se repitió la escena: los golpes en la puerta, Javier dándole paso y Sofía cada día más hermosa a sus ojos.

En esta ocasión, Sofía llevaba una falda lisa y una camisa de manga corta repleta de pequeñas florecitas azules y rosas sobre una base beis, ese estilo tan personal de ella y a la vez tan odiado por su madre.

Se sentó delante de él mientras Anne la saludaba sonriente con un té para cada uno. Se intercambiaron cariñosas palabras y transcurrido todo el ceremonial, Sofía centró sus ojos en Javier mientras este sentía cómo se le aceleraba el corazón ante su presencia.

—Lo habíamos dejado en nuestro paseo por el hotel —comenzó ella, y ese nuestro involucraba de una forma indescriptible a Javier en ese relato del que era partícipe sin haber controlado nada en él. Una mezcla de satisfacción e incomodidad pujaban en su interior al verse retratado desde esa cercanía, y encima, por ella. Sofía continuó su relato desde aquel momento.

Detallaba sin prisa cada paseo, las cenas y los desayunos, los madrugones, las peculiaridades de Edward, lo que en más de una ocasión les sacaba unas risas a ambos. Se detuvo en las tres bases de trabajo, cosa que, de por sí, despertaba el interés de Javier. Tan compenetrado estaba en el relato que a ratos olvidaba que en realidad se trataba de un sueño, muy vivo, sí, pero un sueño.

—Allí conocí a tu mono, Babu —dijo Sofía con una dulce y nostálgica sonrisa y una mirada lejana y cercana a la vez. Javier arqueó una ceja a modo de pregunta—. Sí, tenías un mono que habías encontrado de muy pequeño y casi muerto, él no quiso irse nunca de tu lado y vivía prendido de tu hombro, aunque conmigo se llevaba muy bien. Babu era precioso y travieso.

Sofía se recreó un buen rato en explicar las miles de anécdotas del simio. Luego su rostro se ensombreció por la nostalgia del recuerdo de los atardeceres y de cómo iban de playa en playa. Sus ojos se volvieron a llenar de nubes de lágrimas que se esforzaba por contener. Intentó seguir avanzando y prosiguió contando el repentino regreso de Edward a Washington tras recibir la llamada que informaba del accidente de su mujer y Javier lo había acompañado al aeropuerto de San José.

La picadura de la serpiente y la fiebre que le produjo durante días fue un capítulo largo que Javier pudo relacionar con la inexplicable fiebre que ella había sufrido cuando él se trasladó a ver a su familia por la muerte de su padre.

Podría haber sido en otro momento, sin duda, pero existía una correlación entre la ausencia de él y la fiebre, aunque bien podía ser una mera coincidencia. No obstante, ello permitiría, a su vez, situar, así fuera hipotéticamente, los días en los que el sueño ya existía en su mente si se atendía a lo que, a todas luces, había sido una somatización que aumentaba aún más, si ello era posible, el grado de realismo en la experiencia del sueño de su coma.

Más tarde, Javier analizaría las señales y las escasas reacciones de Sofía a los estímulos a la que se la sometían en esos días. Todo estaba documentado, y la información que ella aportaba bien podría permitir ubicarlos en fechas y hasta horas reales.

—Cuando regresaste de la capital, todo había resultado desastroso. Rita, tu amiga, me había ayudado. En realidad, todo el equipo estuvo a la altura, pero Rita se quedó a mi lado hasta que llegaste. Pasada una semana aproximadamente, me dieron el alta y fuiste a recogerme para llevarme al hotel y antes de abandonar el hospital, me regalaste unas botas de caña media, una forma sutil de reprocharme lo inadecuado del calzado que había usado para la exploración. El hospital era sencillo, la gran sala, las enormes ventanas y esos ventiladores de techo antiguos aportaban un confort a priori insospechado.

Sofía se detenía en cada anécdota con su mirada perdida.

En muchas ocasiones reía al recordar detalles y continuaba como si olvidara a ratos a quién le estaba hablando.

La visita a la pequeña aldea de pescadores y la plaga que, el Javier del sueño, había ayudado a combatir y prevenir también eran datos acompañados de nombres científicos que el doctor apuntaba para comprobar después si eran cuestiones factibles, aunque a esas alturas poco dudaba, resultaba evidente que la mente de Sofía había utilizado todos sus conocimientos en la construcción de su sueño.

En algunos momentos, Javier comenzó a notar cómo ella se afanaba en buscar algunas palabras e, incluso, en dejar de hacer el relato tan lineal.

Por su parte, Sofía se esforzaba en ocultar sus deseos, sus apurados cambios de ropas para salir a su encuentro, las noches sin dormir, la irresistible atracción que sentía hacia él. Por todo ello, a esas alturas comenzó a costarle la dinámica del relato, y más aún cuando sería aquella tarde, de regreso de la aldea, cuando Javier la invitara a su casa y comenzara su historia de amor, ese amor tan profundo por el cual hubiese deseado no haber despertado nunca, por más egoísta que ello pudiera resultar.

—De regreso de la aldea, me invitaste a cenar a tu casa para que no me quedara sola en el hotel, considerando que Edward y tú ya no estabais alojados allí.

El ritmo del relato fue cambiando, era más apresurado, como restándole importancia.

—Tenías una casa preciosa, toda hecha en madera...

Sofía se detenía ahora en detalles con los que ganar tiempo para ir podando su relación con él. No quería mentirle, solo ocultarle esa parte tan personal.

De pronto, se quedó muda, con esa mirada anclada en el más allá. Javier no le quitaba ojo y pudo notar cómo sus brazos se erizaban.

Sofía se quedó encerrada en sí misma, recordando la urgencia de aquellos besos, esa noche explosiva, intensa... Sus ojos se nublaron, bajó la mirada y la cabeza de la misma forma que Javier había visto hacerlo a María cuando le informó del riesgo de pérdida de su ojo izquierdo. Parecía ser otro gesto familiar, como la forma de llamar a la puerta que Sofía definió como genético.

—¿Te encuentras bien?

—Ay esa pregunta... —respondió Sofía casi en forma de suspiro—. Sí, estoy bien, solo que estoy cansada. Si no te importa, prefiero que continuemos otro día de la próxima semana.

—Por supuesto, no te preocupes, ya sabes que no quiero que te sientas presionada.

Se despidieron y cada uno se quedó con una extraña sensación por ese abrupto corte.

Sofía se encontró a María, quien, al verle la cara, supo que estaba contrariada.

—¿Ha ido todo bien? —preguntó María.

—Según qué se entienda por bien.

El camino de regreso a su casa fue silencioso. Sofía iba hundida en sus pensamientos, con el ceño fruncido. María la dejó estar y no le hizo más preguntas.

La lucha interna de Sofía y el revivir su historia contándosela a Javier, pero intentando ocultar el verdadero sentido de todo, la angustiaba y agudizaba más su ya profunda depresión y ese frágil estado de ánimo que la llevaba a estar en la cama casi todo el día.

A pesar de ello, la necesidad de volver a verlo hacía tortuosas las horas y los días que transcurrían en su cotidiana nada. Hasta Aliosca había dejado de cantar para respetar el silencio que se había instaurado en la casa y en el alma de Sofía.

Carmen llamó por teléfono y Aliosca le contó por lo bajo su preocupación. Parecía que mejoraba, pero no, cada vez está más apagada, lo que provocó que Carmen apareciera de inmediato para intentar levantar el ánimo de su hija.

Pero nadie lograba revertir su estado y lo único que parecía motivarla era ir a rehabilitación. Sin embargo, llegado el día, le afloraban sentimientos contradictorios y tampoco mostraba gran entusiasmo.

*****

A la semana siguiente, Sofía apareció sombría y apagada en el despacho de un ansioso Javier. Lo hizo sin utilizar las muletas. Se podría haber afirmado que se encontraba casi perfecta, pero el halo de tristeza que la envolvía contradecía sin matices esa evidencia.

—Hola, Sofía, veo que has abandonado las muletas — dijo Javier a modo de saludo.

Sofía sonrió débilmente, restándole importancia a ese hecho.

El té llegó de manos de Anne, que la saludó con cordialidad pero sin detenerse demasiado. Veía a Sofía rota, como quien acaba de enterrar a un ser querido.

Javier estaba preocupado y al ver que Sofía estaba muda, entendió que era él quien debía comenzar a hablar.

—Bueno, nos habíamos quedado en la cena en mi casa de madera —dijo con una cálida sonrisa.

—Sí, poco más que contar sobre la cena. El día siguiente nos lo diste libre para darme tiempo a terminar de recuperarme por los días de fiebre y cama que había pasado en el hospital a causa de la serpiente. El resto de los días los dedicamos al trabajo de campo y al laboratorio. Babu me molestaba a la hora de trabajar hasta que entendió, una vez que le llamé la atención, que en los trabajos de precisión debía quedarse quieto, entonces se colocaba en el bolsillo de mi delantal y allí descansaba un buen rato.

Hablaba como si de una denuncia testifical se tratara, sus ojos no se habían trasladado a otro lugar como las veces anteriores y los detalles y la fluidez del relato habían desaparecido. Javier notó, además, que no mencionaba más las cenas en el hotel, ni nada de lo que hasta ese día había sido parte esencial del relato.

Sofía llegó a comentarle la ida al rancho para conocer a su amigo Enzo, le habló de la reacción de ella al conocer a su hijo Juan y los flashes que le venían a la cabeza desde que escuchó su nombre. Finalmente, le contó el día de playa y la búsqueda que todos hacían de él pensando que se había ahogado. Las lágrimas cayeron de sus ojos en esa parte del relato.

—Pero apareciste al rato, yo estaba angustiada y te reproché el susto. —Sofía se quedó callada, apenas podía mirarlo a los ojos—. Lo siento —alcanzó a decir, y se levantó de prisa y se fue corriendo.

Javier casi no tuvo tiempo de reacción. Tenía en la mente el día en que Sofía despertó de golpe: «Estás aquí, amor mío, no vuelvas a asustarme de este modo», le había dicho. ¿Se trataba de él? ¿Por qué le costaba tanto, de repente, contarle lo soñado? Se quedó un indefinido espacio de tiempo dándole vueltas a todo lo que había pasado, al rechazo de Sofía en un primer momento, a su manera de llorar, a esa tristeza que parecía no querer abandonarla. «Era tan feliz», le había confesado a María. ¿Era por él?

No podía hacerse a la idea, no podía terminar de asumir que, desde su aparición, su vida había girado en torno a ella bajo la excusa de la medicina.

Javier se fue a su casa con esa sensación pesada de infelicidad absoluta que se reafirmaba aún más al ver el desorden en que se había sumido su piso, un inusual desinterés por su parte, a él que el orden le parecía vital para concentrarse en su profesión o en su vida, las cuales, en este caso, venían a ser lo mismo.

Daba vueltas en su piso, comprobaba la historia clínica, cotejaba datos de las anotaciones que había tomado mientras Sofía hablaba. Todo concordaba. Eran las diez de la noche cuando decidió llamar a María, que se puso al teléfono inmediatamente.

—Necesito hablar contigo, María.

—Por supuesto, Javier, ¿quieres que me acerque mañana al hospital?

—Me gustaría poder quedar en otro sitio. Pero, si a ti no te importa acercarte aquí, me harías un favor. Ya sabes que mi vida gira en torno a este edificio —apuntó con cierta resignación.

—Lo sé y lo entiendo, no te preocupes, mañana estaré allí.

Acordaron el horario y así, al cortar, Javier se sintió más aliviado.

Los golpecitos en la puerta anunciaron la llegada de María y aunque Javier la esperaba, esa certeza no impidió que el corazón le diera un vuelco al pensar, por un segundo, que fueran fruto de las manos de Sofía.

—¿Qué ha pasado? —preguntó María en cuanto entró—.

No he logrado que me dijera nada.

—No lo sé, de pronto salió corriendo.

—¿Corriendo? —preguntó algo incrédula María.

—Sí, corriendo.

—Bueno... Creo que, además de para la neurología, tienes

buenas dotes para la rehabilitación —bromeó con cierto sarcasmo.

Javier sonrió escuetamente. Estaba angustiado, no sabía qué pasaba por la cabeza de esa mujer que lo atormentaba. No era culpa de ella, lo sabía, pero él sentía la necesidad de tenerla cerca, de verla, de escucharla.

—No te preocupes, Javier, volverá, ya verás.

—¿Pero qué es lo que le pasa? ¿Por qué no me lo dices si lo sabes?

—Porque este no es mi camino. La vida enseña con los años cuando una debe ser, en el mejor de los casos, solo espectadora. Si yo intervengo, nunca sabrás si las piedras del recorrido fueron tuyas o mías.

—No sé a qué te refieres.

—¿De verdad? Entonces, menos sentido tiene que me preguntes nada.

Javier se la quedó mirando, le enfadaba esa actitud que estaba asumiendo María, se sentía como un niño enrabietado por no conseguir de su madre lo que quiere. Decidió calmarse, estaba claro que, de seguir así, no llegaría a ningún lado.

—No sé si recordar la está afectando —dijo en tono conciliador.

—Es probable.

—Y entonces, por qué no me lo dices, no es mi intención hacerle daño.

_ Tampoco la mía, pero Sofía ya es adulta y debe aprender a asumir y gestionar lo que siente y por supuesto, a actuar en consecuencia. Claro está que salir corriendo no es la mejor manera, pero la conozco, tiene de tímida lo que tiene de terca, ya analizará la situación y se enfrentará a ella cuando esté preparada. Es increíble ver a adultos incapaces de afrontar las emociones más básicas.

—¿Lo dices por mí?

—¿Qué te hace pensar eso?

No eran las palabras, era la expresión de la mirada lo que daba varios sentidos a aquello que María le decía. Ciertamente, no parecía preocupada, incluso podría haber jurado que la veía divertida con esa actitud misteriosa que tanto le irritaba.

—Dejémoslo ya —cortó Javier en seco.

—Pues bien, cada quien elige la forma de correr que más le gusta.

Otro golpe bajo, otra cosa dicha sin decir nada.

Javier le sonrió desganadamente la gracia, pero se despidieron con cariño.

*****

Claro que la situación preocupaba a María, solo que no lo compartiría con Javier, sería su sobrina la que hablara con él y le contara lo que considerara oportuno, si es que finalmente decidía hacerlo.

Tenía ciertos temores, máxime cuando, hablando con Francisco, se enteró de todo lo que había averiguado y de que más pronto que tarde tendría que actuar y tomar decisiones drásticas que afectarían directamente a Michel e indirectamente a Sofía, dado que, por más evidente que fuera que se trataba de una relación matrimonial muerta, no dejaba de ser el padre de sus hijos.

A Carmen no le habían dicho nada, era preferible esperar hasta el último momento para evitar que hiciera un mundo de la situación, de por sí surrealista, y fuera cavilando las posibles reacciones de Sofía al enterarse.

Una vez más, María fue a la casa de su sobrina y Aliosca la recibió con alivio y cara de preocupación.

—No hay manera, María, esta niña no levanta cabeza. Se pasa el día en la cama, y lo poco que anda es como un fantasma de ojos hinchados y rojos de llorar.

—¿Dónde está ahora?

—En la cama, hoy no ha querido ni tomar un té.

María se presentó en la habitación y Sofía abrió los ojos, pero no se levantó a recibirla, ni tan siquiera se sentó, sino que se quedó allí acurrucada en posición fetal como si el frío de su alma se hubiese extendido por todo su cuerpo.

—¿Hasta cuándo estarás así, cariño? ¿No piensas hacer nada?

—Siento tanto no poder hacerlo, tía, lo siento por ti, por Juan, por... —Las lágrimas volvieron a aparecer sin más.

—Es una pena que no lo sientas por ti —respondió María contundente.

—¿Por mí? ¡Qué va! De mí ya paso... Lo he hecho todo, he dado mi vida por mi familia, he arrumbado mis sueños junto a aquellos trastos del laboratorio en pos de ellos, me he rearmado para tener nuevas alas y ya ves, el destino hizo su parte y yo ya no tengo ganas ni fuerzas para desafiarlo.

—No hables así, Sofía —volvió a reprocharle María, pero

ahora con la voz quebrada.

—No voy a morirme, tía, no te preocupes, el destino ya también dejó claro que no es ese el plan que tiene para mí.

—Ven, levántate, vamos a tomar un té.

Solo por piedad hacia su tía, Sofía se levantó, no quería hacerle más daño del que ya sabía que le causaba. Una vez sentadas en el salón, María comenzó a hablarle.

—Me ha llamado Javier y me ha pedido reunirnos, vengo de estar con él.

—Ah, Javier, pobre Javier —dijo Sofía ausente. María ignoró el comentario y la forma.

—Está preocupado, piensa que contarle tu experiencia te hace revivirla y que te está afectando.

—Pobre Javier —volvió a repetir Sofía—, como si solo cuando hablo de él fuera capaz de recordar, como si fuera tan simple, tan fácil.

—Creo que ha llegado el momento de que busquemos ayuda, cariño. Si no puedes gestionarlo tú sola, será mejor que hagamos algo.

—No, lo que menos necesito es seguir metiendo gente en mi cabeza. No es en la cabeza donde está el problema, es en el alma, es la certeza... Debí hacerte caso hace muchos años, lo he pensado tantas veces, pero no lo hice, me casé con quien no debía, tiré mis sueños al retrete. Ahora la vida se ve como una foto, puedo ver mi vida con esa claridad trágica.

—¿Trágica?

—Sí, trágica, con sus cosas buenas, por supuesto, esas pequeñas cosas buenas que te hacen seguir adelante. Pero con los errores también, y no fueron pocos en realidad. Te prometo que saldré adelante, pero para ello necesito estar conmigo, pensar, analizar hasta encontrar el equilibrio, hasta volver a adaptarme a esta mi conocida realidad que ahora me pesa tanto.

—No te equivoques, Sofía, en la vida pasan muchas cosas que no podemos controlar, pero el camino lo elegimos nosotros mismos, y así como un día se elige uno, mañana se puede elegir otro, porque está también dentro de nuestros derechos el equivocarnos y poder rectificar. Tómate tu tiempo, si es que lo necesitas, pero no pierdas de vista que este también pasa.

A partir de ahí, Sofía cambió de tema y hablaron sobre cuestiones intrascendentes.

Finalmente, María se marchó y Sofía volvió a acostarse.

En los días siguientes, Sofía no quiso ir a rehabilitación, aunque en su casa continuó con los ejercicios cuando Aliosca se marchaba.

*****

Javier se sentía desolado por no saber nada de ella. María lo había llamado para decirle que le diera tiempo y aunque no era lo adecuado, poco podía hacer él por evitarlo.

Anne era testigo mudo de todo lo que Javier sentía. Lo vio enfadado, triste, ausente.

Martin estaba discretamente al tanto de la situación, ya que decidió preguntarle a Anne qué ocurría y ella se vio obligada a comentar por encima esa cierta obsesión por el trabajo en general. «Y por la señora Walker en particular», había apostillado el médico con una agudeza sorprendente.

Sí, Javier se sentía física y emocionalmente cansado y con la esperanza de que Sofía apareciera de un momento a otro, pero los días pasaban y él se sumía en un oscuro desconsuelo.

Uno de esos días, lo llamaron de urgencias: un accidente múltiple. Tres ingresos: una mujer de treinta y seis años, su hijo de siete y un hombre del otro vehículo implicado. La colisión resultó descomunal. Javier se afanó en salvarles la vida, pero la madre murió y él se quedó mirando su cuerpo, su juventud, sus manos finas, su tez blanca, quizás más blanca de lo que en realidad era cuando aún vivía. Su vida se apagó en sus manos. Miró a su hijo, que estaba en la cama de al lado, tan pequeño, inconsciente de que parte de su mundo acababa de desaparecer en ese instante. Y entonces se quebró. Salió casi corriendo, se fue al despacho, cogió sus cosas y avisó a Anne de que estaría sin ir por un tiempo, no sabía cuánto, que arreglara el seguimiento de los pacientes con algún colega. «Necesito respirar», alcanzó a decirle, y se fue.

Al llegar a su casa, se sentó en el sofá y tomó una tras otra todas las cervezas que encontró en la nevera. Tras el último sorbo, que le difuminó las imágenes de ese día, logró llegar a la cama y consiguió dormir.

Se despertaría a media mañana del segundo día, con los recuerdos nublados y desorientado por un rato, hasta que de un solo vistazo echó cuentas de las cervezas que había ingerido. Preparó café rascando los últimos vestigios del tarro, se duchó y salió a hacer una buena compra al supermercado. Acomodó todo poblando los estantes vacíos de su nevera desde hacía tiempo y decidió ordenar y limpiar su casa.

Al atardecer, se encontró solo y mucho más repuesto, puso

música y cocinó. «Hacía tiempo que no cocinaba, con lo que me gustaba hacerlo», pensó. Intentó recordar cuándo había sido la última vez que se había dedicado a esas tareas, pero no pudo. Ya no se reunía con los amigos y su vida social era definitivamente nula. Esa noche no importaba: cenó, encendió la televisión y se fue a dormir con la serenidad de saber que el tiempo era suyo, que al día siguiente haría lo que quisiera, que dormiría hasta el hartazgo, y así fue, cayó rendido hasta que los sueños hicieron acto de presencia.

La imagen de la madre y el pequeño aparecieron sin más y Javier corría por pasillos que no tenían fin hasta que encontraba una puerta y allí veía a Sofía dormida, y los monitores le decían que estaba viva. Pasaba a un parque, Sofía iba a su lado, sonreía y miraba los árboles con el asombro de una niña que acaba de percatarse de su existencia. «Mira, allí está Babu, te dije que era precioso», le decía Sofía. El mono bajaba y se quedaba en sus brazos mientras ella lo acariciaba. Luego levantaba su cara, se acercaba a su oído y entonces le susurraba: «Soy tan feliz».

Se despertó, no de forma abrupta, sólo se despertó como si el susurro lo hubiese llamado allí mismo. Las vueltas en la cama le vaticinaron que ya no volvería a conciliar el sueño. Eran las cuatro de la mañana y se sentía como nuevo. Decidió encender el ordenador, accedió a los archivos y las notas que tenía de Sofía y resolvió comenzar de cero.

Sobre las diez de la mañana tenía todo revisado, desayunó y se centró en cotejar más información que ella le había comentado. Se dedicó a su trabajo con tranquilidad y las horas se le pasaban sin darse cuenta. Al atardecer llamó a un amigo y salió a tomar una cerveza, pero no tuvo el coraje de explicarle nada. En cierta forma, quería que todo aquello fuera sólo algo suyo, pero también, por otro lado, la historia en sí resultaba una locura que pocos podrían llegar a comprender.

Cuando regresó a casa, se sintió feliz por haber comprobado que, en esos momentos, el mundo le sobraba.

Sofía le venía a la cabeza a todas horas, pero asumió ese tiempo como un espacio de estar con ella. Si de algo le habían servido esos días fue para asumir que se había enamorado de esa mujer.

*****

El día había amanecido con una lluvia densa y escandalosa, los truenos y la cortina de agua que se desprendían del cielo provocaron que Sofía se despertara pronto.

Preparó el desayuno para cuando su familia fuera apareciendo. A pesar de su ánimo, hizo el esfuerzo de demostrar cierta normalidad en el funcionamiento de la casa.

Juan fue el primero en aparecer, se acercó a ella y se abrazó a su cintura como siempre. Ella le dio en la cabeza tres o cuatro besos y luego le llevó su vaso de leche y unas galletas.

Michel y Daniela se retrasaban, como era habitual, y cuando finalmente aparecieron, era hora de salir corriendo si pretendían llegar a tiempo a sus obligaciones. Los dos la saludaron y se despidieron desde lejos. Recibido el beso de despedida por parte de Juan, los vio marcharse en el coche hasta que la cortina de agua se tragó la imagen.

Sofía llamó a Aliosca por teléfono:

—Hoy no vengas, Aliosca, está lloviendo muy fuerte y yo me encuentro bien.

—Pero no me importa, no quiero que esté sola todo el día.

—No me pasará nada. Estoy bien, de verdad, acabo de preparar el desayuno para todos y me siento animada.

Esa afirmación tranquilizó a Aliosca.

—Vale, pero cualquier cosa que necesite me llama.

—Así lo haré, no te preocupes.

La casa quedó oscura y silenciosa, el único ruido que se escuchaba provenía del diluvio exterior.

La llamada de Francisco la sacó de sus pensamientos lúgubres y nostálgicos que consistían en convencerse de que debía afrontar su realidad. La llamada a esas horas era extraña. Su hermano quería ir a hablar con ella y quedaron en que pasaría por allí en un rato.

Sofía se vio tan desaliñada que decidió ir a ducharse y arreglarse un poco para no preocuparlo con su aspecto. A pesar de la lluvia, hacía calor y Sofía optó por ponerse un vestido blanco con flores pequeñas que se abotonaba a todo lo largo, unas sandalias cómodas y un poco de maquillaje que le iluminara el rostro y le cubriera las ojeras, cada vez más acentuadas. Cuando llegó Francisco, ya había preparado café.

—¿Cómo estás, hermanita? —dijo, y la abrazó.

—Bien, qué sorpresa, tú a estas horas.

—Necesito hablar contigo sin que nadie nos moleste.

—¿Ha pasado algo?

—Sí, pero nada que afecte a los nuestros, me refiero a la

familia.

—Te escucho.

A Francisco le costó encontrar las palabras adecuadas para que lo que tenía que contarle no le afectara más de la cuenta. Sin embargo, a medida que iba hablando, no notaba en Sofía ninguna expresión que delatara una afección fuera de lo normal, incluso percibía una reacción demasiado calmada para la entidad de lo que narraba.

Esto animó más a Francisco y no dejó detalle sin contar. Le comentó exactamente cómo había descubierto los desmanes de Michel y todos los seguimientos para recabar las pruebas necesarias, pues no dejaba de ser su cuñado y no podía hacer una afirmación tan grave de no estar completamente seguro.

Mientras lo escuchaba, a Sofía se le pasaban, irracionalmente, imágenes de su coma que se entremezclaban con las que naturalmente iba construyendo sobre lo que su hermano le estaba contando.

—Por todo esto, tenemos que sacarlo de la empresa, cuando tú lo dispongas, claro —terminó de decir Francisco.

—Me siento muy responsable de esto que ha sucedido.

—No tienes por qué, que sea tu marido no quiere decir que sea culpa tuya. Además, bien sabes que mamá le abrió las puertas de todo desde el primer momento, pero eso no significa que sea tampoco su culpa. Confiamos en Michel y él se aprovechó, no hay más.

—Te pido solo unos días antes de tomar las medidas necesarias, tengo que procesar todo esto y prepararme para lo que viene.

—Desde luego, pero ten bien por seguro que no estás sola y que yo me encargaré de la parte laboral, y por supuesto, de lo que tú necesites aquí para manejar la situación.

Una hora y media más tarde, Francisco se marchó aliviado y un tanto sorprendido por la entereza de su hermana, a quien despidió con un fuerte abrazo.

Sofía volvió a quedarse sola en el silencio de una casa cuyas paredes parecían que se afanaban por encerrarla cada vez más. En un impulso, llamó al hospital y pidió hablar con Anne.

—Hola, Anne, soy Sofía.

—¡Hola, Sofía! Cuánto me alegra escucharte, me tenías preocupada.

—Necesito hablar con Javier, eh..., con el doctor Butt.

—El Doctor Butt lleva una semana sin venir.

Al escucharla decir eso, Sofía sintió que el mundo se ponía a girar bajo sus pies.

—¿Qué le ha pasado?

—Nada, estaba cansado. Me consta que te ha esperado, pero lleva demasiado tiempo trabajando duro y el día que se fue murió una mujer muy joven que tenía un hijo de siete años que aún está aquí ingresado. A Javier..., bueno, se puede decir que la mujer murió en sus brazos y creo que se quebró, Sofía.

Sofía la escuchaba con un nudo en la garganta y las lágrimas le impedían ver con nitidez.

—¿Puedes darme su número de teléfono?

—No debería, pero sé que María lo tiene. De todas formas, es inútil, no lo atiende, no responde a los mensajes, ha desconectado por completo. La verdad es que me tiene preocupada, pero sé que hace unos días habló con el doctor Martin y le aseguró que estaba bien.

—Necesito verlo, Anne. —A Sofía se le quebraba la voz—. Ha sido mi culpa, estoy segura de ello, necesito hablar con él.

—Te daré su dirección y asumiré las consecuencias.

—No le diré que me la has dado tú.

—No hará falta, él lo sabrá, siempre lo sabe, pero no importa, creo que verte le hará bien. Avísame si necesita algo.

Con letra temblorosa, Sofía apuntó la dirección de Javier y apenas se despidió de Anne. Por un momento, se quedó mirando el papel que tenía en sus manos. Los nervios la hacían temblar.

Comenzó a dar vueltas por la casa lúgubre y vacía, a lo que, los truenos y la lluvia del exterior le otorgaban un aspecto siniestro. En la mente de Sofía retumbaban las palabras de Francisco. Las infidelidades de Michel se habían extendido por más años de los que ella sospechaba, una hija, el desvío de dinero de la empresa, las deudas de juego y su pasividad ante ese matrimonio vacío, justificada por los hijos y por la vergüenza que implicaba, según Carmen, romper un matrimonio. Sí, así la había criado, con esas normas no escritas que condenaban a las mujeres a aceptarlo todo. «¿Hasta cuándo?», se preguntó.

Sofía sentía cómo desde sus entrañas crecía desenfrenadamente una rebelión que jamás había sentido, un hartazgo asqueante, un enfado consigo misma. Todo se removía en su interior y Javier, sí, Javier y ese amor clavado en su pecho. No, no fue solo soñado, existía latente y vivo marchitando sus ganas de vivir, atenazando hasta sus palabras por no asumir el riesgo ni siquiera de contarle su existencia. Venían también a su cabeza pasajes de sus atardeceres, de sus risas, de su propia imagen feliz y plena entre sus brazos. Y ahora él estaba hundido, lo sabía, podía sentirlo. Anne, en cierta forma, se lo había confirmado.

Siguió recorriendo espacios de la casa. No podía seguir allí, faltaba oxígeno. Se dirigió a su olvidado laboratorio en busca de sosiego. Abrió la puerta y el olor a humedad y encierro apenas la perturbaron. Todo estaba en su sitio, acomodado como seguramente lo había dejado ella hacía meses. Aliosca, quizás con la esperanza de que ella regresara, lo había mantenido con cariño pues saltaba a vista la ausencia de polvo.

Su mente seguía en una especie de trance, su vida le pasaba por delante con imágenes desordenadas pero que la sacudían como bofetadas, hasta que se percató del mural que había pintado Armonía con ayuda de Aliosca. Se lo quedó mirando, sus temblores se detuvieron casi en seco y emergió en ella una especie de asombro, como si fuera la primera vez que lo veía. Ahora podía escuchar sus propios latidos, las lágrimas caían suavemente de sus ojos: tristeza, nostalgia de esa paz y de esa inmensidad que representaban esos trazos. El mar pintado a lo lejos de la selva la trasladó a las playas recorridas a caballo, a los besos infinitos y al día en que buscaba a Javier a gritos creyéndolo ahogado. «Javier», dijo en voz alta como regresando de la perturbación que la estaba dominando. Luego, sin más, salió del laboratorio, recorrió el trayecto que iba desde el jardín hasta la puerta principal de la casa, cogió de forma inconsciente su bolso, abrió la puerta y simplemente se marchó, abrazada por la lluvia.

*****

Javier miraba llover desde la ventana del salón. Había dejado el ordenador y leía unos informes de las últimas tesis publicadas relacionadas con comas. Sin embargo, el agua y los truenos lo distraían, resultaban una imagen soberbia, la primavera venía acompañada de una tormenta implacable, digna de ser observada. Se sentía tranquilo en ese refugio en que, de repente, se había convertido su apartamento, y desde ese séptimo piso la visión alcanzaba una perspectiva más amplia.

Volvió a centrarse en su lectura: la escala de Glasgow daba buenas pautas del grado de consciencia de un paciente en coma. Aunque habían existido cuantiosos casos que la contradecían, lo cierto era que no se había podido demostrar hasta la fecha la veracidad de los testimonios con los que algunos colegas fundamentaban tales descalificaciones.

«Suena el timbre de la puerta del apartamento, será algún vecino», pensó inmediatamente. Reponiéndose del momentáneo sobresalto, dejó el informe sobre el sofá y se dirigió hacia la puerta. Al abrirla, se quedó petrificado, incapaz de hablar.

Allí estaba Sofía, empapada por la lluvia, con ojos llorosos y marcas de rímel corrido, mirándolo a los ojos, esperando una reacción de él que no llegaba. Javier continuaba sin pronunciar palabra, solo abrió más la puerta como invitándola a pasar. Ella entró directa a abrazarlo.

Aferrada a su cuello, le susurró al oído:

—Estás bien. Dios mío, qué susto me has dado, estás bien. Yo… yo necesito contarte todo, si aún quieres escucharlo.

Javier la abrazó, sentía su cuerpo pegado al suyo, ese cuerpo cálido que se había apoderado de sus sueños y que repentinamente se encontraba estrechado al suyo. Era un milagro. Posó una de sus manos en la cabeza de Sofía y la acercó aún más a él.

La corriente recorría el cuerpo de ella. En ese momento en el que se superponían o se reencontraban dos mundos paralelos, buscó su mirada y lo besó sin necesidad de más.

En ese frenesí de deseos postergados, Javier se hundió en su perfume y en su cuerpo mojado. La miraba, Sofía se presentaba con una sensualidad que lo hacía enloquecer.

—Te he echado tanto de menos —le susurró ella.

—Creo que nunca me fui, no he dejado de pensar en ti un solo día.

La piel erizada de Sofía desataba la necesidad de Javier de explorar cada poro y entre esas ansias compartidas, el deseo fue dando paso a una suerte de baile acompasado por el impulso de la sangre y los latidos hasta fusionarlos en un solo ser.

En aquel instante, Sofía recuperó la paz, desprendiéndose de los fantasmas que atormentaban su espíritu, y la entrega se entremezcló entre el amor y la pasión, entre la urgencia y la ternura, entre lo real y lo soñado, encontrando un punto perfecto de equilibrio que Javier compartió acompañándola cada segundo, empapándose de ese cóctel intenso y embriagador que llenaba de sentido, por sí solo, el coma de Sofía.

Entró en su cuerpo, acompasando su ritmo con el desenfreno de los brazos de ella y construyendo un tiempo suspendido que no pertenecía a ningún mundo. Embebido en sus ojos negros, Javier pudo descubrir ese amor desesperado y huérfano que tanto le costaba confesar.

Las horas pasaron traicioneras con la velocidad a la que lo hacen cuando más se desea que el tiempo se detenga. Finalmente, Sofía se quedó dormida acurrucada en su pecho, arrullada por el ritmo constante de los latidos de Javier.

*****

El desconcierto y la preocupación se hicieron presentes en la casa de Sofía cuando uno a uno fueron llegando, primero sus hijos y finalmente Michel, quien se vio en la necesidad de avisar a Carmen de la desaparición de su hija.

Carmen se lo comunicó inmediatamente a María, quien, lejos de asustarse, sonrió internamente, aunque no dijo nada. Carmen, sin abandonar sus típicos aspavientos en esos casos, también avisó a Francisco y a Alicia, que había llegado esa misma tarde y se encontraban cenando.

Todos se desplazaron a la casa de Sofía, cada uno con sus temores y sus nervios, a excepción de María, que disimulaba la alegría que le producía su certeza.

Al llegar, el panorama parecía salido de una película: Juan y Daniela estaban sentados en las sillas de la mesa empleada para los desayunos y los más que frecuentes almuerzos ausentes, mientras que Michel caminaba de un lado a otro como un oso enjaulado.

—¿Qué ha pasado, Michel? —fue la pregunta de su desesperada suegra.

—No lo sé, Juan encontró la puerta de entrada mal cerrada y

ella ya no estaba.

—¡Pero eso fue hace horas!

—Sí, sobre las cuatro de la tarde, cuando llegó Juan. Yo llegué a las nueve y media.

—Pensé que estaba contigo y con María —intervino Juan desolado, sintiéndose culpable.

—No te preocupes, Juan, esto no es culpa tuya —lo calmó Francisco, quien también se sentía responsable de los acontecimientos por la conversación que había mantenido con ella aquella mañana. Quizás esa serenidad que demostró Sofía ante su relato no se debiera a la frialdad frente a lo que ya no le importaba, sino a tomar la decisión de cometer una locura.

Mientras, Carmen se ponía de pie y se sentaba dispuesta a llamar a la policía, a los bomberos, a las ambulancias, a los hospitales y a todo lo que se le iba ocurriendo. Ese ambiente diseñado por Sofía como lugar de encuentro diario familiar, terminó siendo la muestra más irónica de una realidad bien distinta a la esperada.

En esos primeros momentos de desconcierto, Francisco contenía a Carmen, sin perder ocasión de clavar en Michel una mirada glacial de tanto en tanto.

Alicia, solícita, intentaba asistir a todo el mundo, en especial a los chicos y principalmente a Juan, que parecía sumido en una ausencia remota.

María se sentó en una butaca ubicada en un ángulo de la sala que le permitía una visión global. Hacía más de treinta años que María había dejado de fumar, pero, aun así, siempre llevaba consigo un paquete de Virginia Slims que renovaba cada tanto por cuestiones de caducidad. Aquella noche se acomodó en la butaca situada en esa esquina privilegiada, asumiendo un discreto segundo plano, y abrió su cajetilla de tabaco, extrajo un fino cigarrillo y fumó plácidamente como una mera espectadora de la escena que se desarrollaba frente a sus ojos.

Carmen comenzó a llamar por teléfono a Rebeca, a Aliosca y a la policía, que le explicó que debían personarse en comisaría para presentar una denuncia formal a efectos de iniciar la búsqueda.

—¿Por qué no llamas al hospital y pides hablar con Anne? —sugirió con tranquilidad María.

Su voz, al parecer, le hizo recordar a Michel su presencia.

—¿Está fumando? ¡Aquí no se fuma! —le espetó Michel.

María exhaló más lentamente de lo necesario el humo que contenían sus pulmones mirándolo a los ojos, aunque no llegó a poder responderle nada. Automáticamente saltó Francisco:

—Déjala en paz, Michel, no es momento de ponerse quisquilloso.

La forma de intervenir de Francisco y la modulación con la que hablaba alertaron a Michel de que algo más estaba pasando.

Carmen logró comunicarse con la planta de neurología. Anne no estaba de servicio, según le informó la encargada del turno.

—Ah —dijo Carmen con un tono de cierta decepción—. Soy Carmen, la mamá de Sofía, y necesitaba saber si mi hija ha contactado con ella hoy.

—Lamento no poder ayudarla.

—Es muy importante —se apresuró a decirle antes de que la enfermera colgara el teléfono—, mi hija ha desaparecido.

La interlocutora preguntó en voz alta a las compañeras, que, al parecer, se encontraban cercanas a ella.

—¿Alguien sabe si la señora Walker ha llamado hoy?

—No, no —escuchó Carmen de fondo—, yo creo que esta mañana habló con Anne, pero no estoy segura.

Un rayo de esperanza se reflejó en el rostro de Carmen.

—Señora Carmen, deje que intente localizar a Anne y la llamo en cuanto sepa algo.

—Se lo agradezco, estamos muy preocupados.

Un silencio absoluto invadió la estancia a la espera de escuchar sonar el teléfono. Al cabo de unos minutos, fue la propia Anne quien llamó.

—Sí, Carmen, esta mañana Sofía llamó y habló conmigo, quería una cita para rehabilitación, como sabrá, ha estado faltando. Además, quería reanudar las sesiones con el doctor Butt, pero le expliqué que él está de vacaciones. Lamento no poder decirle nada más.

María confirmó así su certeza, y Anne estaba siendo prudente ante la desesperación de su hermana.

Michel siguió dando vueltas hasta que de pronto se detuvo y lentamente, se giró hacia María.

—Usted lo sabe —dijo—, por eso está tan tranquila. Es por el médico ese, y usted lo sabe. Sofía se ha vuelto loca desde el coma.

—No digas eso —le reprochó Carmen.

—Sí —continuó Michel, ignorando a Carmen—, se ha vuelto

loca y María la está encubriendo.

A punto estaba de intervenir nuevamente Francisco, pero María le hizo un discreto movimiento con la mano para frenarlo.

—Michel —dijo María con mucha serenidad y un nuevo cigarrillo consumiéndose entre sus dedos—, hazme un favor, ve hacia el horno y ábrelo.

Michel, como un niño obediente, le hizo caso, más por curiosidad que por la intención de complacerla.

—Dime qué ves, Michel.

—Un pastel de carne.

—Un pastel, sí, un pastel de carne que Sofía preparó ayer esperando que alguno viniera a almorzar. Pero sigue mirando, Michel.

Michel encontró otra bandeja con galletas horneadas en forma de corazones, estrellas, casitas y figuras de niños y niñas. Michel y sus hijos contemplaron en silencio ese mensaje mudo, ese lenguaje de amor que las madres depositan en los detalles cotidianos y que diariamente resultan ignorados.

—Dices, Michel, que mi sobrina está loca por haber sufrido un coma, y hasta podría estar de acuerdo contigo: un coma es una pérdida de la consciencia. Pero ahora mírame a los ojos, Michel, y dime: ¿tú, exactamente, a qué coma te refieres?

Epílogo

A la mañana siguiente, Michel se presentó en el bufete y se dirigió directamente a su despacho ubicado en la última planta, como correspondía a su cargo de presidente. Al entrar, se encontró a Francisco muy acomodado en la silla de su espléndido escritorio y en un lateral de la amplia estancia, vio sentados en los sofás a uno de los socios más antiguos y a otro hombre que no conocía. El desconcierto se apoderó de él hasta transformarse en pánico.

—¿Esto qué es? —protestó, esforzándose por mantener la compostura.

—Pasa, Michel, pasa. Ponte cómodo —lo invitó Francisco con un tono de forzada cordialidad—, hay algunas cuestiones que tenemos que tratar.

—¿Cómo puedes querer tratar nada después de la noche que he pasado?

—No será la primera vez que vienes mal dormido y al parecer ello no te ha impedido preparar tu engaño.

—¿A qué te refieres?

—A cuál de ellos, querrás decir.

Michel se quedó desarmado ante la respuesta, y más aún cuando, poco a poco, Francisco fue enseñándole toda la documentación y demás pruebas que había recabado desde hacía tiempo.

El tono de Francisco era tranquilo y pausado, pero con una determinación y una posición de autoridad que dejaban poco margen para entrar en discusiones.

Una vez planteada la cuestión contable que su cuñado le enumeraba en una correlación metódica y sin entrar en detalles, como quien da por sentado que todos conocen el tema del que se habla, Michel intentó defenderse.

—¡Yo puedo explicarlo!

—Oh no, no hace falta, ya lo hemos averiguado también.

En ese momento, Francisco le aclaró que estaba al tanto de las infidelidades a su hermana, de la hija extramatrimonial que tenía con Claire e incluso de la compra de la casa y el coche y de la manutención con la cual la había beneficiado. «Cosa que me parece lo más decente que has hecho», le aclaró. Francisco continuó hablando y enumerando más hechos, todos documentados: el nivel de vida que llevaba y su relación con su otra amante, su secretaria, y los desvíos de gastos y las falsificaciones que la obligaba a realizar inflando facturas.

Michel palidecía con cada dato, que venía acompañado por el correspondiente soporte en papel, incluidas algunas fotos.

—Tu hermana dejó de hacerme caso hace años.

—Ni se te ocurra intentar culpabilizar a mi hermana de tus miserias, porque de aquí no sales vivo —lo increpó Francisco furibundo, cortando cualquier intención en tal sentido.

—¿Me estás amenazando?

—No, aún no he comenzado a hacerlo.

Y acto seguido, Francisco le entregó una serie de documentos para que Michel los firmara.

—¿Qué es esto? —preguntó Michel casi de forma retórica.

—Son los documentos que delimitarán la relación que mantendremos a partir de ahora.

El cúmulo de papeles hacía referencia a diversos aspectos: en unos, Michel renunciaba voluntariamente a su cargo como presidente del bufete y se desvinculaba completamente de él; en otros, se establecía la venta de las participaciones que había adquirido por una suma simbólica.

Una carpeta diferenciada contenía los documentos por los cuales cedía a Sofía su cincuenta por ciento de la casa familiar sin reclamación ninguna de cantidad bajo ningún concepto, y así la lista continuaba con una serie más de documentos legales tendentes a impedir en el futuro cualquier posibilidad de acción por su parte.

—No pienso firmar esto —gruñó Michel, rojo de ira.

—Tú mismo... Tenemos comprobado tu desfalco, cuyo monto, hasta el momento, supera por seis veces el valor de la casa, por no hablar de las consecuencias penales, lo que te llevaría a la cárcel mañana mismo. ¿Y sabes por qué no te denuncio?

—Dímelo tú.

—Sí, te lo diré, porque ni para eso tienes luces: porque eres el padre de mis sobrinos, cosa que veo que, ni tan siquiera ahora, tienes en cuenta. Pero, o firmas renunciando a todo, o te aseguro que no tendré piedad contigo, Michel.

Michel comprendió que no tenía alternativa.

—Está bien, firmaré.

—Una cosa más: si te acercas a mi hermana o influyes en los niños, te denunciaré igualmente. Esta misma tarde recogerás tus cosas de la casa, ya lo he arreglado para que esté todo preparado.

Sobre el escritorio quedaron los documentos pendientes de firmar y debajo de ellos, los papeles que Francisco le había ido enseñando como prueba de todo lo descubierto de su actuación. Mientras Francisco volvía a ordenar los papeles, separó uno de otros:

—Estos también puedes quedártelos, tenemos copias —aclaró a modo de solapada amenaza.

Y Francisco se levantó sin más, dejando a su cuñado con los otros dos presentes. El socio más antiguo y el desconocido, que resultó ser un abogado externo, se encargarían de que él firmara toda la documentación para luego ser escoltado fuera del bufete, sin más opciones.

*****

Sobre las once de la mañana, Sofía reapareció en su casa. Carmen, María y Alicia se fueron turnando para obligarse a dormir un par de horas cada una. Aliosca se había presentado mucho más pronto de lo habitual con claras señales en el rostro de no haber pegado ojo durante la noche, aunque, cuando apareció en la casa, María la tranquilizó con palabras vagas y mirada cómplice.

Juan y Daniela no habían ido al colegio, mal dormidos y preocupados como estaban. Cuando apareció, Sofía se encontró a toda esa gente mirándola pasmada y solo Juan había abierto la puerta para abrazarse a ella.

—Estoy bien, amor mío, estoy bien, lamento haberte preocupado —lo consoló su madre.

Daniela también se levantó a su encuentro, pero se quedó parada a una cierta distancia. Sofía le extendió su mano para que se uniera al abrazo que Juan no abandonaba, y Daniela se abrazó también a ella:

—Perdóname, mamá —le repetía entre llantos abandonando su rebeldía adolescente.

—No, cariño, no hay nada que perdonar, no ha sido culpa tuya.

Y allí se quedaron los tres un buen rato fundidos en ese abrazo bajo las húmedas miradas de las restantes adultas, que respetaron silenciosamente ese momento.

Cuando finalmente se soltaron, Sofía abrazó a su madre, a Aliosca y a su cuñada, sin decir palabra y reservando a María para el final. Al llegar su turno, ambas mujeres se abrazaron con la complicidad y el amor que siempre las había unido.

—Nada en mi vida habría sido lo mismo sin ti, tía, nada —alcanzó a decir Sofía, cuyos enormes ojos negros llenos de vida quedaron al descubierto cuando las lágrimas se disiparon.

Hacía años que no se veía a esa Sofía radiante, serena y dulce en sus formas que, sin pretenderlo, armonizaba cualquier entorno con su sola presencia.

Se sentaron todos juntos, Sofía con un hijo a cada lado, a los que mimaba incansablemente.

Carmen se sentía feliz y a la vez un poco responsable por no haber sabido estar en el acompañamiento de su hija.

Al rato llegó Francisco. Sofía se levantó a su encuentro, él la abrazó y casi en un susurro, le dijo:

—Se terminó, hermanita, ya está todo resuelto, ahora solo piensa en ti.

Sofía asentía con la cabeza sin poder decir nada, solo un gracias también susurrado desde el alivio, ahogado en la garganta.

Aliosca recibió la discreta petición de Francisco para que recogiera todo lo de Michel con disimulo.

—Y con mucho gusto, señor, no sabe usted con cuánto —dijo, y salió disparada a ejecutar ese deseo atravesado desde hacía tiempo aunque, por supuesto, reprimido desde la impotencia de saber que nada podía hacer en esa guerra.

Reunidos todos y hablando de trivialidades, Sofía se decidió a dirigirse a ellos, cambiando el sentido del momento:

—Lamento la preocupación que os he causado, y quiero comentaros que he tomado una decisión: voy a tomarme unos días para mí, necesito tener ese tiempo conmigo misma.

—¿A dónde irás?, ¿cuánto tiempo? —la interrumpió Juan.

—No mucho, cariño, y no te preocupes, debes estar tranquilo y saber que nunca te abandonaría, ni a ti ni a tu hermana. Jamás podría ser feliz sin vosotros, pero ahora necesito terminar de recuperarme, ¿lo entiendes? Si no lo hago, Juan, no podré servir a nadie, en realidad, ni a mí misma.

—Estarás con nosotras —se apresuró Carmen a tranquilizar a su nieto.

—Ve tranquila, mamá, el tiempo que necesites, yo ayudaré a

Juan —se ofreció Daniela como si de un día a otro hubiese madurado.

Ya entrada la tarde, Sofía se preparó para marcharse con una discreta maleta.

—Te llamaré todos los días, Juan, no tengas miedo. Daniela contenía lágrimas, pero alentó a su madre.

Carmen y María, con la ayuda de Aliosca, cuidarían de todo.

Durante el trayecto de regreso a la casa de Javier, Sofía se sentía levitar.

*****

Javier se dedicó casi todo el día a preparar una cena romántica para la que, además de en la elaborada comida, se había detenido en todos los detalles mientras se le cruzaban incesantemente por la cabeza las imágenes de los momentos compartidos con ella, su sorpresiva llegada, su calidez y ese amor que jamás imaginó así de intenso. En algún momento, también se le cruzaba el miedo de que ella no regresara, pero lo desechaba de inmediato de su mente: no sería posible parar o refrenar ese amor que sentían, porque sí, porque él también se sentiría perdido sin ella. Le había costado tanto asumirlo... Pensó en María, ella lo supo antes que él. Sonrió al recordar sus palabras y el enfado que le habían producido.

¡Qué sabia era!

El sonido del timbre lo extrajo de sus pensamientos a la vez que el estómago se le giró de golpe. Esta vez el sonido provenía del timbre de la entrada principal del edificio y la espera hasta verla aparecer en el ascensor se le hizo angustiosamente eterna. Se abrieron las puertas y de allí salió Sofía, que le dio un abrazo con la misma intensidad del día anterior y al que él pudo corresponder mucho más armado, lejos del desconcierto que había sufrido en el primero.

Sofía observó la mesa, las velas y un pequeño ramillete de violetas dispuestas en el que, seguramente, sería su plato. Apoyado sobre el pie de una copa de vino que custodiaba las violetas, se encontraba un sobre con su nombre. Ella miró agradecida a Javier por los detalles.

Entre caricias tiernas y sensación de felicidad, se sentaron a cenar. Javier fue sirviendo sin prisa el menú previsto: crema de verduras, arrollados diferentes de sabores que Sofía encontró deliciosos y de plato principal, pato caramelizado con puré y guarnición de setas.

—¿Y este sobre? —le preguntó divertida.

—Será parte del postre, tendrás que esperar un poco —le respondió, tomándola por la cintura y besándola con delicadeza.

Hablaron de todo un poco, sin detenerse en preguntas de lo vivido ese día por ella para no empañar de tristeza la felicidad que envolvía en ese momento cómplice y mágico.

Cuando llegó el postre, Javier la sorprendió con una fuente de frutas cortadas, en la que predominaban trozos de piña, fresas y algo de plátano, y todo decorado con flores de violetas. Aparte, Javier colocó en la mesa dos fondue de chocolate, negro y blanco.

—¡Oh, qué precioso! —exclamó Sofía. Él la miró sonriendo.

—Ahora puedes abrir tu sobre.

Y Sofía se dispuso a ello mientras Javier tomaba nota de su cara intrigada, inocente como la de una niña. Sofía extrajo de su interior una tarjeta que tenía dibujada una cometa roja que volaba por un cielo azul y al pie, una frase: «Por hacer realidad tus sueños». Al abrirla, encontró dos billetes de avión con destino a Costa Rica.

Sofía abrió aún más sus enormes ojos y se tapó incrédula la boca con una de sus manos.

—¡Dios mío, esto no puede ser verdad! —exclamó, y saltó a los brazos de Javier—. ¿Y vendrás conmigo?

—Si tú quieres...

—Sin ti no sería lo mismo.

—Pues ahí está también mi billete.

Dos días más tarde, Javier y Sofía aterrizaron en el aeropuerto de San José, el cual, con sus razonables matices, representó para Sofía como un reencuentro.

Javier iba conduciendo en dirección a Tamarindo mientras ella se deslumbraba por la inmensidad de la naturaleza que los envolvía. El hotel en nada se parecía a sus recuerdos, pero era precioso y junto a Javier, era perfecto.

No hubo tregua tras su llegada: hacer el amor, recomponerse, dar un paseo en medio de miles de plantas, cenar sin prisas y sin despegarse, entrelazando sus manos, sus piernas o sus miradas. Durante la noche, Sofía durmió al son de los latidos de Javier, apoyando la cabeza sobre su pecho.

A la mañana siguiente, Javier se despertó y se quedó observándola sin moverse, aún le parecía increíble tenerla a su lado. Sofía abrió los ojos y su sonrisa desprendía serenidad y felicidad infinitas.

—Quiero llevarte a un sitio —le dijo Javier, como en su

antiguo sueño.

—¿A dónde?

—Eso ya lo verás.

—Pero si no conoces nada.

—Te equivocas, tú me lo enseñaste todo —le respondió sonriendo con dulzura.

A pesar de la pelea con los mapas, Javier la llevó a la zona donde se estaba desarrollando su proyecto. Sofía lo comprendió con la primera imagen que captaron sus ojos. Los recibió un emocionado Edward, que estaba al tanto de la sorpresa preparada por Javier.

Las lágrimas de Sofía cobraron un sentido muy distinto a las que solían invadirla. Abrazó a Edward y Javier leyó en sus ojos, que asomaban por el hombro de su querido profesor, el agradecimiento más profundo que jamás había visto.

A Sofía las emociones se le agolpaban sin tregua. Recorrió todas las bases mientras Edward le comentaba detalles que no dejaban de sorprenderla. La selva, esa selva tan soñada, le provocaba que todos sus sentidos estuvieran a flor de piel. A su lado permanecía Javier, a quien Sofía no soltaba salvo que fuera estrictamente necesario. Él la miraba deslumbrado y descubrió que había encontrado su propia felicidad, en la felicidad de ella.

—Sabes que puedes incorporarte en cuanto quieras —le dijo Edward al despedirse.

—Lo sé, y estoy tan agradecida por lo que estáis haciendo y por considerarme siempre, pero en estos momentos... — dijo y mirando a Javier, prosiguió—, en estos momentos estoy aprendiendo a vivir.

—Sé a qué te refieres, y de verdad que me alegro y lo celebro

—le respondió Edward con un cariño entrañable—. ¿Sabes? —continuó—, la mayoría de la gente vive convencida de que solo respirar es lo importante.

Pasaron los días como en una luna de miel, descubriendo toda la geografía de esa tierra y de sus cuerpos, que, a veces, a Sofía le costaba discernir la diferencia.

Por las noches, las horas de amor los transportaba a un estado que trascendía lo puramente sexual. Sofía siempre se dormiría sobre su pecho escuchando sus latidos y si en algún momento se separaba, se despertaba sobresaltada hasta que él volvía a acomodarla en ese sitio. Entonces su paz volvía, o, mejor dicho, la de ambos.

Descubrieron esos parajes llenos de atardeceres y de amor, de noches eternas de vida plena.

Fue un atardecer de esos, mientras caminaban abrazados y descalzos bordeando el mar, cuando sus huellas quedaron dibujadas en la arena como sellos de ese amor que supo trascender sus propias conciencias, ese amor de huellas tan frágiles y tan unidas que ni siquiera el inquieto Pacífico se atrevía a borrar.

Nota de autora

El coma de Sofía es una novela de ficción donde los diferentes personajes se han creado para la narración de la obra. No obstante y dada su similitud, he de precisar que, el nombre del biólogo

Edward Wilson coincide con el del prestigioso biólogo Edward Osborne Wilson, entomólogo y biólogo estadounidense considerado el más importante en su tiempo. Por su trabajo en la evolución y la sociobiología ha sido conocido como el padre de la biodiversidad, su especialidad se desarrolló en el estudio de las hormigas resultando ser la máxima autoridad a nivel mundial. Fallecido recientemente (el 26 de diciembre de 2021) su inclusión en esta historia, resulta un pequeño homenaje a un hombre extraordinario, sin dejar de tener en cuenta que todo lo referente a él en el relato, es pura ficción.

En cuanto a Aliosca, el nombre representa una costumbre en la sociedad cubana de llamar a los hijos incorporando el nombre de los progenitores, por tal motivo, Aliosca, hija de Alicia y Oscar, no aparece escrita con la letra K, como debiera ser.

Las terminologías tales como: acarosos, resultan una libertad personal y del todo incorrecta pero que, a mi entender, impregna de realismo una escena.

La expresión, “desculando bichos” es frecuente en muchos países de sudamérica, aunque pudiera resultar incorrecta en otras latitudes.

La referencia histórica a la España de 1938, y posterior declaración de golpe de estado del General Franco, el 1 de abril de 1939, simplemente sirve de contexto narrativo, sin pretender obviar con ello el hecho de que, la gran mayoría de exiliados en aquellos tiempos, pertenecían al bando republicano.

La elección de Costa Rica, como epicentro en el desarrollo de la biodiversidad, responde a varios factores, el más importante a destacar es que este país, representa el 5% de los seres vivos conocidos unas 500.000 especies esparcidas en 12 micro climas diferentes que lo colocan como uno de los países con mayor biodiversidad del mundo.

Otro factor determinante, es el haber tenido el privilegio de conocerla por lo que muchos pasajes que se describen en la novela, resultan ser fruto de mis recuerdo y de mi propia percepción de ese magnífico país.

El resto de la narración, contiene datos verificados como existentes en cuanto a medicina se refiere. Sin embargo, no todo lo experimentado por la protagonista es exacto, al menos, no se puede constatar o afirmar de forma inequívoca, si bien, me he documentado en diversos caso de pacientes que se han encontrado en estado de coma.

Agradecimientos

Llegar al final de un libro siempre conlleva recordar y agradecer a quienes de una u otra manera han contribuido en el proceso.

En este caso y como siempre, mi mayor gratitud a Carina Melgares, amiga y asistenta personal que dedica horas infinitas en cada paso diseñando, maquetando y conteniéndome en los momentos bajos.

Al psicólogo César Kacelnik, por su predisposición a ayudarme siempre. Al Neuropsicólogo Jaume Pomar por su ayuda, orientación y búsqueda de información relativa a su materia.

Una especial mención de agradecimiento a Bárbara Galmés, por sus correcciones y apuntes que me regaló junto con su amistad de forma inesperada.

A las amigas que han leído el texto y han hecho sus aportaciones; Ana Sosa y Francesca Valentincic. Así como a Luciano Briozzo, amigo de años y vida compartida.

A esa "J" anónima y entrañable que anda por ahí y que inspira a personajes de hombres de bien.

Siempre mi eterno agradecimiento a mis hijos que son quienes sufren los silencios y la abstracción de su madre, esperando pacientes el recreo que me aparte del ordenador.

A mi marido, el primer lector de borradores y que conoce antes que nadie las ideas pendientes de plasmar y apoyando y alentando a que se materialicen.

A mi hermano Ignacio Nauda que llena mi vida con los sueños de nuestra propia historia y del futuro que vendrá.

Y... por supuesto a mi madre y su vivo recuerdo en cada latido, este donde este.

Sofía es un canto a la vida y la fortaleza de cada mujer y también de cada hombre en sortear los obstáculos de la vida y sí, siempre mirando hacia adelante a pesar de todo, levantando el alma, amando la vida.

ÍNDICE